藪の中・将軍

芥川龍之介

角川文庫
22423

目次

秋山図

「――黄大癡《こうたいち》*といえば、大癡の秋山図《しゅうざんず》をご覧になったことがありますか？」

ある秋の夜、甌香閣《おうこうかく》*を訪ねた王石谷《おうせきこく》*は、主人の惲南田《うんなんでん》*と茶をすすりながら、話のついでにこんな問いを発した。

「いや、見たことはありません。あなたはご覧になったのですか？」

大癡老人黄公望《こうこうぼう》は、梅道人《ばいどうじん》*や黄鶴山樵《こうかくさんしょう》*とともに、元《げん》朝の画《え》の神手《しんしゅ》である。惲南田はこう言いながら、かつて見た沙磧図《させきず》や富春巻《ふしゅんかん》*が、髣髴《ほうふつ》と眼底に浮かぶような気がした。

「さあ、それが見たと言っていいか、見ないと言っていいか、不思議なことになっているのですが、――」

「見たと言っていいか、見ないと言っていいか、――」

惲南田はいぶかしそうに、王石谷の顔へ眼をやった。

「模本でもご覧になったのですか？」

「いや、模本を見たのでもないのです。とにかく真蹟《しんせき》は見たのですが、――それも私《わたし》ばかりではありません。この秋山図のことについては、煙客《えんかく》先生＊（王時敏《おうじびん》）や、廉州《れんしゅう》先生＊（王鑑《おうかん》）も、それぞれ因縁がおありなのです」

王石谷はまた茶をすすったのち、考え深そうに微笑した。

「お退屈でなければ話しましょうか？」

「どうぞ」

惲南田は銅檠《どうけい》の火をかきたててから、慇懃《いんぎん》に客を促した。

× × ×

元宰《げんさい》先生＊（董其昌《とうきしょう》）が在世中のことです。ある年の秋先生は煙客翁と画論をしているうちに、ふと翁《おきな》に、黄一峯《こういっぽう》の秋山図を見たかと尋ねました。翁はご承知の通り画事の上では、大癡を宗としていた人です。ですから大癡の画はいやしくも人間《じんかん》にある限り、看尽《みつ》くしたと言ってもかまいません。が、その秋山図という画ばかりは、ついに見たことがないのです。

「いや、見るどころか、名を聞いたこともないくらいです」

煙客翁はそう答えながら、妙に恥ずかしいような気がしたそうです。

「では機会のありしだい、ぜひ一度は見ておおきなさい。夏山図や浮嵐図《ふらんず》*に比べると、また一段と出色の作です。おそらくは大癡老人の諸本の中でも、白眉《はくび》ではないかと思いますよ」

「そんな傑作ですか？　それはぜひ見たいものですが、いったい誰が持っているのです？」

「潤州《じゅんしゅう》*の張《ちょう》氏の家にあるのです。金山寺《きんざんじ》*へでも行った時に、門をたたいてご覧なさい。私が紹介状を書いて上げます」

　煙客翁は先生の手簡をもらうと、すぐに潤州へ出かけて行きました。なにしろそういう妙画を蔵している家ですから、そこへ行けば黄一峯のほかにも、まだいろいろ歴代の墨妙を見ることができるに違いない。――こう思った煙客翁は、もう一刻も西園の書房*に、じっとしていることはできないような、落ち着かない気もちになっていたのです。

　ところが潤州へ来てみると、楽しみにしていた張氏の家というのは、なるほど構えは広そうですが、いかにも荒れ果てているのです。墻《かき》には蔦《つた》がからんでいるし、庭には草が茂っている。その中に鶏《にわとり》や家鴨《あひる》などが、客の来たのを珍しそうにながめているという始末ですから、さすがの翁もこんな家に、大癡の名画があるのだろうかと、一時は元宰先生の言葉が疑いたくなったくらいでした。しかしわざわざ尋ねて来ながら、刺も通ぜずに帰るのは、もちろん本望ではありません。そこで取り次ぎに出て来た小《しよう》廝《し》に、ともかくも黄一峯の秋山図を拝見したいという、遠来の意を伝えたのち、思白《しはく》先生が書いてくれた紹介状を渡しました。

するとまもなく煙客翁は、庁堂へ案内されました。ここも紫檀《したん》の椅子机が、清らかに並べてありながら、冷たいほこりのにおいがする、――やはり荒廃の気が鋪甎《ほせん》の上に、漂っているとでもいいそうなのです。しかし幸い出て来た主人は、病弱らしい顔はしていても、人がらの悪い人ではありません。いや、むしろその蒼白《あおじろ》い顔やきゃしゃな手のかっこうなぞに、貴族らしい品格が見えるような人物なのです。翁はこの主人と一通り、初対面のあいさつをすませると、早速名高い黄一峯を見せていただきたいと言い出しました。なんでも翁の話では、その名画がどういうわけか、今のうちに急いで見ておかないと、霧のように消えてでもしまいそうな、迷信じみた気もちがしたのだそうです。

主人はすぐに快諾しました。そうしてその庁堂の素壁へ、一幀《いっとう》の画幅をかけさせました。

「これがお望みの秋山図です」

煙客翁はその画を一目見ると、思わず驚嘆の声をもらしました。

画は青緑の設色です。渓《たに》の水が委蛇《いい》と流れたところに、村落や小橋が散在している、

――その上に起した主峯の腹には、悠々とした秋の雲が、蛤粉《ごふん》の濃淡を重ねています。山は高房山《こうぼうざん》*の横点*を重ねた、新雨を経たような翠黛《すいたい》ですが、それがまた硃《しゅ》を点じた、所々の叢林《そうりん》の紅葉と映発している美しさは、ほとんどなんと形容していいか、言葉の着けようさえありません。こう言うとただ華麗な画のようですが、布置も雄大を尽くしていれば、筆墨も渾厚《こんこう》をきわめている、――いわば爛然《らんぜん》とした色彩のうちに、空霊《くうれい》澹蕩《たんとう》の古趣がおのずからみなぎっているような画なのです。

　煙客翁はまるで放心したように、いつまでもこの画を見入っていました。が、画は見ていれば見ているほど、ますます神妙を加えていきます。

「いかがです？　お気に入りましたか？」

　主人は微笑を含みながら、斜めに翁の顔をながめました。

「神品です。元宰先生の絶賞は、たとい及ばないことがあっても、過ぎているとは言われません。実際この図に比べれば、私が今までに見た諸名本は、ことごとく下風にあるくらいです」

　煙客翁はこう言う間でも、秋山図から眼を放しませんでした。

「そうですか？　ほんとうにそんな傑作ですか？」

　翁は思わず主人のほうへ、驚いた眼を転じました。

「なぜまたそれがご不審なのです？」

「いや、別に不審というわけではないのですが、実は、――」

主人はほとんど処子のように、当惑そうな顔を赤めました。が、やっと寂しい微笑をもらすと、おずおず壁上の名画を見ながら、こう言葉を続けるのです。

「実はあの画をながめるたびに、私はなんだか眼を明いたまま、夢でも見ているような気がするのです。なるほど秋山は美しい。しかしその美しさは、私だけに見える美しさではないか？　私以外の人間には、平凡な画図《がと》に過ぎないのではないか？――なぜかそういう疑いが、始終私を悩ませるのです。これは私の気の迷いか、あるいはあの画が世の中にあるには、あまり美し過ぎるからか、どちらが原因だかわかりません。が、とにかく妙な気がしますから、ついあなたのご賞讃《しょうさん》にも、念を押すようなことになったのです」

しかしその時の煙客翁は、こういう主人の弁解にも、格別心は止めなかったそうです。それは何も秋山図に、見とれていたばかりではありません。翁には主人が徹頭徹尾、鑑識にうといのを隠したさに、胡乱《うろん》の言を並べるとしか、受け取れなかったからなのです。

翁はそれからしばらくののち、この廃宅同様な張氏の家を辞しました。

が、どうしても忘れられないのは、あの眼もさめるような秋山図です。実際大癡の法灯を継いだ煙客翁の身になってみれば、何を捨ててもあれだけは、手に入れたいと思ったでしょう。のみならず翁は蒐集家《しゅうしゅうか》です。しかし家蔵の墨妙のうちでも、黄金二十鎰《いっ》*に換えたという、李営丘《りえいきゅう》*の山陰泛雪図《さんいんはんせつず》でさえ、秋山図の神趣に比べると、遜色《そんしょく》のあるのを免れません。ですから翁は蒐集家としても、この稀代《きだい》の黄一峯がほしくてたまらなくなったのです。

　そこで潤州にいる間に、翁は人を張氏につかわして、秋山図を譲ってもらいたいと、何度も交渉してみました。が、張氏はどうしても、翁の相談に応じません。あの顔色の蒼白い主人は、使に立ったものの話によると、「それほどこの画がお気に入ったのなら、喜んで先生にお貸し申そう。しかし手離すことだけは、ご免こうむりたい」と言ったそうです。それがまた気を負った煙客翁には、多少癇《かん》にもさわりました。なに、今貸してもらわなくても、いつかはきっと手に入れてみせる。――翁はそう心に期《ご》しながら、とうとう秋山図を残したなり、潤州を去ることになりました。

　それからまた一年ばかりののち、煙客翁は潤州へ来たついでに、張氏の家を訪れてみました。すると墻にからんだ蔦や庭に茂った草の色は、以前とさらに変わりません。が、取り次ぎの小厮に聞けば、主人は不在だということです。翁は主人に会わないにしろ、もう一度あの秋山図を見せてもらうように頼みました。しかし何度頼んでみても、小厮は主人のるすを楯《たて》に、頑として奥へ通しません。いや、しまいには門を鎖《とざ》したまま、返事さえろくにしないのです。そこで翁はやむを得ず、この荒れ果てた家のどこかに、蔵している名画を想いながら、惆悵《ちゅうちょう》とひとり帰って来ました。

ところがその後元宰先生に会うと、先生は翁に張氏の家には、大癡の秋山図があるばかりか、沈石田《しんせきでん》*の雨夜《うや》止宿図《ししゅくず》や自寿図のような傑作も、残っていることを告げました。

「前にお話するのを忘れたが、この二つは秋山図同様、繢苑《かいえん》*の奇観ともいうべき作です。もう一度私が手紙を書くから、ぜひこれを見ておおきなさい」

煙客翁はすぐに張氏の家へ、急の使を立てました。使は元宰先生の手札《しゅさつ》のほかにも、それらの名画をあがなうべき槖金《たくきん》を授けられていたのです。しかし張氏は前の通り、どうしても黄一峯だけは、手離すことをがえんじません。翁はついに秋山図には意を絶つよりほかはなくなりました。

× × ×

王石谷はちょいと口をつぐんだ。

「これまでは私が煙客先生から、聞かせられた話なのです」

「では煙客先生だけは、確かに秋山図を見られたのですか？」

惲南田は鬚《ひげ》を撫《ぶ》しながら、念を押すように王石谷を見た。

「先生は見たと言われるのです。が、確かに見られたのかどうか、それは誰にもわかりません」

「しかしお話のようすでは、——」

「まあ先をお聴きください。しまいまでお聴きくだされば、またおのずから私とは違ったお考えが出るかも知れません」

　王石谷は今度は茶もすすらずに、娓々《びび》と話を続け出した。

×　×　×

　煙客翁が私にこの話を聴かせたのは、はじめて秋山図を見た時から、すでに五十年近い星霜《せいそう》を経過したのちだったのです。その時は元宰先生も、とうに物故していましたし、張氏の家でもいつの間にか、三度まで代が変わっていました。ですからあの秋山図も、今は誰の家に蔵されているか、いや、いまだに亀玉《きぎょく》の毀《やぶ》れ*もないか、それさえ我々にはわかりません。煙客翁は手にとるように、秋山図の霊妙を話してから、残念そうにこう言ったものです。

「あの黄一峯は公孫大嬢《こうそんたいじょう》の剣器*のようなものでしたよ。筆墨はあっても、筆墨は見えない。ただなんともいえない神気が、直ちに心に迫って来るのです。——ちょうど竜《りょう》翔《しょう》の看*はあっても、人や剣《つるぎ》が我々に見えないのと同じことですよ」

　それから一月ばかりののち、そろそろ春風が動き出したのを潮に、私はひとり南方

へ、旅をすることになりました。そこで翁にその話をすると、

「ではちょうどいい機会だから、秋山を尋ねてご覧なさい。あれがもう一度世に出れば、画苑《がえん》の慶事ですよ」と言うのです。

私ももちろん望むところですから、早速翁を煩《わずら》わせて、手紙を一本書いてもらいました。が、さて遊歴の途に上ってみると、何かと行く所も多いものですから、容易に潤州の張氏の家を訪れる暇がありません。私は翁の書を袖《そで》にしたなり、とうとう子《ほと》規《とぎす》が啼《な》くようになるまで、秋山を訪ねずにしまいました。

そのうちにふと耳にはいったのは、貴戚《きせき》の王氏が秋山図を手に入れたといううわさです。そういえば私が遊歴中、煙客翁の書を見せた人には、王氏を知っているものも交じっていました。王氏はそういう人からでも、あの秋山図が、張氏の家に蔵してあることを知ったのでしょう。なんでも坊間*の説によれば、張氏の孫は王氏の使を受けると、伝家の彝鼎《いてい》*や法書とともに、すぐさま大癡の秋山図を献じに来たとかいうことです。そうして王氏は喜びのあまり、張氏の孫を上座に招じて、家姫《かき》を出したり、音楽を奏したり、盛んな饗宴《きょうえん》を催したあげく、千金を寿*にしたとかいうことです。私はほとんど雀躍《じゃくやく》しました。滄桑五十載《そうそうごじっさい》*を閲《けみ》したのちでも、秋山図はやはり無事だったのです。のみならず私も面識がある、王氏の手中にはいったのです。昔は煙客翁がいくら苦心をしても、この図を再び看《み》ることは、鬼神がにくむのかと思うくらい、ことご

とく失敗に終わりました。が、今は王氏の焦慮も待たず、自然とこの図が我々の前へ、蜃楼《しんろう》のように現われたのです。これこそ実際天縁が、熟したというほかはありません。私は取る物も取りあえず、金閶《きんしょう》にある王氏の第宅《ていたく》へ、秋山を見に出かけて行きました。

今でもはっきり覚えていますが、それは王氏の庭の牡丹《ぼたん》が、玉欄《ぎょくらん》の外に咲き誇った、風のない初夏の午《ひる》過ぎです。私は王氏の顔を見ると、揖《ゆう》*もすますかすまさないうちに、思わず笑い出してしまいました。

「もう秋山図はこちらの物です。煙客先生もあの図では、ずいぶん苦労をされたものですが、今度こそはご安心なさるでしょう。そう思うだけでも愉快です」

王氏も得意満面でした。

「今日は煙客先生や廉州先生も来られるはずです。が、まあ、おいでになった順に、あなたから見てもらいましょう」

王氏は早速かたわらの壁に、あの秋山図をかけさせました。水に臨んだ紅葉の村、谷をうずめている白雲の群れ、それから遠近《おちこち》にそばだった、屏風《びょうぶ》のような数峯の青《せい》、——たちまち私の眼の前には、大癡老人が造り出した、天地よりもさらに霊妙な小天地が浮かび上がったのです。私は胸をおどらせながら、じっと壁上の画をながめました。

この雲煙邱壑《うんえんきゅうがく》*は、紛れもない黄一峯です、癡翁を除いては何人《なんぴと》も、これほど皴点《しゅんてん》*を加えながら、しかも墨を活《い》かすことは——これほど設色を重くしながら、しかも筆が隠れないことは、できないのに違いありません。しかし——しかしこの秋山図は、昔一たび煙客翁が張氏の家に見たという図と、確かに別な黄一峯です。そうしてその秋山図よりも、おそらくは下位にある黄一峯です。

私の周囲には王氏をはじめ、座にい合わせた食客たちが、私の顔色をうかがっていました。ですから私は失望の色が、寸分も顔へあらわれないように、気を使う必要があったのです。が、いくら努めてみても、どこか不服な表情が、我知らず外へ出たのでしょう。王氏はしばらくたってから、心配そうに私へ声をかけました。

「どうです？」

私は言下に答えました。

「神品です。なるほどこれでは煙客先生が、驚倒されたのも不思議はありません」

王氏はやや顔色を直しました。が、それでもまだ眉《まゆ》の間には、幾分か私の賞讃に、不満らしいけしきが見えたものです。

そこへちょうど来合わせたのは、私に秋山の神趣を説いた、あの煙客先生です。翁は王氏に会釈をする間も、うれしそうな微笑を浮かべていました。

「五十年前に秋山図を見たのは、荒れ果てた張氏の家でしたが、今日はまたこういう富貴のお宅に、ふたたびこの図とめぐり合いました。まことに意外な因縁です」

　煙客翁はこう言いながら、壁上の大癡を仰ぎ見ました。この秋山がかつて翁の見た秋山かどうか、それはもちろん誰よりも翁自身が明らかに知っているはずです。ですから私も王氏同様、翁がこの図をながめるようすに、注意深い眼を注いでいました。すると果然翁の顔も、見る見る曇ったではありませんか。

　しばらく沈黙が続いたのち、王氏はいよいよ不安そうに、おずおず翁へ声をかけました。

「どうです？　今も石谷先生は、たいそうほめてくれましたが、――」

私は正直な煙客翁が、有体《ありてい》な返事をしはしないかと、内心ひやひやしていました。しかし王氏を失望させるのは、さすがに翁もきのどくだったのでしょう。翁は秋山を見終わると、ていねいに王氏へ答えました。

「これがお手にはいったのは、あなたのご運がよいのです。御家蔵の諸宝もこののちは、一段と光彩を添えることでしょう」

　しかし王氏はこの言葉を聞いても、やはり顔の憂色が、ますます深くなるばかりです。

　その時もし廉州先生が、遅ればせにでも来なかったなら、我々はさらに気まずい思いをさせられたに違いありません。しかし先生は幸いにも、煙客翁の賞讃が渋りがちになった時、快活に一座へ加わりました。

「これがお話の秋山図ですか？」

先生はむぞうさなあいさつをしてから、黄一峯の画に対しました。そうしてしばらくは黙然と、口髭《くちひげ》ばかり噛《か》んでいました。

「煙客先生は五十年前にも、一度この図をご覧になったそうです」

王氏はいっそう気づかわしそうに、こう説明を加えました。廉州先生はまだ翁から、一度も秋山の神逸を聞かされたことがなかったのです。

「どうでしょう？　あなたのご鑑裁は」

先生は歎息《たんそく》をもらしたぎり、相変わらず画をながめていました。

「ご遠慮のないところを伺いたいのですが、――」

王氏は無理に微笑しながら、ふたたび先生を促しました。

「これですか？　これは――」

廉州先生はまた口をつぐみました。

「これは？」

「これは癡翁第一の名作でしょう。――この雲煙の濃淡をご覧なさい。元気淋漓《りんり》じゃありませんか。林木なぞの設色も、まさに天造とも称すべきものです。あすこに遠峯が一つ見えましょう。全体の布局があのために、どのくらい活きているかわかりません」

今まで黙っていた廉州先生は、王氏の方を顧みると、いちいち画の佳所を指さしながら、盛んに感歎の声をあげ始めました。その言葉とともに王氏の顔が、だんだん晴れやかになりだしたのは、申し上げるまでもありますまい。

私はその間に煙客翁と、ひそかに顔を見合わせました。

「先生、これがあの秋山図ですか？」

私が小声にこう言うと、煙客翁は頭を振りながら、妙なまばたきを一つしました。

「まるで万事が夢のようです。ことによるとあの張家の主人は、狐仙《こせん》か何かだったかも知れませんよ」

× × ×

「秋山図の話はこれだけです」

王石谷は語り終わると、おもむろに一碗《いちわん》の茶をすすった。

「なるほど、不思議な話です」

惲南田は、さっきから銅檠の焔《ほのお》をながめていた。

「その後王氏も熱心に、いろいろ尋ねてみたそうですが、やはり癡翁の秋山図といえば、あれ以外に張氏も知らなかったそうです。ですから昔煙客先生が見られたという秋山図は、今でもどこかに隠れているか、あるいはそれが先生の記憶のまちがいに過ぎないのか、どちらとも私にはわかりません。まさか先生が張氏の家へ、秋山図を見に行かれたことが、全体幻でもありますまいし、――」

「しかし煙客先生の心のうちには、その怪しい秋山図が、はっきり残っているのでしょう。それからあなたの心の中にも、――」

「山石の青緑だの紅葉の硃の色だのは、今でもありあり見えるようです」

「では秋山図がないにしても、憾《うら》むところはないではありませんか？」

惲王の両大家は、掌《たなごころ》をうって一笑した。

（大正九年一二月）

山鴫

千八百八十年五月何日*かの日暮れ方である。二年ぶりに*ヤスナヤ・ポリヤナ*を訪れた Ivan Turgenyef は主《あるじ》の Tolstoi 伯爵といっしょに、ヴァロンカ川の向こうの雑木林へ、山鴫《やましぎ》を打ちに出かけて行った。

鴫打ちの一行には、この二人の翁《おきな》のほかにも、まだ若々しさの失《う》せないトルストイ夫人*や、犬をつれた子供たち*が加わっていた。

ヴァロンカ川へ出るまでの路《みち》は、たいてい麦畑の中を通っていた。日没とともに生じた微風は、その麦の葉を渡りながら、静かに土のにおいを運んで来た。トルストイは銃を肩にしながら、誰よりも先に歩いて行った。そうして時々後ろを向いては、トルストイ夫人と歩いているトゥルゲネフに話しかけた。そのたびに「父と子と」の作家は、やや驚いたように眼をあげながら、うれしそうになめらかな返事をした。時によるとまた幅の広い肩をゆすって、しわがれた笑い声をもらすこともあった。それは無骨なトルストイに比べると、上品な趣があると同時に、どこか女らしい答えぶりだった。

路がだらだら坂になった時、兄弟らしい村の子供が、向こうから二人走って来た。

彼らはトルストイの顔を見ると、一度に足を止めて目礼をした。それからまた元のように、はだしの足の裏を見せながら、勢いよく坂を駆《か》け上って行った。トルストイの子供たちの中には、後ろから彼らへ何事か、大声に呼びかけるものもあった。が、二人はそれも聞こえないように、見る見る麦畑の向こうに隠れてしまった。

「村の子供たちはおもしろいよ」

トルストイは残曛《ざんくん》を顔に受けながら、トゥルゲネフの方をふり返った。

「ああいう連中の言葉を聞いていると、我々には思いもつかない、直截《ちょくせつ》な言いまわしを教えられることがある」

トゥルゲネフは微笑した。今の彼は昔の彼ではない。昔の彼はトルストイの言葉に、子供らしい感激を感じると、我知らず*皮肉に出がちだった。……

「この間もああいう連中を教えていると、――」

トルストイは話し続けた。

「いきなり一人、教室を飛び出そうとする子供があるのだね。そこでどこへ行くのだと尋《き》いてみたら、白墨《チョーク》を食い欠きに行くのですと言うのだ。もらいに行くとも言わなければ、折って来るとも言うのではない。食い欠きに行くと言うのだね。こういう言葉が使えるのは、現に白墨を噛《か》じっているロシアの子供があるばかりだ。我々おとなにはとうていできない」

「なるほど、これはロシアの子供に限りそうだ。その上僕なぞはそんな話を聞かされると、しみじみロシアへ帰って来たという心持ちがする」

トゥルゲネフは今さらのように、麦畑へ眼を漂わせた。

「そうだろう。フランスなぞでは子供までが、巻き煙草ぐらいは吸いかねない」

「そういえばあなたもこのごろは、さっぱり煙草を召し上がらないようでございますね」

トルストイ夫人は夫の悪謔《あくぎゃく》から、巧妙に客を救い出した。

「ええ、すっかり煙草はやめにしました。*パリに二人美人がいましてね、その人たちは私《わたし》が煙草臭いと、接吻《せっぷん》させないと言うものですから」

今度はトルストイが苦笑した。

そのうち一行はヴァロンカ川を渡って、鴫打ちの場所へたどり着いた。そこは川から遠くない、雑木林がまばらになった、湿気の多い草地だった。

トルストイはトゥルゲネフに、最もいい打ち場を譲った。そして彼自身はその打ち場から、百五十歩ばかり遠のいた、草地の一隅に位置を定めた。それからトルストイ夫人はトゥルゲネフのそばに、子供たちは彼らのずっと後ろに、おのおの分かれていることになった。

空はまだ赤らんでいた。その空を絡《かが》った木々のこずえが、一面にぼんやり煙っているのは、もうにおいの高い若芽が、むらがっているのに違いなかった。トゥルゲネフは銃を提げたなり、透かすように木々の間をながめた。薄明るい林の中からは、時々風とはいえぬほどの風が、気軽そうなさえずりを漂わせて来た。

「駒鳥《こまどり》や鶸《ひわ》が啼《な》いております」

トルストイ夫人は首を傾けながら、ひとりごとのようにこう言った。

おもむろに沈黙の半時間が過ぎた。

その間に空は水のようになった。同時に遠近《おちこち》の樺《かば》の幹が、それだけ白々と見えるようになった。駒鳥や鶸の声の代わりに、今はただ五十雀《ごじゅうから》が、まれに鳴き声を送って来る。——トゥルゲネフはもう一度、まばらな木々の中を透かして見た。が、今度は林の奥も、あらかた夕暗《ゆうや》みに沈んでいた。

この時一発の銃声が、突然林間に響き渡った。後ろに待っていた子供たちは、その反響がまだ消えないうちに、犬と先を争いながら、獲物を拾いに駆けて行った。

「ご主人に先を越されました」

トゥルゲネフは微笑しながら、トルストイ夫人をふり返った。

やがて二男のイリアが母の所へ、草の中を走って来た。そうしてトルストイの射止めたのは、山鴫だという報告をした。

トゥルゲネフは口をはさんだ。

「誰が見つけました？」

「ドオラ（犬の名）が見つけたのです。——見つけた時は、まだ生きていましたよ」

イリアはまた母の方を向くと、健康そうな頬をほてらせながら、その山鴫が見つかった時の一部始終を話して聞かせた。

トゥルゲネフの空想には、「猟人日記」の一章のような、小品の光景がちらりと浮かんだ。

イリアが帰って行ったあとは、また元の通り静かになった。薄暗い林の奥からは、春らしい若芽のにおいだの湿った土のにおいだのが、しっとりとあたりへあふれてきた。その中に何か眠そうな鳥が、時たま遠くに啼く声がした。

「あれは、——？」

「縞蒿雀《しまあおじ》です」

トゥルゲネフはすぐに返事をした。

縞蒿雀はたちまち啼きやんだ。それぎりしばらくは夕影の木々に、ぱったりさえずりがとだえてしまった。空は、——微風さえ全然落ちた空は、その生気のない林の上に、だんだん蒼《あお》い色を沈めてくる、——と思うと鳧《けり》が一羽、寂しい声を飛ばせながら、頭の上を翔《か》けて通った。

再び一発の銃声が、林間の寂寞《せきばく》を破ったのは、それから一時間ものちのことだった。

「リヨフ・ニコラエイッチ*は鴫打ちでも、やはり私を負かしそうです」

トゥルゲネフは眼だけ笑いながら、ちょいと肩をそびやかせた。

子供たちが皆駆けだした音、ドオラが時々吠《ほ》えたてる声、――それがもう一度静まった時には、すでにひやややかな星の光が、点々と空に散らばっていた。林も今は見廻《みまわ》す限り、ひっそりと夜を封じたまま、枝一つ動かすけしきもなかった。二十分、三十分、――退屈な時が過ぎるとともに、この暮れ尽くした湿地の上には、どこか薄明るい春の靄《もや》が、ぼんやり足もとへはい寄り始めた。が、彼らのいまわりへは、いまだに一羽も鴫らしい鳥は、現われるけはいが見えなかった。

「今日はどういたしましたかしら」

トルストイ夫人のつぶやきには、きのどくそうな調子も交じっていた。

「こんなことはめったにないのでございますけれども、――」

「奥さん、お聞きなさい。夜鶯《ようぐいす》が啼いています」

暗い林の奥からは、実際もう夜鶯が、朗らかな声を漂わせて来た。二人はしばらく黙然と、別々のことを考えながら、じっとその声に聞き入っていた。……

すると急に、――トゥルゲネフ自身の言葉を借りれば、「しかしこの『急に』がわかるものは、ただ猟人ばかりである」――急に向こうの草の中から、紛れようのない啼き声とともに、一羽の山鴫が舞い上がった。山鴫はしだれた木々の間に、薄白い羽裏をひらめかせながら、すぐに宵暗《よいやみ》へ消えようとする、――トゥルゲネフはその瞬間、銃を肩へ当てるが早いか、器用にぐいと引き金を引いた。

一抹の煙と短い火と、――銃声は静かな林の奥へ、長い反響をとどろかせた。

「あたったかね？」

トルストイはこちらへ歩み寄りながら、声高に彼へ問いかけた。

「あたったとも。石のように落ちて来た」

子供たちはもう犬といっしょに、トゥルゲネフの周囲へ集まっていた。

「さがしておいで」

トルストイは彼らに言いつけた。

子供たちはドオラを先に、そこここと獲物をさがし歩いた。が、いくらさがしてみても、山鴫の屍骸《しがい》は見つからなかった。ドオラもしゃにむに駆け廻っては、時々草の中へたたずんだまま、不足そうにうなるばかりだった。

しまいには、トルストイやトゥルゲネフも、子供たちへ助力を与えに来た。しかし山鴫はどこへ行ったか、やはり羽根さえも見当たらなかった。

「いないようだね」

二十分ののちトルストイは、暗い木々の間にたたずみながら、トゥルゲネフの方へ言葉をかけた。

「いないわけがあるものか？　石のように落ちるのを見たのだから、――」

　トゥルゲネフはこう言いながらも、あたりの草むらを見廻していた。

「あたったことはあたっても、羽根へあたっただけだったかも知れない。それなら落ちてからも逃げられるはずだ」

「いや、羽根へあたっただけではない。確かに僕はしとめたのだ」

　トルストイは当惑そうに、ちょいと太い眉《まゆ》をひそめた。

「では犬が見つけそうなものだ。ドオラはしとめた鳥といえば、きっとくわえて来るのだから、――」

「しかし実際しとめたのだからしかたがない」

　トゥルゲネフは銃をかかえたまま、いらだたしそうな手まねをした。

「しとめたか、しとめないか、そのくらいな区別は子供にもわかる。僕はちゃんと見ていたのだ」

　トルストイはあざ笑うように、じろりと相手の顔をながめた。

「それでは犬はどうしたのだ？」

「犬なぞは僕の知ったことではない。僕はただ見た通りを言うのだ。なにしろ石のように落ちて来たのだから、――」

　トゥルゲネフはトルストイの眼に、挑戦的な光を見ると、思わずこう金切り声を出した。

「Il est tombé comme pierre, je t’assure !」*

「しかしドオラが見つけないはずはない」

　この時幸いトルストイ夫人が、二人の翁にえがおを見せながら、さりげない仲裁を試みに来た。夫人は明朝もう一度、子供たちをさがしによこすから、今夜はこのままトルストイの屋敷へ、引き上げたほうがよかろうと言った。トゥルゲネフはすぐに賛成した。

「ではそう願うことにしましょう。明日《あす》になればきっとわかります」

「そうだね、明日《あした》になればきっとわかるだろう」

　トルストイはまだ不服そうに、いじの悪い反語を投げつけると、突然トゥルゲネフへ背を見せながら、さっさと林の外へ歩き出した。……

　トゥルゲネフが寝室へ退いたのは、その夜の十一時前後だった。彼はやっとひとりになると、どっかり椅子へすわったまま、茫然《ぼうぜん》とあたりをながめ廻した。

　寝室は平生《ふだん》トルストイが、書斎に定《き》めている一室だった。大きな書架、龕《がん》の中の半身像、三、四枚の肖像の額、壁にとりつけた牡鹿《おじか》の頭、——彼の周囲にはそれらの物が、ろうそくの光に照らされながら、少しもはでな色彩のない、ひややかな空気をつくっていた。が、それにもかかわらず、単にひとりになったということが、とにかく今夜のトゥルゲネフには、不思議なほどうれしい気がするのだった。

――彼が寝室へ退く前、主客は一家の男女とともに、茶の卓子《テーブル》を囲みながら、雑談に夜をふかしていた。トゥルゲネフはできうる限り、快活に笑ったり話したりした。しかしトルストイはその間でも、相変わらず浮かない顔をしたなり、めったに口も開かなかった。それが始終トゥルゲネフには、つら憎くもあれば無気味でもあった。だから彼は一家の男女に、ふだんよりもあいきょうを振りまいては、わざと主人の沈黙を無視するようにふるまおうとした。

一家の男女はトゥルゲネフが、軽妙な諧謔《かいぎゃく》を弄《ろう》するたびに、いずれも愉快そうな笑い声を立てた。ことに彼が子供たちに、ハンブルグの動物園の象の声だの、パリのガルソンの身ぶりだのを巧みにまねて見せる時は、いっそうその笑い声が高くなった。が、一座が陽気になればなるほど、トゥルゲネフ自身の心もちは、いよいよ妙にぎこちない息苦しさを感ずるばかりだった。

「君はこのごろ有望な新進作家が出たのを知っているか？」

話題がフランスの文芸に移った時、とうとう不自然な社交家ぶりに、堪えられなくなったトゥルゲネフは突然トルストイを顧みながら、わざと気軽そうに声をかけた。

「知らない。なんという作家だ？」

「ド・モオパスサン。――ギイ・ド・モオパスサンという作家だがね。少なくともほかにまね手のない、犀利《さいり》な観察眼をそなえた作家だ。――ちょうど今僕のかばんの中には、La Maison Tellier*という小説集がはいっている。暇があったら読んで見たまえ」

「ド・モオパスサン？」

トルストイは疑わしそうに、ちょいと相手の顔をながめた。が、それぎり小説のことは、読むとも読まないとも答えずにしまった。トゥルゲネフは幼い時分、いじの悪い年上の子供にいじめられた覚えがある、――ちょうどそんな情けなさが、この時も胸へこみ上げてきた。

「新進作家といえばこちらへも、珍しいかたが一人お見えになりましたよ」

彼の当惑を察したトルストイ夫人は、早速風変わりな訪問客の話をし始めた。――一月ばかり前のある暮れ方、あまり身なりのよくない青年が、ぜひ主人に会いたいと言うから、とにかく奥へ通してみると、初対面の主人に向かって、「とりあえずあなたにいただきたいのは、火酒《ウォツカ》と鯡《にしん》の尻尾《しっぽ》です」と言う。そればかりでもすでに驚かされたが、このまた異様な青年が、すでに多少は名声のある、新しい作家の一人だったのには、いよいよ驚かずにはいられなかった。……

「それがガルシン*というかたでした」

トゥルゲネフはこの名を聞くと、もう一度雑談の圏内へ、トルストイを誘ってみる気になった。というのは相手の打ち融《と》けないのが、ますます不快になったほかにも、かつて彼はトルストイに、はじめてガルシンの作物を紹介した縁故があるからだった。

「ガルシンでしたか？——あの男の小説も悪くはあるまい。君はその後、何を読んだか知らないが、——」

「悪くはないようだ」

それでもトルストイは冷然と、いいかげんな返事をしただけだった。——

トゥルゲネフはやっと身を起こすと、白髪の頭を振りながら、静かに書斎の中を歩き出した。小さな卓《テーブル》の上のろうそくの火は、彼が行ったり来たりするたびに、壁へ映った彼の影を大小さまざまに変化させた。が、彼は黙然と、両手を後ろに組んだまま、ものうそうな眼はいつまでも、裸の床を離れなかった。

トゥルゲネフの心のうちには、彼がトルストイと親しくしていた、二十余年以前の追憶が、一つ一つあざやかに浮かんできた。放蕩《ほうとう》に放蕩を重ねては、ペテルブルグの彼の家へ、しばしば眠りに帰って来た、将校時代*のトルストイ、——ネクラゾフ*の客間の一つに、傲然《ごうぜん》と彼をながめながら、ジョルジュ・サンドの攻撃にいっさいを忘れていたトルストイ、——スパスコイエ*の林間に、彼と散歩の足をとどめては、夏の雲の美しさに感歎《かんたん》の声をもらしていた、「三人の軽騎兵」時代*のトルストイ、——それから最後にはフェット*の家で、二人とも拳《こぶし》を握ったまま、一生の悪罵《あくば》を相手の顔へ投げつけた時のトルストイ、——それらの追憶のどれを見ても、我執の強いトルストイは、徹頭徹尾他人の中に、真実を認めない人間だった。常に他人のすることには、虚偽を感ずる人間だった。これは他人のすることが、何も彼のすることと矛盾している時のみではない。たとい彼と同じように、放蕩をしていたものがあっても、彼は彼自身を恕《ゆる》すように他人を恕すことができなかった。彼には他人が彼のように、夏の雲の美しさを感じているということすら、すぐに信用はできないのである。彼がサンドを憎んだのも、やはり彼女の真実に疑いをいだいたからだった。一時彼がトゥルゲネフと、絶交するようになったのも、——いや、現に彼はトゥルゲネフが、山鴫を射落としたということにも、相変わらずうそをかぎつけている。……

　トゥルゲネフは大きな息をしながら、ふと龕の前に足を止めた。龕の中には大理石の像が、遠いろうそくの光を受けた、おぼつかない影に浮き出している、——それはリヨフには長兄に当たる、ニコライ・トルストイ*の半身像だった。思えば彼とも親しかった、この情愛の厚いニコライが、故人の数にはいって以来、二十年あまりの日月は、いつの間にか過ぎてしまった。もしニコライの半分でも、リヨフに他人の感情を思いやることができたなら、——トゥルゲネフは長い間、春の夜のふけるのも知らないように、このほの暗い龕の中の像へ、寂しそうな眼を注いでいた。……

翌朝トゥルゲネフはやや早めに、特にこの家では食堂に定められた、二階の客間《ザラ》へ出かけて行った。客間の壁には先祖の肖像画が、何枚も壁に並んでいる、——その肖像画の一つの下に、トルストイは卓《テーブル》へ向かいながら、郵便物に眼を通していた。が、彼のほかにはまだ子供たちも、誰一人姿は見せなかった。

二人の翁はあいさつをした。

その間もトゥルゲネフは、相手の顔色をうかがいながら、少しでもそこに好意が見えれば、すぐに和睦《わぼく》するつもりだった。がトルストイがまだ気むずかしそうに、二言《ふたこと》三言《みこと》話したのちは、また前のように黙々と、郵便物の調べにとりかかった。トゥルゲネフはやむを得ず、手近の椅子を一つ引き寄せると、これもやはり無言のまま、卓の上の新聞を読み始めた。

陰気な客間はしばらくの間、湯沸《サモワル》のたぎる音のほかには、なんの物音も聞こえなかった。

「昨夜《ゆうべ》はよく眠られたかね？」

郵便物に眼を通してしまうと、トルストイはなんと思ったか、こうトゥルゲネフへ声をかけた。

「よく眠られた」

トゥルゲネフは新聞をおろした。そうしてもう一度トルストイが、話しかける時を待っていた。が、主人は銀の手のついたコップへ、湯沸《サモワル》の茶を落としながら、それぎりなんとも口をきかなかった。

こういうことが一、二度続いたのち、トゥルゲネフはちょうど昨夜のように、ふきげんなトルストイの顔を見ているのが、だんだん苦しくなり始めた。ことに今朝は余人がいないだけ、いっそう彼には心のやり場が、どこにもないような気がするのだった。せめてトルストイ夫人でもいてくれたら、――彼はいらだたしい肚《はら》の中に、何度となくこう思った。が、この客間へはどうしたものか、いまだに人のはいって来るけはいさえも見えなかった。

五分、十分、――トゥルゲネフはとうとうたまりかねたように、新聞をそこへ抛《ほう》り出すと、蹌踉《そうろう》と椅子から立ち上がった。

その時客間の戸の外には、突然大ぜいの話し声やくつの音が聞こえだした。それが皆先を争うように、どやどや階段を駆け上がって来る――と思うと次の瞬間には、乱暴に戸が開かれるが早いか、五、六人の男女の子供たちが、口々に何かしゃべりながら、一度に部屋の中へ飛びこんで来た。

「お父様、ありましたよ」

先に立ったイリヤは得意そうに、手に下げた物を振って見せた。

「私が始め見つけたのよ」

母によく似たタティアナも、弟に負けない声をあげた。

「落ちる時にひっかかったのでしょう。白楊《はくよう》の枝にぶらさがっていました」

最後にこう説明したのは、いちばん年かさのセルゲイだった。

トルストイはあっけにとられたように、子供たちの顔を見廻していた。が、昨日の山鴫が無事に見つかったことを知ると、たちまち彼の髯《ひげ》深い顔には、晴れ晴れした微笑が浮かんできた。

「そうか？　木の枝にひっかかっていたのか？　それでは犬にも見つからなかったはずだ」

彼は椅子を離れながら、子供たちにまじったトゥルゲネフの前へ、たくましい右手をさし出した。

「イヴァン・セルゲエイッチ。* これで僕も安心ができる。僕はうそをつくような人間ではない。この鳥も下に落ちていれば、きっとドオラが拾って来たのだ」

トゥルゲネフはほとんど恥ずかしそうに、しっかりトルストイの手を握った。見つかったのは山鴫か、それとも「アンナ・カレニナ」の作家か、――「父と子と」の作家の胸には、その判断にも迷うくらい、泣きたいような喜ばしさが、いつかいっぱいになっていたのだった。

「僕だってうそをつくような人間ではない。見たまえ。あの通りちゃんとしとめてあるではないか？　なにしろ銃が鳴ると同時に、石のように落ちて来たのだから、――」

二人の翁は顔を見合わせると、言い合わせたように哄笑《こうしょう》した。

（大正九年十二月）

奇怪な再会

一

　お蓮《れん》が本所《ほんじょ》の横網《よこあみ》*に囲われたのは、明治二十八年の初冬だった。

　妾宅《しょうたく》は御《お》蔵橋《くらばし》の川に臨んだ、ごく手狭な平家だった。ただ庭先から川向こうを見ると、今は両国《りょうごく》停車場になっている御竹倉《おたけぐら》*一帯の藪《やぶ》や林が、時雨《しぐれ》がちな空をさえぎっていたから、比較的町中《まちなか》らしくない、閑静なながめには乏しくなかった。が、それだけにまた旦那《だんな》が来ない夜なぞは寂し過ぎることもたびたびあった。

「婆や、あれはなんの声だろう？」

「あれでございますか？　あれは五《ご》位《い》鷺《さぎ》でございますよ」

　お蓮は眼の悪い傭《やと》い婆さんとランプの火を守りながら、気味悪そうにこんな会話を交換することもないではなかった。

　旦那の牧野は三日にあげず、昼間でも役所の帰り途《みち》に、陸軍一等主計の軍服を着た、たくましい姿を運んで来た。もちろん日が暮れてから、厩橋《うまやばし》向こうの本宅を抜けて来ることもまれではなかった。牧野はもう女房ばかりか、男女《なんにょ》二人の子持ちでもあった。

このごろ丸髷《まるまげ》に結ったお蓮は、ほとんど宵ごとに長火鉢を隔てながら、牧野の酒の相手をした。二人の間の茶ぶ台には、たいていからすみや海鼠腸《このわた》が、こぎれいな皿小鉢を並べていた。

そういう時には過去の生活が、とかくお蓮の頭の中に、はっきり浮かんできがちだった。彼女はあのにぎやかな家や朋輩《ほうばい》たちの顔を思い出すと、遠い他国へ流れて来た彼女自身のたよりなさが、いっそう心にしみるような気がした。それからまた以前よりも、ますます肥《ふと》ってきた牧野の体が、不意に妙な憎悪の念を燃え立たせることも時々あった。

牧野は始終愉快そうに、ちびちび杯をなめていた。そうして何か冗談を言っては、お蓮の顔をのぞきこむと、突然大声に笑いだすのが、この男の酒癖の一つだった。

「いかがですな。お蓮のかた、東京もまんざらじゃありますまい」

お蓮は牧野にこう言われても、たいていは微笑をもらしたまま、酒の燗《かん》などに気をつけていた。

役所の勤めをかかえていた牧野は、めったに泊まって行かなかった。枕もとに置いた時計の針が、十二時近くなったのを見ると、彼はすぐにメリヤスの襯衣《シャツ》へ、太い腕を通し始めた。お蓮は自堕落な立て膝《ひざ》をしたなり、いつもただぼんやりと、せわしなそうな牧野の帰りじたくへ、ものうい流し眼を送っていた。

「おい、羽織をとってくれ」

牧野は夜中のランプの光に、脂の浮いた顔を照らさせながら、もどかしそうな声を出すこともあった。

お蓮は彼を送り出すと、ほとんど毎夜のことながら、気疲れを感ぜずにはいられなかった。と同時にまたひとりになったことが、多少は寂しくも思われるのだった。

雨が降っても、風が吹いても、川一つ隔てた藪や林は、心細い響きを立てやすかった。お蓮は酒臭い夜着の襟に、冷たい頬をうずめながら、じっとその響きに聞き入っていた。こうしているうちに彼女の眼には、いつか涙がいっぱいに漂ってくることがあった。しかしふだんは重苦しい眠りが、——それ自身悪夢のような眠りが、まもなく彼女の心の上へ、昏々《こんこん》と下ってくるのだった。……

二

「どうしたんですよ？　その傷は」

ある静かな雨降りの夜、お蓮は牧野の酌をしながら、彼の右の頬へ眼をやった。そこには青い剃痕《そりあと》の中に、大きなみみずばれができていた。

「これか？　これは嚊《かかあ》にひっかかれたのさ」

牧野は冗談かと思うほど、顔色も声もけろりとしていた。

「まあ、嫌な御新造《ごしんぞ》だ。どうしてまたそんなことをしたんです？」

「どうしてもこうしてもあるものか。お定まりの角をはやしたのさ。おれでさえこのくらいだから、お前なぞが遇《あ》ってみろ。たちまち喉笛《のどぶえ》へ噛《か》みつかれるぜ。まず早い話が満州犬《まんしゅうけん》さ」

お蓮はくすくす笑いだした。

「笑いごとじゃないぜ。ここにいることが知れた日にゃ、明日《あした》にも押しかけて来ないものじゃない」

牧野の言葉には思いのほか、まじめそうな調子も交じっていた。

「そうしたら、その時のことですわ」

「へええ、ひどくまた度胸がいいな」

「度胸がいいわけじゃないんです。私《わたし》の国の人間は、――」

お蓮は考え深そうに、長火鉢の炭火へ眼を落とした。

「私の国の人間は、みんなあきらめがいいんです」

「じゃお前は焼かないというわけか？」

牧野の眼にはちょいとの間、狡猾《こうかつ》そうな表情が浮かんだ。

「おれの国の人間は、みんな焼くよ。なかんずくおれなんぞは、――」

そこへ婆さんが勝手から、あつらえ物の蒲焼《かばやき》を運んで来た。

その晩牧野は久しぶりに、妾宅へ泊まって行くことになった。

雨は彼らが床へはいってから、霙《みぞれ》の音に変わりだした。お蓮は牧野が寝入ったのち、なぜかいつまでも眠られなかった。彼女のさえた眼の底には、見たことのない牧野の妻が、いろいろな姿を浮かべたりした。が、彼女は同情はもちろん、憎悪も嫉妬《しっと》も感じなかった。ただその想像に伴うのは、多少の好奇心ばかりだった。どういう夫婦喧《げん》嘩《か》をするのかしら。——お蓮は戸の外の藪や林が、霙にざわめくのを気にしながら、まじめにそんなことも考えてみた。

それでも二時を聞いてしまうと、ようやく眠けがきざしてきた。——お蓮はいつか大ぜいの旅客と、薄暗い船室に乗り合っている。円い窓から外を見ると、黒い波の重なった向こうに、月だか太陽だか判然しない、妙に赤光《あかびかり》のする球《たま》があった。乗り合いの連中はどうしたわけか、皆影の中にすわったまま、一人も口を開くものがない。お蓮はだんだんこの沈黙が、恐しいような気がしだした。そのうちに誰かが彼女の後ろへ、歩み寄ったらしいけはいがする。彼女は思わずふり向いた。すると後ろには別れた男が、悲しそうな微笑を浮かべながら、じっと彼女を見おろしている。……

「金《きん》さん」

お蓮は彼女自身の声に、明け方の眠りからさまされた。牧野はやはり彼女の隣に、静かな呼吸を続けていたが、こちらへ背中を向けた彼が、実際寝入っていたのかどうか、それはお蓮にはわからなかった。

三

お蓮に男のあったことは、牧野も気がついてはいたらしかった。が、彼はそういうことには、とんちゃくするけしきも見せなかった。また実際男のほうでも、牧野が彼女にのぼせだすと同時に、ぱったり遠のいてしまったから、彼が嫉妬を感じなかったのも、自然といえば自然だった。

しかしお蓮の頭の中には、始終男のことがあった。それは恋しいというよりも、もっと残酷な感情だった。なぜ男が彼女のところへ、突然足踏みもしなくなったか、――その訳が彼女にはのみこめなかった。もちろんお蓮は何度となく、変わりやすい世間の男心に、いっさいの原因を見いだそうとした。が、男の来なくなった前後の事情を考えると、あながちそうばかりも、思われなかった。といって何か男のほうに、やむを得ない事情が起こったとしても、それも知らさずに別れるには、彼ら二人の間がらは、あまりに深いなじみだった。では男の身の上に、不慮の大変でも襲ってきたのか、――お蓮はこう想像するのが、恐しくもあれば望ましくもあった。……

男の夢をみた二、三日のち、お蓮は銭湯に行った帰りに、ふと「身上判断、玄象道《げんしょうどう》人《じん》」という旗が、ある格子戸造りの家に出してあるのが眼に止まった。その旗は算木を染め出す代わりに、赤い穴銭《あなせん》の形をかいた、あまり見慣れない代物だった。が、お蓮はそこを通りかかると、急にこの玄象道人に、男が昨今どうしているか、占ってもらおうという気になった。

案内に応じて通されたのは、日当たりのいい座敷だった。その上主人が風流なのか、支那《シナ》の書棚だの蘭《らん》の鉢だの、煎茶家《せんちゃか》めいた装飾があるのも、居心《いごころ》のよい空気をつくっていた。

玄象道人は頭をそった、恰幅《かっぷく》のいい老人だった。が、金歯をはめていたり、巻き煙草をすぱすぱやるところは、いっこう道人らしくもない、下品な風采《ふうさい》をそなえていた。お蓮はこの老人の前に、彼女には去年ゆくえ知れずとなった親戚《しんせき》のものが一人ある、そのゆくえを占っていただきたいと言った。

すると老人は座敷のすみから、早速二人のまん中へ、紫《し》檀《たん》の小机を持ち出した。そうしてその机の上へ、うやうやしそうに青磁の香炉や金襴《きんらん》の袋を並べ立てた。

「そのご親戚はお幾つですな？」

お蓮は男の年を答えた。

「ははあ、まだお若いな、お若いうちはとかくまちがいが起こりたがる。手前のような老爺《おやじ》になっては、――」

玄象道人はじろりとお蓮を見ると、二、三度げびた笑い声を出した。

「お生まれ年もご存知かな？　いや、よろしい、卯《う》の一白《いっぱく》になります」

老人は金襴の袋から、穴銭を三枚取り出した。穴銭は皆一枚ずつ、薄赤い絹に包んであった。

「私の占いは擲銭卜《てきせんぼく》*と言います。擲銭卜は昔漢《かん》の京房《けいぼう》*が、はじめて筮《ぜい》に代えて行なったとある。ご承知でもあろうが、筮という物は、一爻《いっこう》*に三変の次第があり、一卦《いっけ》に十八変の法があるから、容易に吉凶を判じ難い。そこはこの擲銭卜の長所でな、……」

そう言ううちに香炉からは、道人の燻《く》べた香の煙が、明るい座敷の中に上り始めた。

四

道人は薄赤い絹を解いて、香炉の煙に一枚ずつ、中の穴銭を燻《くん》じたのち、今度は床にかけた軸の前へ、ていねいに円い頭を下げた。軸は狩野派《かのうは》がかいたらしい、伏羲文《ふくぎぶん》王周公《おうしゅうこう》　孔子《こうし》*の四大聖人の画像だった。

「惟皇《これこう》たる上帝、宇宙の神聖、この宝香を聞いて、願わくは降臨を賜え。――猶予いまだ決せず、疑うところは神霊に質《ただ》す。請う、皇愍《こうびん》を垂れて、すみやかに吉凶を示し給え」

そんな祭文《さいもん》が終わってから、道人は紫檀の小机の上へ、ぱらりと三枚の穴銭をまいた。穴銭は一枚は文字が出たが、あとの二枚は波のほうだった。道人はすぐに筆を執って、巻き紙にその順序を写した。

銭を擲《な》げては陰陽を定める、――それがちょうど六度続いた。お蓮はその穴銭の順序へ、心配そうな眼を注いでいた。

「さて――と」

擲銭《てきせん》が終わった時、老人は巻き紙をながめたまま、しばらくはただ考えていた。

「これは雷水解《らいすいかい》という卦《け》でな、諸事思うようにはならぬとあります。――」

お蓮はおずおず三枚の銭から、老人の顔へ視線を移した。

「まずそのご親戚とかの若いかたにも、二度とお遇いにはなれそうもないな」

玄象道人はこう言いながら、また穴銭を一枚ずつ、薄赤い絹に包み始めた。

「では生きてはおりませんのでしょうか？」

お蓮は声が震えるのを感じた。「やはりそうか」という気もちが、「そんなはずはない」という気もちといっしょに、思わず声へ出たのだった。

「生きていられるか、死んでいられるかそれはちと判じにくいが、――とにかくお遇いにはなれぬものとお思いなさい」

「どうしても遇えないでございましょうか？」

お蓮にだめを押された道人は、金襴の袋の口をしめると、脂ぎった頬のあたりに、ちらりと皮肉らしい表情が浮かんだ。

「滄桑《そうそう》の変ということもある。この東京が森や林にでもなったら、お遇いになれぬこともありますまい。——とまず、卦にはな、卦にはちゃんと出ています」

　お蓮はここへ来た時よりも、いっそう心細い気になりながら、高い見料を払ったのち、匇々家《そうそううち》へ帰って来た。

　その晩彼女は長火鉢の前に、ぼんやり頬杖《ほおづえ》をついたなり、鉄瓶の鳴る音に聞き入っていた。玄象道人の占いは、結局なんの解釈をも与えてくれないのと同様だった。いや、むしろ積極的に、彼女がひそかにいだいていた希望、——たといかにはかなくとも、やはり希望には違いない、万一を期する心もちを打ち砕いたのも同様だった。男は道人がほのめかせたように、実際生きていないのであろうか？　そういえば彼女が住んでいた町も、当時は物騒な最中だった。男はお蓮のいる家《うち》へ、相変わらず通って来る途中、何かまちがいに遇ったのかも知れない。さもなければ忘れたように、ふっつり来なくなってしまったのは、——お蓮は白粉《おしろい》を刷《は》いた片頬に、炭火のほてりを感じながら、いつか火箸《ひばし》をもてあそんでいる彼女自身を見いだした。

「金《きん》、金、金、——」

　灰の上にはそういう字が、何度も書かれたり消されたりした。

五

「金《きん》、金、金」

そうお蓮が書き続けていると、台所にいた雇婆さんが、突然かすかな叫び声をもらした。この家では台所といっても、障子一重あけさえすれば、すぐにそこが板の間だった。

「何？ 婆や」

「まあ御《ご》新《しん》さん。いらしってご覧なさい。ほんとうになんだと思ったら、――」

お蓮は台所へ出て行ってみた。

竈《かまど》が幅をとった板の間には、障子に映るランプの光が、物静かな薄暗《うすやみ》をつくっていた。婆さんはその薄暗の中に、半天の腰をかがめながら、ちょうど今何か白い獣を抱き上げているところだった。

「猫かい？」

「いえ、犬でございますよ」

両袖《そで》を胸に合わせたお蓮は、じっとその犬をのぞきこんだ。犬は婆さんに抱かれたまま、みずみずしい眼を動かしては、しきりに鼻を鳴らしている。

「これは今朝ほどごみための所に、啼《な》いていた犬でございますよ。――どうしてはいって参りましたかしら」

「お前はちっとも知らなかったの？」

「はい、そのくせここにさっきから、お茶わんを洗っておりましたんですが――やっぱり人間眼の悪いと申すことは、しかたのないもんでございますね」

　婆さんは水口の腰障子をあけると、暗い外へ小犬を捨てようとした。

「まあお待ち、ちょいと私《わたし》も抱いてみたいから、――」

「およしなさいましよ。お召しでもよごれるといけません」

　お蓮は婆さんの止めるのも聞かず、両手にその犬を抱きとった。犬は彼女の手の内に、ぶるぶる体を震わせていた。それが一瞬間過去の世界へ、彼女の心をつれて行った。お蓮はあのにぎやかな家《うち》にいた時、客の来ない夜はいっしょに寝る、白い小犬を飼っていたのだった。

「かわいそうに、――飼ってやろうかしら」

　婆さんは妙なまたたきをした。

「ねえ、婆や。飼ってやろうよ。お前にめんどうはかけないから、――」

　お蓮は犬を板の間へおろすと、無邪気なえがおを見せながら、もうさかなでもさがしてやる気か、台所の戸だなに手をかけていた。

　その翌日から妾宅には、赤い頸環《くびわ》に飾られた犬が、畳の上にいるようになった。

きれい好きな婆さんは、もちろんこの変化を悦《よろこ》ばなかった。ことに庭へおりた犬が、泥足のまま上がって来なぞすると、一日腹をたてていることもあった。が、ほかに仕事のないお蓮は、子供のように犬をかわいがった。食事の時にも膳《ぜん》のそばには、必ず犬が控えていた。夜はまた彼女の夜着の裾《すそ》に、まろまろ寝ている犬を見るのが、文字通り毎夜のことだった。

「その時分から私は、いやだいやだと思っていましたよ。なにしろ薄暗いランプの光に、あの白犬が御新造の寝顔をしげしげ見ていたこともあったんですから、――」

婆さんがかれこれ一年ののち、私の友人のKという医者に、こんなことも話して聞かせたそうである。

六

この小犬に悩まされたものは、雇婆さん一人ではなかった。牧野も犬が畳の上に、寝そべっているのを見た時には、不快そうに太い眉《まゆ》をひそめた。

「なんだい、こいつは？――畜生。あっちへ行け」

陸軍主計の軍服を着た牧野は、邪慳《じゃけん》に犬を足蹴《あしげ》にした。犬は彼が座敷へ通ると、白い背中の毛をさか立てながら、むしょうにほえ始めたのだった。

「お前の犬好きにもあきれるぜ」

晩酌の膳についてからも、牧野はまだいまいましそうに、じろじろ犬をながめていた。

「前にもこのくらいなやつを飼っていたじゃないか？」

「ええ、あれもやっぱり白犬でしたわ」

「そういえばお前があの犬と、なんでも別れないと言いだしたのにゃ、ずいぶん手こずらされたものだったけ」

お蓮は膝《ひざ》の小犬をなでながら、しかたなさそうな微笑をもらした。汽船や汽車の旅を続けるのに、犬を連れて行くことがめんどうなのは、彼女にもよくわかっていた。が、男とも別れた今、その白犬をあとに残して、見ず知らずの他国へ行くのは、どう考えてみても寂しかった。だからいよいよ立つという前夜、彼女は犬を抱き上げては、その鼻に頰をすりつけながら、何度もとめどないすすり泣きをのみこみのみこみしたものだった。……

「あの犬はなかなかりこうだったが、こいつはどうもばからしいな。第一人相が、——人相じゃない。犬相だが、——犬相がはなはだ平凡だよ」

もう酔《えい》のまわった牧野は、初めの不快も忘れたように、さしみなぞを犬に投げてやった。

「あら、あの犬によく似ているじゃありませんか？　違うのは鼻の色だけですわ」

「何、鼻の色が違う？　妙な所がまた違ったものだな」

「この犬は鼻が黒いでしょう。あの犬は鼻が赭《あこ》うござんしたよ」

お蓮は牧野の酌をしながら、前に飼っていた犬の鼻が、はっきりと眼の前に見えるような気がした。それは始終よだれにぬれた、ちょうど子持ちの乳ぶさのように、鳶《とび》色《いろ》のぶちがある鼻づらだった。

「へええ、してみると鼻の赭《あか》いほうが、犬では美人の相なのかも知れない」

「美男ですよ、あの犬は。これは黒いから、醜男《ぶおとこ》ですわね」

「男かい、二匹とも。ここの家《うち》へ来る男は、おればかりかと思ったが、——こりゃちとけしからんな」

牧野はお蓮の手をつっつきながら、彼一人上きげんに笑いくずれた。

しかし牧野はいつまでも、その景気を保っていられなかった。犬は彼らが床へはいると、古襖《ふるぶすま》一重隔てた向こうに、何度も悲しそうな声を立てた。のみならずしまいにはその襖へ、がりがり前足の爪をかけた。牧野は深夜のランプの光に、妙な苦笑を浮かべながら、とうとうお蓮へ声をかけた。

「おい、そこをあけてやれよ」

が、彼女が襖をあけると、犬は存外ゆっくりと、二人の枕もとへはいって来た。そうして白い影のように、そこへ腹を落ち着けたなり、じっと彼らをながめだした。

お蓮はなんだかその眼つきが、人のような気がしてならなかった。

七

それから二、三日たったある夜、お蓮は本宅を抜けて来た牧野と、近所の寄席へ出かけて行った。

手品、剣舞、幻灯、大神楽《だいかぐら》——そういう物ばかりかかっていた寄席は、身動きもできないほど大入りだった。二人はしばらく待たされたのち、やっと高座には遠い所へ、窮屈な腰をおろすことができた。彼らがそこへすわった時、あたりの客は言い合わせたように、丸髷《まるまげ》に結ったお蓮の姿へ、物珍しそうな視線を送った。彼女にはそれが晴れがましくもあれば、同時にまたなぜか寂しくもあった。

高座には明るい吊《つ》りランプの下に、白い鉢巻きをした男が、長い抜き身を振りまわしていた。そうして楽屋からは朗々と、「踏み破る千山万岳の煙*」とかいう、詩をうたう声が起こっていた。お蓮にはその剣舞はもちろん、詩吟も退屈なばかりだった。が、牧野は巻き煙草へ火をつけながら、おもしろそうにそれをながめていた。

剣舞の次は幻灯だった。高座におろした幕の上には、日清《にっしん》戦争の光景が、いろいろ映ったり消えたりした。大きな水柱を揚げながら、「定遠《ていえん》*」の沈没するところもあった。敵の赤児《あかご》を抱いた樋口大尉《ひぐちたいい》が、突撃を指揮するところもあった。大ぜいの客はその画《え》の中に、たまたま日章旗が現われなぞすると、必ず盛んな喝采《かっさい》を送った。中には「帝国万歳」と、とんきょうな声を出すものもあった。しかし実戦に臨んできた牧野は、そういう連中とは没交渉に、ただにやにやと笑っていた。

「戦争もあの通りだと、楽なもんだが、――」

彼は牛荘《ニューチャン》*の激戦の画を見ながら、半ば近所へも聞かせるように、こうお蓮へ話しかけた。が、彼女は相変わらず、熱心に幕へ眼をやったまま、かすかにうなずいたばかりだった。それはもちろんどんな画でも、幻灯が珍しい彼女にとっては、興味があったのに違いなかった。しかしそのほかにも画面の景色は、――雪の積もった城楼《じょうろう》の屋根だの、枯れ柳につないだ兎馬《うさぎうま》だの、辮髪《べんぱつ》*をたれた支那兵だのは、特に彼女を動かすべき理由も持っていたのだった。


寄席がはねたのは十時だった。二人は肩を並べながら、しもうた家ばかり続いている、人けのない町を歩いて来た。町の上には半輪の月が、霜のおりた家々の屋根へ、寒い光を流していた。牧野はその光の中へ、時々巻き煙草の煙を吹いては、さっきの剣舞でも頭にあるのか、

「鞭声《べんせい》粛々《しゅくしゅく》　夜河《よるかわ》を渡る」なぞと、古臭い詩の句を微吟したりした。


ところが横町を一つ曲がると、突然お蓮はおびえたように、牧野の外套《がいとう》の袖《そで》を引いた。

「びっくりさせるぜ。なんだ？」

彼はまだ足を止めずに、お蓮のほうをふり返った。

「誰か呼んでいるようですもの」

お蓮は彼に寄り添いながら、気味の悪そうな眼つきをしていた。

「呼んでいる？」

牧野は思わず足を止めると、ちょいと耳を澄ませてみた。が、寂しい往来には、犬のほえる声さえ聞こえなかった。

「空耳だよ。何が呼んでなんぞいるものか」

「気のせいですかしら」

「あんな幻灯を見たからじゃないか？」

八

寄席へ行った翌朝だった。お蓮は房楊枝《ふさようじ》をくわえながら、顔を洗いに縁側へ行った。縁側にはもういつもの通り、銅の耳盥《みみだらい》に湯をくんだのが、鉢前の前に置いてあった。

冬枯れの庭は寂しかった。庭の向こうに続いた景色も、曇天を映した川の水といっしょに、荒涼をきわめたものだった。が、その景色が眼にはいると、お蓮はうがいを使いながら、今までは全然忘れていた昨夜《ゆうべ》の夢を思い出した。

それは彼女がたった一人、暗い藪《やぶ》だか林だかの中を歩き廻《まわ》っている夢だった。彼女は細い路《みち》をたどりながら、「とうとう私の念力が届いた。東京はもう見渡す限り、人けのない森に変わっている。きっと今に金さんにも、遇うことができるのに違いない」――そんなことを思い続けていた。するとしばらく歩いているうちに、大砲の音や小銃の音が、どことも知らず聞こえだした。と同時に木々の空が、まるで火事でも映すように、だんだん赤濁りを帯び始めた。「戦争だ。戦争だ」――彼女はそう思いながら、いっしょうけんめいに走ろうとした。が、いくら気負ってみても、なぜかいっこう走れなかった。……

お蓮は顔を洗ってしまうと、手水《ちょうず》を使うために肌を脱いだ。その時何か冷たい物が、べたりと彼女の背中に触れた。

「しっ！」

彼女は格別驚きもせず、なまめいた眼を後ろへ投げた。そこには小犬が尾を振りながら、しきりに黒い鼻をなめ廻していた。

九

牧野はその後二、三日すると、いつもより早めに妾宅へ、田宮という男と遊びに来た。ある有名な御用商人の店へ、番頭格に通っている田宮は、お蓮が牧野に囲われるのについても、いろいろ世話をしてくれた人物だった。

「妙なもんじゃないか？　こうやって丸髷結っていると、どうしても昔のお蓮さんとは見えない」

田宮は明るいランプの光に、薄痘痕《うすいも》のある顔をほてらせながら、向かい合った牧野へ杯《さかずき》をさした。

「ねえ、牧野さん。これが島田に結っていたとか、赤熊《しゃぐま》*に結っていたとかいうんなら、こうも違っちゃ見えまいがね、なにしろ以前が以前だから、――」

「おい、おい、ここの婆さんは眼は少し悪いようだが、耳は遠くもないんだからね」

牧野はそう注意はしても、うれしそうににやにや笑っていた。

「だいじょうぶ。聞こえたところがわかるもんか。――ねえ、お蓮さん。あの時分のことを考えると、まるで夢のようじゃありませんか」

お蓮は眼をそらせたまま、膝の上の小犬にからかっていた。

「私も牧野さんに頼まれたから、一度は引き受けてみたようなものの、万一ばれた日にゃ大事《おおごと》だと、無事に神戸へ上がるまでにゃ、ずいぶんこれでも気をもみましたぜ」

「へん、そういう危い橋なら、渡りつけているだろうに、――」

「冗談言っちゃいけない。人間の密輸入はまだ一度ぎりだ」

田宮は一杯ぐいとやりながら、わざとらしい渋面をつくって見せた。

「だがお蓮の今日《こんにち》あるを得たのは、実際君のおかげだよ」

牧野は太い腕を伸ばして、田宮へ猪口《ちょく》をさしつけた。

「そう言われるとおそれいるが、とにかくあの時は弱ったよ。おまけにまた乗った船が、ちょうど玄海《げんかい》へかかったとなると、恐ろしいしけをくらってね。——ねえ、お蓮さん」

「ええ、私はもう船も何も、沈んでしまうかと思いましたよ」

お蓮は田宮の酌をしながら、やっと話に調子を合わせた。が、あの船が沈んでいたら、今よりはかえってましかも知れない。——そんなこともふと考えられた。

「それがまあこうしていられるんだから、お互いさまにしあわせでさあ。——だがね、牧野さん。お蓮さんに丸髷が似合うようになると、もう一度また昔のなりに、返らせてみたい気もしやしないか？」

「返らせたかったところが、しかたがないじゃないか？」

「ないがさ、——ないと言えば昔の着物は、一つもこっちへは持って来なかったかい？」

「着物どころか櫛《くし》簪《かんざし》までも、ちゃんとご持参になっている。いくら僕がよせと言っても、いっこうお取り上げにならなかったんだから、——」

牧野はちらりと長火鉢越しに、お蓮の顔へ眼を送った。お蓮はその言葉も聞こえないように、鉄瓶のぬるんだのを気にしていた。

「そいつはなおさら好都合だ。――どうです？　お蓮さん。そのうちに一つなりを変えて、お酌を願おうじゃありませんか？」

「そうして君もついでながら、昔なじみを一人思い出すか」

「さあ、その昔なじみというやつがね、お蓮さんのように好縹緻《ハオピイチエ》だと、思い出しがいもあるというものだが、――」

田宮は薄痘痕のある顔に、くすぐったそうな笑いを浮かべながら、すり芋を箸《はし》にからんでいた。……

　その晩田宮が帰ってから、牧野は何も知らなかったお蓮に、近々陸軍をやめしだい、商人になるという話をした。辞職の許可が出さえすれば、田宮が今使われている、ある名高い御用商人が、すぐに高給でかかえてくれる、――なんでもそういう話だった。

「そうすりゃここにいなくともいいから、どこか手広い家《うち》へ引っ越そうじゃないか？」

　牧野はさも疲れたように、火鉢の前へ寝ころんだまま、田宮がみやげに持って来たマニラの葉巻きを吹かしていた。

「この家《うち》だってたくさんですよ。婆やと私と二人ぎりですもの」

　お蓮はいじのきたない犬へ、残り物をあてがうのに忙しかった。

「そうなったら、おれもいっしょにいるのさ」

「だって御新造がいるじゃありませんか？」

「嚊かい？　嚊とも近々別れるはずだよ」

牧野の口調や顔色では、この意外な消息も、まんざら冗談とは思われなかった。

「あんまり罪なことをするのはおよしなさいよ」

「かまうものか。己にいでて己に返るさ。おれのほうばかり悪いんじゃない」

牧野は険しい眼をしながら、やけに葉巻きをすぱすぱやった。お蓮は寂しい顔をしたなり、しばらくはなんとも答えなかった。

一〇

「あの白犬が病みついたのは、——そうそう、田宮の旦那がお見えになった、ちょうどそのあくる日ですよ」

お蓮に使われていた婆さんは、私の友人のKという医者に、こう当時のようすを話した。

「おおかた食あたりか何かだったんでしょう。始めは毎日長火鉢の前に、ぼんやり寝ているばかりでしたが、そのうちに時々どうかすると、畳をよごすようになったんです。御新造はなにしろ子供のように、かわいがっていらしった犬ですから、わざわざ牛乳を取ってやったり、宝丹《ほうたん》*を口へふくませてやったり、ずいぶん大事になさいました。それに不思議はないんです。ないんですが、いやじゃありませんか？　犬の病気が悪くなると、御新造が犬と話をなさるのも、だんだん珍しくなくなったんです。

　そりゃ話をなさるといっても、つまりは御新造が犬を相手に、長々とひとりごとをおっしゃるんですが、夜ふけにでもその声が聞こえてご覧なさい。なんだか犬も人間のように、口をきいていそうな気がして、あんまりよい気はしないもんですよ。それでなくっても一度なぞは、あるからっ風のひどかった日に、お使いに行って帰って来ると、――そのお使いも近所の占い者の所へ、犬の病気を見てもらいに行ったんですが、――お使いに行って帰って来ると、障子のがたがたいうお座敷に、御新造の話し声が聞こえるでしょう。こりゃ旦那様でもいらしったかと思って、障子のすきまからのぞいてみると、やっぱりそこにはたった一人、御新造がいらっしゃるだけなんです。おまけに風に吹かれた雲が、お日様の前を飛ぶからですが、膝へ犬をのせた御新造の姿が、しっきりなしに明るくなったり暗くなったりするじゃありませんか？　あんなに気味の悪かったことは、この年になってもまだ二度とは、出っくわした覚えがないくらいですよ。

　ですから犬が死んだ時には、そりゃ御新造にはおきのどくでしたが、こちらは内々《ないない》ほっとしたもんです。もっともそれがうれしかったのは、犬がそそうをするたびに、掃除をしなければならなかった私ばかりじゃありません。旦那様もそのことをお聞きになると、やっかいばらいをしたというように、にやにや笑っておいでになりました。犬ですか？　犬はなんでも、御新造はもとより、私もまだ起きないうちに、鏡台の前へたおれたまま、青い物を吐いて死んでいたんです。気がなさそうに長火鉢の前に、寝てばかりいるようになってから、かれこれ半月にもなりましたかしら。……」

ちょうど薬研堀《やげんぼり》の市の立つ日、お蓮は大きな鏡台の前に、息の絶えた犬を見いだした。犬は婆さんが話した通り、青い吐物の流れた中に、冷たい体を横たえていた。これは彼女もとうの昔に、覚悟をきめていたことだった。前の犬には生き別れをしたが、今度の犬には死に別れをした。所詮《しょせん》犬は飼えないのが、持って生まれた因縁かも知れない。――そんなことがただ彼女の心へ、絶望的な静かさをのしかからせたばかりだった。

お蓮はそこへすわったなり、茫然《ぼうぜん》と犬の屍骸《しがい》をながめた。それからものうい眼をあげて、寒い鏡の面《おもて》をながめた。鏡には畳にたおれた犬が、彼女といっしょに映っていた。その犬の影をじっと見ると、お蓮はめまいでも起こったように、突然両手で顔をおおった。そうしてかすかな叫び声をもらした。

鏡の中の犬の屍骸は、いつか黒かるべき鼻の先が、赭い色に変わっていたのだった。

二

妾宅の新年は寂しかった。門には竹が立てられたり、座敷には蓬萊《ほうらい》が飾られたりしても、お蓮はひとり長火鉢の前に、屈托《くったく》らしい頰杖をついては、障子の日影が薄くなるのに、ものうい眼ばかり注いでいた。

暮れに犬に死なれて以来、ただでさえ浮かない彼女の心は、ややともすると発作的な憂鬱《ゆううつ》に襲われやすかった。彼女は犬のことばかりか、いまだにわからない男のありかや、どうかすると顔さえ知らない、牧野の妻の身の上までも、いろいろ思い悩んだりした。と同時にまたそのころから、おりおり妙な幻覚にも、悩まされるようになり始めた。——

ある時には床へはいった彼女が、やっと眠りにつこうとすると、突然何かがのったように、夜着の裾《すそ》がじわりと重くなった。小犬はまだ生きていた時分、彼女の蒲団《ふとん》の上へ来ては、よくごろりと横になった。——ちょうどそれと同じように、柔かな重みがかかったのだった。お蓮はすぐに枕から、そっと頭《かしら》を浮かせてみた。が、そこには、搔巻《かいまき》きの格子模様が、ランプの光に浮かんでいるほかは、何物もいるとは思われなかった。……

またある時は鏡台の前に、お蓮が髪を直していると、鏡へ映った彼女の後ろを、ちらりと白い物が通った。彼女はそれでも気をとめずに、みずみずしい鬢《びん》をかき上げていた。するとその白い物は、前とは反対の方向へ、もう一度とっさに通り過ぎた。お蓮は櫛を持ったまま、とうとう後ろをふり返った。しかし明るい座敷の中には、何も生き物のけはいはなかった。やっぱり眼のせいだったかしら、――そう思いながら、鏡へ向かうと、しばらくののち白い物は、三度彼女の後ろを通った。……

　またある時は長火鉢の前に、お蓮がひとりすわっていると、遠い外の往来に、彼女の名を呼ぶ声が聞こえた。それは門の竹の葉が、ざわめく音に交じりながら、たった一度聞こえたのだった。が、その声は東京へ来ても、始終心にかかっていた男の声に違いなかった。お蓮は息をひそめるように、じっと注意深い耳を澄ませた。その時また往来に、今度は前よりもちかぢかと、なつかしい男の声が聞こえた。と思うといつの間にか、それは風に吹き散らされる犬の声に変わっていた。……

　またある時はふと眼がさめると、彼女と一つ床の中に、いないはずの男が眠っていた。迫った額、長い睫毛《まつげ》、――すべてが夜半のランプの光に、寸分も以前と変わらなかった。左の眼尻《めじり》に黒子《ほくろ》があったが、――そんなことさえ検《くら》べてみても、やはり確かに男だった。お蓮は不思議に思うよりは、うれしさに心を躍らせながら、そのまま体も消え入るように、男の頸《くび》へすがりついた。しかし眠りを破られた男が、うるさそうに何かつぶやいた声は、意外にも牧野に違いなかった。のみならずお蓮はそのせつなに、実際酒臭い牧野の頸へ、しっかり両手をからんでいる彼女自身を見いだしたのだった。

しかしそういう幻覚のほかにも、お蓮の心をさわがすような事件は、現実の世界からも起こってきた。というのは松もとれないうちに、うわさに聞いていた牧野の妻が、突然訪ねて来たことだった。

三

牧野の妻が訪れたのは、あいにく例の雇婆さんが、使いに行っているるすだった。案内を請う声に驚かされたお蓮は、やむを得ず気のない体を起こして、薄暗い玄関へ出かけて行った。すると北向きの格子戸が、軒さきのお飾りを透かせている、――そこにひどく顔色の悪い、眼鏡をかけた女が一人、あまり新しくない肩掛けをしたまま、うつむきがちにたたずんでいた。

「どなた様でございますか？」

お蓮はそう尋ねながら、相手の正体を直覚していた。そうしてこの根の抜けた丸髷に、小紋の羽織の袖を合わせた、どこか影の薄い女の顔へ、じっと眼を注いでいた。

「私《わたくし》は――」

女はちょいとためらったのち、やはりうつむきがちに話し続けた。

「私は牧野の家内でございます。滝というものでございます」

今度はお蓮が口ごもった。

「さようでございますか。私《わたくし》は――」

「いえ、それはもう存じております。牧野が始終お世話になりますそうで、私からもお礼を申し上げます」

女の言葉は穏かだった。皮肉らしい調子なぞは、不思議なほどこもっていなかった。それだけまたお蓮はなんと言ってよいか、あいさつのしように困るのだった。

「つきましては今日《こんにち》はご年始かたがた、ちとお願いがあって参りましたんですが、――」

「なんでございますか、私にできることでございましたら――」

まだ油断をしなかったお蓮は、ほぼその「お願い」もわかりそうな気がした。と同時にそれを切り出された場合、答うべき文句も多そうな気がした。しかし伏し目がちな牧野の妻が、静かに述べ始めた言葉を聞くと、彼女の予想は根本から、まちがっていたことが明らかになった。

「いえ、お願いと申しましたところが、たいしたことでもございませんが、――実は近々《きんきん》に東京じゅうが、森になるそうでございますから、その節はどうか牧野同様、私もお宅へお置きくださいまし。お願いというのはこれだけでございます」

相手はゆっくりこんなことを言った。そのようすはまるで彼女の言葉が、いかに気違いじみているかも、全然気づいていないようだった。お蓮はあっけにとられたなり、しばらくはただ外光にそむいた、この陰気な女の姿を見つめているよりほかはなかった。

「いかがでございましょう？　置いていただけましょうか？」

お蓮は舌がこわばったように、なんとも返事ができなかった。いつか顔をもたげた相手は、細々と冷たい眼をあきながら、眼鏡越しに彼女を見つめている、――それがなおさらお蓮には、すべてが一場の悪夢のような、気味の悪いここちを起こさせるのだった。

「私はもとよりどうなっても、かまわない体でございますが、万一路頭に迷うようなことがありましては、二人の子供がかわいそうでございます。どうかごめんどうでもあなたのお宅へ、お置きなすってくださいまし」

牧野の妻はこう言うと、古びた肩掛けに顔を隠しながら、突然しくしく泣き始めた。するとなぜか黙っていたお蓮も、急に悲しい気がしてきた。やっと金さんにも遇える時が来たのだ、うれしい。うれしい。――彼女はそう思いながら、それでも春着の膝の上へ、やはり涙を落としている彼女自身を見いだしたのだった。

が、何分か過ぎ去ったのち、お蓮がふと気がついてみると、薄暗い北向きの玄関には、いつの間に相手は帰ったのか、誰も人影が見えなかった。

三

七草《ななくさ》の夜、牧野が妾宅へやって来ると、お蓮は早速彼の妻が、訪ねて来たいきさつを話して聞かせた。が、牧野は案外平然と、彼女に耳を借したまま、マニラの葉巻きばかりくゆらせていた。

「御新造はどうかしているんですよ」

いつか興奮しだしたお蓮は、いらだたしい眉をひそめながら、剛情になおも言い続けた。

「今のうちになんとかしてあげないと、取り返しのつかないことになりますよ」

「まあ、なったらなった時のことさ」

牧野は葉巻きの煙の中から、薄眼に彼女をながめていた。

「噂のことなんぞ案じるよりゃ、お前こそ体に気をつけるがいい。なんだかこのごろはいつ来てみても、ふさいでばかりいるじゃないか？」

「私《わたし》はどうなってもいいんですけれど、――」

「よくはないよ」

お蓮は顔を曇らせたなり、しばらくは口をつぐんでいた。が、突然涙ぐんだ眼をあげると、

「あなた、後生ですから、御新造を捨てないでください」と言った。

牧野はあっけにとられたのか、なんとも答えを返さなかった。

「後生ですから、ねえ、あなた——」

お蓮は涙を隠すように、黒繻子《くろじゅす》の襟へ顎《あご》をうずめた。

「御新造は世の中にあなた一人が、何よりも大事なんですもの。それを考えてあげなくっちゃ、薄情すぎるというもんですよ。私の国でも女というものは、——」

「いいよ。いいよ。お前の言うことはよくわかったから、そんな心配なんぞはしないほうがいいよ」

葉巻きを吸うのも忘れた牧野は、子供をだますようにこう言った。

「いったいこの家《うち》が陰気だからね、——そうそう、この間はまた犬が死んだりしている。だからお前も気がふさぐんだ。そのうちにどこかいい所があったら、早速引っ越してしまおうじゃないか？　そうして陽気に暮らすんだね、——なに、もう十日も経ちさえすりゃ、おれは役人をやめてしまうんだから、——」

お蓮はほとんどその晩じゅう、いくら牧野が慰めても、浮かない顔色を改めなかった。……

「御新造のことでは旦那様も、ずいぶんご心配なすったもんですが、——」

Kにいろいろ尋《き》かれた時、婆さんはまた当時のようすをこう話したとかいうことだった。

「なにしろ今度のご病気は、あの時分にもうきざしていたんですから、やっぱりまあ旦那様はじめ、おあきらめになるほかはありますまい。現に本宅の御新造が、不意に横網へおいでなすった時でも、私《わたくし》がお使いから帰ってみると、こちらの御新造はお玄関先へ、ぼんやりとただすわっていらっしゃる、――それを眼鏡越しににらみながら、あちらの御新造はまた上がろうともなさらず、悪丁寧《わるていねい》ないやみのありったけを並べておいでなさる始末なんです。

　そりゃ御主人が毒づかれるのは、蔭《かげ》で聞いている私にも、いい気のするもんじゃありません。けれども私がそこへ出ると、よけいことがむずかしいんです。――というのは私も四、五年前には、ご本宅に使われていたもんですから、あちらの御新造に見つかったが最後、かえって先様のお腹だちをあおることになるかも知れますまい。そんなことがあってはたいへんですから、私はご本宅の御新造が、さんざん悪態をおつきになったあげく、お帰りになってしまうまでは、とうとうお玄関の襖の蔭から、顔を出さずにしまいました。

　ところがこちらの御新造は、私の顔をご覧になると、『婆や、今し方御新造がお見えなすったよ。私《わたし》なんぞの所へ来ても、いやみ一つ言わないんだから、あれがほんとうの結構人だろうね』と、こうおっしゃるじゃありませんか？　そうかと思うと笑いながら、『なんでも近々東京じゅうが、森になるって言っていたっけ。かわいそうにあの人は、気が少し変なんだよ』と、そんなことさえおっしゃるんですよ。……」

四

しかしお蓮の憂鬱は、二月にはいってまもないころ、やはり本所の松井《まつい》町にある、手広い二階家へ住むようになっても、相変わらず晴れそうなけしきはなかった。彼女は婆さんとも口をきかず、たいていは茶の間にたった一人、鉄瓶のたぎりを聞き暮らしていた。

するとそこへ移ってから、まだ一週間も経たないある夜、もうどこかで飲んだ田宮が、ふらりと妾宅へ遊びに来た。ちょうど一杯始めていた牧野は、この飲み仲間の顔を見ると、早速手にあった猪口《ちょく》をさした。田宮はその猪口をもらう前に、襯衣《シャツ》をのぞかせたふところから、赤い缶詰を一つ出した。そうしてお蓮の酌を受けながら、

「これはおみやげです。お蓮夫人。これはあなたへおみやげです」と言った。

「なんだい、これは？」

牧野はお蓮が礼を言う間に、その缶詰を取り上げて見た。

「貼紙《ペーパー》を見たまえ。膃肭獣《おっとせい》だよ。膃肭獣の缶詰さ。——あなたは気のふさぐのが病だっていうから、これを一つ献上します。産前、産後、婦人病いっさいによろしい。—

—これは僕の友だちに聞いた能書きだがね、そいつがやり始めた缶詰だよ」

田宮は唇をなめまわしては、彼ら二人を見比べていた。

「食えるかい、お前、膃肭獣なんぞが？」

お蓮は牧野にこう言われても、無理にちょいと口元へ、微笑を見せたばかりだった。が、田宮は手を振りながら、すぐにその答えを引き受けた。

「だいじょうぶ。だいじょうぶだとも。——ねえ、お蓮さん。この膃肭獣というやつは、牡《おす》が一匹いるところには、牝《めす》が百匹もくっついている。まあ人間にすると、牧野さんというところです。そういえば顔も似ていますな。だからです。だから一つ牧野さんだと思って、——かわいい牧野さんだと思ってお上がんなさい」

「何を言っているんだ」

牧野はやむを得ず苦笑した。

「牡が一匹いるところに、——ねえ、牧野さん、君によく似ているだろう」

田宮は薄痘痕のある顔に、いっぱいの笑いを浮かべたなり、委細かまわずしゃべり続けた。

「今日僕の友だちに、——この缶詰屋に聞いたんだが、膃肭獣というやつは、牡同志が牝を取り合うと、——そうそう、膃肭獣の話よりゃ、今夜は一つお蓮さんに、昔のなりを見せてもらうんだった。どうです？　お蓮さん。今こそお蓮さんなんぞと言っているが、お蓮さんとは世を忍ぶ仮の名さ。ここは一番音羽屋《おとわや》で行きたい*ね。お蓮さんとは――」

「おい、おい、牝を取り合うとどうするんだ？　そのほうをまず伺いたいね」

迷惑らしい顔をした牧野は、やっともう一度膃肭獣の話へ、危険な話題を一転させた。が、その結果は必ずしも、彼が希望していたような、都合のいいものではなさそうだった。

「牝を取り合うとか。牝を取り合うと、大喧嘩をするんだそうだ。その代わりだね、その代わり正々堂々とやる。君のように暗打ちなんぞは食わせない。いや、こりゃ失礼。禁句禁句金看板の甚九郎《じんくろう》*だっけ。――お蓮さん。一つ、献じましょう」

　田宮は色を変えた牧野に、ちらりと顔をにらまれると、てれ隠しにお蓮へ杯をさした。しかしお蓮は無気味なほど、じっと彼を見つめたぎり、手も出そうとはしなかった。

一五

　お蓮が床を抜け出したのは、その夜の三時過ぎだった。彼女は二階の寝間を後ろに、そっと暗い梯子《はしご》をおりると、手さぐりに鏡台の前へ行った。そうしてその抽斗《ひきだし》から、剃刀《かみそり》の箱を取り出した。

「牧野め。牧野の畜生め」

お蓮はそうつぶやきながら、静かに箱の中の物を抜いた。その拍子に剃刀のにおいが、磨《と》ぎ澄ました鋼のにおいが、かすかに彼女の鼻を打った。

いつか彼女の心の中には、狂暴な野性が動いていた。それは彼女が身を売るまでに、邪慳な継母《ままはは》との争いから、すさむままに任せた野性だった。白粉《おしろい》が地肌を隠したように、この数年間の生活が押し隠していた野性だった。……

「牧野め。鬼め。二度の日の目は見せないから、――」

お蓮ははでな長襦袢《ながじゅばん》の袖に、一挺《ちょう》の剃刀をおおったなり、鏡台の前に立ち上がった。すると突然かすかな声が、どこからか彼女の耳へはいった。

「およし。およし」

彼女は思わず息をのんだ。が、声だと思ったのは、時計の振り子が暗い中に、秒を刻んでいる音らしかった。

「およし。およし。およし」

しかし梯子を上がりかけると、声はもう一度お蓮を捉《とら》えた。彼女はそこへ立ち止まりながら、茶の間の暗やみを透かして見た。

「誰だい？」

「私《わたし》。私だ。私」

声は彼女と仲がよかった、朋輩の一人に違いなかった。

「一枝《いっし》さんかい？」

「ああ、私《わたし》」

「久しぶりだねえ。お前さんは今どこにいるの？」

お蓮はいつか長火鉢の前へ、昼間のようにすわっていた。

「およし。およしよ」

声は彼女の問いに答えず、何度も同じことをくり返すのだった。

「なぜまたお前さんまでが止めるのさ？　殺したっていいじゃないか？」

「およし。生きているもの。生きているのよ」

「生きている？　誰が？」

そこに長い沈黙があった。時計はその沈黙の中にも、休みない振り子を鳴らしていた。

「誰が生きているのさ？」

しばらく無言が続いたのち、お蓮がこう問い直すと、声はやっと彼女の耳に、懐しい名前をささやいてくれた。

「金――金さん。金さん」

「ほんとうかい？　ほんとうならうれしいけれど、――」

お蓮は頬杖をついたまま、物思わしそうな眼つきになった。

「だって金さんが生きているんなら、私に会いに来そうなもんじゃないか？」

「来るよ。来るとさ」

「来るって？　いつ？」

「明日《あした》。弥勒寺《みろくじ》へ会いに来るとさ。弥勒寺へ。明日の晩」

「弥勒寺って、弥勒寺橋*だろうねえ」

「弥勒寺橋へね。夜来る。来るとさ」

それぎり声は聞こえなくなった。が、長襦袢一つのお蓮は、夜明け前の寒さも知らないように、長い間じっとすわっていた。

六

お蓮は翌日の午《ひる》過ぎまでも、二階の寝室を離れなかった。が、四時ごろやっと床を出ると、いつもより念入りに化粧をした。それから芝居でも見に行くように、上着も下着もことごとく一番よい着物を着始めた。

「おい、おい、なんだってまたそんなにめかすんだい？」

その日は一日店へも行かず、妾宅にごろごろしていた牧野は、風俗画報*を拡げながら、不審そうに彼女へ声をかけた。

「ちょいと行く所がありますから、――」

お蓮は冷然と鏡台の前に、鹿《か》の子《こ》の帯上げを結んでいた。

「どこへ？」

「弥勒寺橋まで行けばいいんです」

「弥勒寺橋？」

牧野はそろそろいぶかるよりも、不安になってきたらしかった。それがお蓮にはなんともいえない、愉快な心もちをそそるのだった。

「弥勒寺橋になんの用があるんだい？」

「なんの用ですか、――」

彼女はちらりと牧野の顔へ、侮蔑《ぶべつ》の眼の色を送りながら、静かに帯止めの金物を合わせた。

「それでも安心してください。身なんぞ投げはしませんから、――」

「ばかなことを言うな」

牧野はばたりと畳の上へ、風俗画報を抛《ほう》り出すと、いまいましそうに舌打ちをした。


……


「かれこれその晩の七時ごろだそうだ。――」

今までの事情を話したのち、私《わたくし》の友人のＫという医者は、おもむろにこう言葉を続けた。

「お蓮は牧野が止めるのも聞かず、たった一人家《うち》を出て行った。なにしろ婆さんなぞが心配して、いくらいっしょに行きたいと言っても、当人がまるで子供のように、一人にしなければ死んでしまうと、だだをこねるんだからしかたがない。が、もちろんお蓮一人、出してやれたもんじゃないから、そこは牧野が見え隠れに、ついて行くことにしたんだそうだ。

ところが外へ出てみると、その晩はちょうど弥勒寺橋の近くに、薬師の縁日が立っている。だから二つめの往来は、いくら寒い時分でも、押し合わないばかりの人通りだ。これはお蓮の跡をつけるには、都合がよかったのに違いない。牧野がすぐ後ろを歩きながら、とうとう相手に気づかれなかったのも、畢竟《ひっきょう》は縁日のおかげなんだ。

往来にはずっと両側に、縁日商人《あきんど》が並んでいる。そのカンテラやランプの明かりに、飴屋《あめや》の渦巻きの看板だの豆屋の赤い日傘だのが、右にも左にもちらつくんだ。が、お蓮はそんな物には、全然わき目もふらないらしい。ただ心もちうつむいたなり、さっさと人ごみを縫って行くんだ。なんでも遅れずに歩くのは、牧野にも骨が折れたそうだから、よっぽど先を急いでいたんだろう。

そのうちに弥勒寺橋の袂《たもと》へ来ると、お蓮はやっと足を止めて、茫然《ぼうぜん》とあたりを見まわしたそうだ。あすこには河岸へ曲がった所に、植木屋ばかりが続いている。どうせ縁日物だから、たいした植木があるわけじゃないが、ともかくも松とか檜《ひのき》とかが、ここだけは人足のまばらな通りに、みずみずしい枝葉を茂らしているんだ。

「こんな所へ来たはいいが、いったいどうする気なんだろう？——牧野はそう疑いながら、しばらくは橋づめの電柱の蔭《かげ》に、妾《めかけ》のようすをうかがっていた。が、お蓮は相変わらず、ぼんやりそこにたたずんだまま、植木の並んだのをながめている。そこで牧野は相手の後ろへ、忍び足にそっと近よってみた。するとお蓮はうれしそうに、何度もこういうひとりごとをつぶやいていたというじゃないか？——『森になったんだねえ。とうとう東京も森になったんだねえ』……

七

「それだけならばまだよいが、——」

Kはさらに話し続けた。

「そこへ雪のような小犬が一匹、偶然人ごみを抜けて来ると、お蓮はいきなり両手を伸ばして、その白犬を抱き上げたそうだ。そうして何を言うかと思えば、『お前も来てくれたのかい？　ずいぶんここまでは遠かったろう。なにしろ途中には山もあれば、大きな海もあるんだからね。ほんとうにお前に別れてから、一日も泣かずにいたことはないよ。お前の代わりに飼った犬には、この間死なれてしまうしさ』なぞと、夢のようなことをしゃべりだすんだ。が、小犬は人なつこいのか、啼きもしなければ嚙《か》みつきもしない。ただ鼻だけ鳴らしては、お蓮の手や頰をなめまわすんだ。

　こうなると見てはいられないから、牧野はとうとう顔を出した。が、お蓮はなんと言っても、金さんがここへ来るまでは、決して家《うち》へは帰らないと言う。そのうちに縁日のことだから、すぐにまわりへは人だかりができる。中には『やあ、別嬪《べっぴん》の気違いだ』と、大きな声を出すやつさえあるんだ。しかし犬好きなお蓮には、久しぶりに犬を抱いたのが、少しは気休めになったんだろう。ややしばらく押し問答をしたのち、ともかくも牧野の言う通り一応は家《うち》へ帰ることに、やっと話がかたづいたんだ。が、いよいよ帰るとなっても、野次馬《やじうま》は容易に退くもんじゃない。お蓮もまたどうかすると、弥勒寺橋の方へ引っ返そうとする。それをなだめたりすかしたりしながら、松井町の家《うち》へつれて来た時には、さすがに牧野も外套《がいとう》の下が、すっかり汗になっていたそうだ。……」

　お蓮は家へ帰って来ると、白い子犬を抱いたなり、二階の寝室へ上って行った。そうしてまっくらな座敷の中へ、そっとこの憐《あわ》れな動物を放した。犬は小さな尾を振りながらうれしそうにそこらを歩きまわった。それは以前飼っていた時、彼女の寝台《ねだい》から石畳の上へ、飛び出したのと同じ歩きぶりだった。

「おや、――」

座敷の暗いのを思い出したお蓮は、不思議そうにあたりを見まわした。するといつか天井からは、火をともした瑠璃灯《るりとう》が一つ、彼女の真上につり下がっていた。

「まあ、きれいだこと。まるで昔に返ったようだねえ」

彼女はしばらくはうっとりと、きらびやかな灯火《ともしび》をながめていた。が、やがてその光に、彼女自身の姿を見ると、悲しそうに二、三度頭《かしら》を振った。

「私は昔の蕙蓮《けいれん》じゃない。今はお蓮という日本人だもの。金さんも会いに来ないはずだ。けれども金さんさえ来てくれれば、――」

ふと頭《かしら》をもたげたお蓮は、もう一度驚きの声をもらした。見ると小犬のいた所には、横になった支那人が一人、四角な枕へ肘《ひじ》をのせながら、悠々と鴉片《あへん》をくゆらせている! 迫った額、長い睫毛《まつげ》、それから左の目尻《めじり》の黒子《ほくろ》。――すべてが金に違いなかった。のみならず彼はお蓮を見ると、やはり煙管《きせる》をくわえたまま、昔の通り涼しい眼に、ちらりと微笑を浮かべたではないか?

「ご覧。東京はもうあの通り、どこを見ても森ばかりだよ」

なるほど二階の亜字欄《あじらん》*の外には、見慣れない樹木が枝を張った上に、刺繍《ぬいとり》の模様にありそうな鳥が、何羽も気軽そうにさえずっている、――そんな景色をながめながら、お蓮はなつかしい金のそばに、一夜じゅう恍惚《こうこつ》とすわっていた。……

「それから一日か二日すると、お蓮――本名は孟《もう》蕙蓮は、もうこのK脳病院の患者の一人になっていたんだ。なんでも日清戦争ちゅうは、威海衛《いかいえい》*のある妓館《ぎかん》とかに、客を取っていた女だそうだが、——何、どんな女だった？　待ちたまえ。ここに写真があるから」

　Kが見せた古写真には、寂しい支那服の女が一人、白犬といっしょに映っていた。

「この病院へ来た当座は、誰がなんと言ったところが、決して支那服を脱がなかったもんだ。おまけにその犬がそばにいないと、金さん金さんとわめきたてるじゃないか？　考えれば牧野もかわいそうな男さ。蕙蓮を妾にしたといっても、帝国軍人の片われたるものが、戦争後すぐに敵国人を内地へつれこもうというんだから、人知れない苦労が多かったろう。——え、金はどうした？　そんなことは尋《き》くだけ野暮《やぼ》だよ。僕は犬が死んだのさえ、病気かどうかと疑っているんだ」

（大正九年十二月）

アグニの神*

一

支那の上海《シャンハイ》のある町です。昼でも薄暗いある家の二階に、人相の悪いインド人の婆さんが一人、商人らしい一人のアメリカ人と何かしきりに話し合っていました。

「実は今度もお婆さんに、占いを頼みに来たのだがね、——」

アメリカ人はそう言いながら、新しい巻き煙草へ火をつけました。

「占いですか？　占いは当分見ないことにしましたよ」

婆さんはあざけるように、じろりと相手の顔を見ました。

「このごろは折角見てあげても、お礼さえろくにしない人が、多くなってきましたからね」

「そりゃもちろんお礼をするよ」

アメリカ人は惜しげもなく、三百弗《ドル》の小切手を一枚、婆さんの前へ投げてやりました。

「さしあたりこれだけ取っておくさ。もしお婆さんの占いが当たれば、その時は別にお礼をするから、――」

婆さんは三百弗の小切手を見ると、急にあいそがよくなりました。

「こんなにたくさんいただいては、かえっておきのどくですね。――そうしていったいまたあなたは、何を占ってくれろとおっしゃるんです？」

「私《わたし》が見てもらいたいのは、――」

アメリカ人は煙草をくわえたなり、狡猾《こうかつ》そうな微笑を浮かべました。

「いったい日米戦争はいつあるかということなんだ。それさえちゃんとわかっていれば、我々商人はたちまちのうちに、大金もうけができるからね」

「じゃ明日《あした》いらっしゃい。それまでに占っておいてあげますから」

「そうか。じゃまちがいのないように、――」

インド人の婆さんは、得意そうに胸をそらせました。

「私の占いは五十年来、一度もはずれたことはないのですよ。なにしろ私のはアグニの神が、ご自身お告げをなさるのですからね」

アメリカ人が帰ってしまうと、婆さんは次の間の戸口へ行って、

「恵《え》蓮《れん》。恵蓮」と呼びたてました。

その声に応じて出て来たのは、美しい支那人の女の子です。が、何か苦労でもある

のか、この女の子の下ぶくれの頰は、まるで蠟《ろう》のような色をしていました。

「何をぐずぐずしているんだえ？　ほんとうにお前くらい、ずうずうしい女はありゃしないよ。きっとまた台所で居眠りか何かしていたんだろう？」

恵蓮はいくらしかられても、じっとうつむいたまま黙っていました。

「よくお聞きよ。今夜は久しぶりにアグニの神へ、お伺いを立てるんだからね、そのつもりでいるんだよ」

女の子はまっ黒な婆さんの顔へ、悲しそうな眼をあげました。

「今夜ですか？」

「今夜の十二時。いいかえ？　忘れちゃいけないよ」

インド人の婆さんは、おどすように指をあげました。

「またお前がこの間のように、私に世話ばかり焼かせると、今度こそお前の命はないよ。お前なんぞは殺そうと思えば、雛《ひよ》っ仔《こ》の頸《くび》を絞めるより——」

こう言いかけた婆さんは、急に顔をしかめました。ふと相手に気がついてみると、恵蓮はいつか窓ぎわに行って、ちょうどあいていた硝子《ガラス》窓から、寂しい往来をながめているのです。

「何を見ているんだえ？」

恵蓮はいよいよ色を失って、もう一度婆さんの顔を見上げました。

「よし、よし、そう私をばかにするんなら、まだお前は痛い目に会い足りないんだろう」

婆さんは眼を怒らせながら、そこにあった箒《ほうき》をふり上げました。

ちょうどそのとたんです。誰か外へ来たとみえて、戸をたたく音が、突然荒々しく聞こえ始めました。

二

その日のかれこれ同じ時刻に、この家の外を通りかかった、年の若い一人の日本人があります。それがどう思ったのか、二階の窓から顔を出した支那人の女の子を一目見ると、しばらくはあっけにとられたように、ぼんやり立ちすくんでしまいました。

そこへまた通りかかったのは、年をとった支那人の人力《じんりき》車夫です。

「おい。おい。あの二階に誰が住んでいるか、お前は知っていないかね？」

日本人はその人力車夫へ、いきなりこう問いかけました。支那人はかじ棒を握ったまま、高い二階を見上げましたが、「あすこですか？　あすこには、なんとかいうインド人の婆さんが住んでいます」と、気味悪そうに返事をすると、匆々《そうそう》行きそうにするのです。

「まあ、待ってくれ。そうしてその婆さんは、何を商売にしているんだ？」

「占い者です。が、この近所のうわさじゃ、なんでも魔法さえ使うそうです。まあ、命が大事だったら、あの婆さんのところなぞへは行かないほうがよいようですよ」

支那人の車夫が行ってしまってから、日本人は腕を組んで、何か考えているようでしたが、やがて決心でもついたのか、さっさとその家の中へはいって行きました。すると突然聞こえて来たのは、婆さんののしる声に交じった、支那人の女の子の泣き声です。日本人はその声を聞くが早いか、一股《ひとまた》に二、三段ずつ、薄暗い梯子《はしご》を駆《か》け上がりました。そうして婆さんの部屋の戸を力いっぱいたたきだしました。

戸はすぐにあきました。が、日本人が中へはいってみると、そこにはインド人の婆さんがたった一人立っているばかり、もう支那人の女の子は、次の間へでも隠れたのか、影も形も見当たりません。

「何かご用ですか？」

婆さんはさも疑わしそうに、じろじろ相手の顔を見ました。

「お前さんは占い者だろう？」

日本人は腕を組んだまま、婆さんの顔をにらみ返しました。

「そうです」

「じゃ私《わたし》の用なぞは、聞かなくてもわかっているじゃないか？　私も一つお前さんの占いを見てもらいにやって来たんだ」

「何を見てあげるんですえ？」

婆さんはますます疑わしそうに、日本人のようすをうかがっていました。

「私の主人のお嬢さんが、去年の春ゆくえ知れずになった。それを一つ見てもらいたいんだが、――」

日本人は一句一句、力を入れて言うのです。

「私の主人は香港《ホンコン》の日本領事だ。お嬢さんの名は妙子《たえこ》さんとおっしゃる。私は遠藤《えんどう》という書生だが――どうだね？　そのお嬢さんはどこにいらっしゃる」

遠藤はこう言いながら、上衣《うわぎ》の隠しに手を入れると、一挺《いっちょう》のピストルを引き出しました。

「この近所にいらっしゃりはしないか？　香港の警察署の調べたところじゃ、お嬢さんをさらったのは、インド人らしいということだったが、――隠しだてをするとためにならんぞ」

しかしインド人の婆さんは、少しもこわがるけしきが見えません。見えないどころか唇には、かえって人をばかにしたような微笑さえ浮かべているのです。

「お前さんは何を言うんだえ？　私はそんなお嬢さんなんぞは、顔を見たこともありゃしないよ」

「うそをつけ。今その窓から外を見ていたのは、確かにお嬢さんの妙子さんだ」

遠藤は片手にピストルを握ったまま、片手に次の間の戸口を指さしました。

「それでもまだ剛情を張るんなら、あすこにいる支那人をつれて来い」

「あれは私のもらい子だよ」

婆さんはやはりあざけるように、にやにやひとり笑っているのです。

「もらい子かもらい子でないか、一目見りゃわかることだ。貴様がつれて来なければ、おれがあすこへ行ってみる」

遠藤が次の間へ踏みこもうとすると、とっさにインド人の婆さんは、その戸口に立ちふさがりました。

「ここは私の家《うち》だよ。見ず知らずのお前さんなんぞに、奥へはいられてたまるものか」

「退《ど》け。退かないと射ち殺すぞ」

遠藤はピストルをあげました。いや、あげようとしたのです。が、その拍子に婆さんが、鴉《からす》の啼《な》くような声を立てたかと思うと、まるで電気に打たれたように、ピストルは手から落ちてしまいました。これには勇みだった遠藤も、さすがに胆《きも》をひしがれたのでしょう、ちょいとの間は不思議そうに、あたりを見まわしていましたが、たちまちまた勇気をとり直すと、

「魔法使いめ」とののしりながら、虎のように婆さんへ飛びかかりました。

が、婆さんもさるものです。ひらりと身をかわすが早いか、そこにあった箒をとっ

て、またつかみかかろうとする遠藤の顔へ、床の上のごみを掃きかけました。すると、そのごみが皆火花になって、眼といわず、口といわず、ばらばらと遠藤の顔へ焼きつくのです。

遠藤はとうとうたまりかねて、火花のつむじ風に追われながら、ころげるように外へ逃げ出しました。

三

その夜の十二時に近い時分、遠藤はひとり婆さんの家の前にたたずみながら、二階の硝子窓に映る火影を口惜《くや》しそうに見つめていました。

「せっかくお嬢さんのありかをつきとめながら、とり戻すことができないのは残念だな。いっそ警察へ訴えようか？　いや、いや、支那の警察が手ぬるいことは、香港でもう懲り懲りしている。万一今度も逃げられたら、また探すのが一苦労だ。といってあの魔法使いには、ピストルさえ役にたたないし、――」

遠藤がそんなことを考えていると、突然高い二階の窓から、ひらひら落ちて来た紙切れがあります。

「おや、紙切れが落ちて来たが、――もしやお嬢さんの手紙じゃないか？」

こうつぶやいた遠藤は、その紙切れを、拾い上げながらそっと隠した懐中電灯を出して、まん円な光に照らして見ました。するとはたして紙切れの上には、妙子が書いたのに違いない、消えそうな鉛筆の跡があります。

「遠藤サン。コノ家《ウチ》ノオ婆サンハ、恐シイ魔法使イデス。時々真夜中ニ私《ワタクシ》ノ体へ、『アグニ』トイウインドノ神ヲ乗リ移ラセマス。私ハソノ神ガ乗リ移ッテイル間ジュウ、死ンダヨウニナッテイルノデス。デスカラドンナコトガ起コルカ知リマセンガ、ナンデモオ婆サンノ話デハ、『アグニ』ノ神ガ私ノ口ヲ借リテ、イロイロ予言ヲスルノダソウデス。今夜モ十二時ニハオ婆サンガマタ『アグニ』ノ神ヲ乗リ移ラセマス。イツモダト私ハ知ラズ知ラズ、気ガ遠クナッテシマウノデスガ、今夜ハソウナラナイウチニ、ワザト魔法ニカカッタマネヲシマス。ソウシテ私ヲオ父様ノ所へ返サナイト『アグニ』ノ神ガオ婆サンノ命ヲトルト言ッテヤリマス。オ婆サンハ何ヨリモ『アグニ』ノ神ガコワイノデスカラ、ソレヲ聞ケバキット私ヲ返スダロウト思イマス。ドウカ明日《アシタ》ノ朝モウ一度、オ婆サンノ所へ来テクダサイ。コノ計略ノホカニハオ婆サンノ手カラ、逃ゲ出スミチハアリマセン。サヨウナラ」

遠藤は手紙を読み終わると、懐中時計を出して見ました。時計は十二時五分前です。

「もうそろそろ時刻になるな、相手はあんな魔法使いだし、お嬢さんはまだ子供だから、よほど運がよくないと、――」

遠藤の言葉が終わらないうちに、もう魔法が始まるのでしょう。今まで明るかった二階の窓は、急にまっくらになってしまいました。と同時に不思議な香のにおいが、町の敷き石にもしみるほど、どこからか静かに漂ってきました。

四

その時あのインドの婆さんは、ランプを消した二階の部屋の机に、魔法の書物を拡げながら、しきりに呪文《じゅもん》を唱えていました。書物は香炉の火の光に、暗い中でも文字だけは、ぼんやり浮き上がらせているのです。

婆さんの前には心配そうな恵蓮が、――いや、支那服を着せられた妙子が、じっと椅子にすわっていました。さっき窓から落とした手紙は、無事に遠藤さんの手へはいったであろうか？　あの時往来にいた人影は、確かに遠藤さんだと思ったが、もしや人違いではなかったであろうか？――そう思うと妙子は、いても立ってもいられないような気がしてきます。しかし今うっかりそんな気《け》ぶりが、婆さんの眼にでも止まったが最後、この恐しい魔法使いの家から、逃げ出そうという計略は、すぐに見破られてしまうでしょう。ですから妙子はいっしょうけんめいに、震える両手を組み合わせながら、かねてたくんでおいたとおり、アグニの神が乗り移ったように、見せかける時の近づくのを今か今かと待っていました。

婆さんは呪文を唱えてしまうと、今度は妙子をめぐりながら、いろいろな手ぶりをし始めました。ある時は前へ立ったまま、両手を左右にあげて見せたり、またある時は後ろへ来て、まるで眼かくしでもするように、そっと妙子の額の上へ手をかざしたりするのです。もしこの時部屋の外から、誰か婆さんのようすを見ていたとすれば、それはきっと大きな蝙蝠《こうもり》か何かが、蒼白《あおじろ》い香炉の火の光の中に、飛びまわってでもいるように見えたでしょう。

そのうちに妙子はいつものように、だんだん睡気《ねむけ》がきざしてきました。が、ここで睡ってしまっては、せっかくの計略にかけることも、できなくなってしまう道理です。そうしてこれができなければ、もちろん二度とお父さんの所へも、帰れなくなるのに違いありません。

「日本の神々様、どうか私《わたくし》が睡らないように、お守りなすってくださいまし。その代わり私はもう一度、たとい一目でもお父さんのお顔を見ることができたなら、すぐに死んでもよろしゅうございます。日本の神々様、どうかお婆さんをだませるように、お力をお貸しくださいまし」

妙子は何度も心の中に、熱心に祈りを続けました。しかし睡気はおいおいと、強くなってくるばかりです。と同時に妙子の耳には、ちょうど銅鑼《どら》でも鳴らすような、えたいの知れない音楽の声が、かすかに伝わり始めました。これはいつでもアグニの神が、空から降りて来る時に、きっと聞こえる声なのです。

もうこうなってはいくら我慢しても、睡らずにいることはできません。現に目の前の香炉の火や、インド人の婆さんの姿でさえ、気味の悪い夢が薄れるように、見る見る消え失《う》せてしまうのです。

「アグニの神、アグニの神、どうか私《わたし》の申すことをお聞き入れくださいまし」

やがてあの魔法使いが、床の上にひれ伏したまま、しわがれた声をあげた時には、妙子は椅子にすわりながら、ほとんど生死も知らないように、いつかもうぐっすり寝入っていました。

五

妙子はもちろん婆さんも、この魔法を使うところは、誰の眼にも触れないと、思っていたのに違いありません。しかし実際は部屋の外に、もう一人戸の鍵穴《かぎあな》から、のぞいている男があったのです。それはいったい誰でしょうか？――言うまでもなく、書生の遠藤です。

　遠藤は妙子の手紙を見てから、一時は往来に立ったなり、夜明けを待とうかとも思いました。が、お嬢さんの身の上を思うと、どうしてもじっとしてはいられません。

そこでとうとう盗人のように、そっと家の中へ忍びこむと、早速この二階の戸口へ来て、さっきから透き見をしていたのです。

しかし透き見をすると言っても、なにしろ鍵穴をのぞくのですから、蒼白い香炉の火の光を浴びた、死人のような妙子の顔が、やっと正面に見えるだけです。そのほかは机も、魔法の書物も、床にひれ伏した婆さんの姿も、まるで遠藤の眼にははいりません。しかししわがれた婆さんの声は、手にとるようにはっきり聞こえました。

「アグニの神、アグニの神、どうか私の申すことをお聞き入れくださいまし」

婆さんがこう言ったと思うと、息もしないようにすわっていた妙子は、やはり眼をつぶったまま、突然口をきき始めました。しかもその声がどうしても、妙子のような少女とは思われない、荒々しい男の声なのです。

「いや、おれはお前の願いなぞは聞かない。お前はおれの言いつけにそむいて、いつも悪事ばかり働いてきた。おれはもう今夜限り、お前を見捨てようと思っている。いや、その上に悪事の罰を下してやろうと思っている」

婆さんはあっけにとられたのでしょう。しばらくはなんとも答えずに、あえぐような声ばかり立てていました。が、妙子は婆さんにとんちゃくせず、おごそかに話し続けるのです。

「お前は憐《あわ》れな父親の手から、この女の子を盗んで来た。もし命が惜しかったら、明《あ》日《す》とも言わず今夜のうちに、早速この女の子を返すがいい」

遠藤は鍵穴に眼を当てたまま、婆さんの答えを待っていました。すると婆さんは驚きでもするかと思いのほか、憎々しい笑い声をもらしながら、急に妙子の前へ突っ立ちました。

「人をばかにするのも、いいかげんにおし。お前は私をなんだと思っているのだえ。私はまだお前にだまされるほど、耄碌《もうろく》はしていないつもりだよ。早速お前を父親へ返せ――警察のお役人じゃあるまいし、アグニの神がそんなことをお言いつけになってたまるものか」

婆さんはどこからとり出したか、眼をつぶった妙子の顔の先へ、一挺のナイフを突きつけました。

「さあ、正直に白状おし。お前はもったいなくもアグニの神の、声色を使っているのだろう」

さっきからようすをうかがっていても、妙子が実際睡っていることは、もちろん遠藤にはわかりません。ですから遠藤はこれを見ると、さては計略が露顕したかと思わず胸をおどらせました。が、妙子は相変わらず目蓋《まぶた》一つ動かさず、あざ笑うように答えるのです。

「お前も死に時が近づいたな。おれの声がお前には人間の声に聞こえるのか。おれの声は低くとも、天上に燃える炎の声だ。それがお前にはわからないのか。わからなければ、かってにするがいい。おれはただお前に尋ねるのだ。すぐにこの女の子を送り返すか、それともおれの言いつけにそむくか――」

婆さんはちょいとためらったようです。が、たちまち勇気をとり直すと、片手にナイフを握りながら、片手に妙子の襟髪をつかんで、ずるずる手もとへ引き寄せました。

「この阿魔《あま》め。まだ剛情を張る気だな。よし、よし、それなら約束通り、一思いに命をとってやるぞ」

婆さんはナイフを振り上げました。もう一分間遅れても、妙子の命はなくなります。遠藤はとっさに身を起こすと、錠のかかった入り口の戸を無理無体にあけようとしました。が、戸は容易に破れません。いくら押しても、たたいても、手の皮がすりむけるばかりです。

六

そのうちに部屋の中からは、誰かのわっと叫ぶ声が、突然暗やみに響きました。それから人が床の上へ、倒れる音も聞こえたようです。遠藤はほとんど気違いのように、妙子の名前を呼びかけながら、全身の力を肩に集めて、何度も入り口の戸へぶつかりました。

板の裂ける音、錠のはね飛ぶ音、——戸はとうとう破れました。しかしかんじんの部屋の中は、まだ香炉に蒼白い火がめらめら燃えているばかり、人けのないようにしんとしています。

遠藤はその光をたよりに、おずおずあたりを見まわしました。するとすぐに眼にはいったのは、やはりじっと椅子にかけた、死人のような妙子です。それがなぜか遠藤には、頭に毫光《ごこう》でもかかっているように、おごそかな感じを起こさせました。

「お嬢さん、お嬢さん」

遠藤は椅子のそばへ行くと、妙子の耳もとへ口をつけて、いっしょうけんめいに叫びたてました。が、妙子は眼をつぶったなり、なんとも口を開きません。

「お嬢さん。しっかりおしなさい。遠藤です」

妙子はやっと夢がさめたように、かすかな眼を開きました。

「遠藤さん？」

「そうです。遠藤です。もうだいじょうぶですから、ご安心なさい。さあ、早く逃げましょう」

妙子はまだ夢現《ゆめうつつ》のように、弱々しい声を出しました。

「計略はだめだったわ。つい私《わたし》が眠ってしまったものだから、——堪忍してちょうだいよ」

「計略が露顕したのは、あなたのせいじゃありませんよ。あなたは私と約束した通り、アグニの神のかかったまねをやりおおせたじゃありませんか？——そんなことはどうでもいいことです。さあ、早くお逃げなさい」

遠藤はもどかしそうに、椅子から妙子を抱き起こしました。

「あら、うそ。私は眠ってしまったのですもの。どんなことを言ったか、知りはしないわ」

妙子は遠藤の胸にもたれながら、つぶやくようにこう言いました。

「計略はだめだったわ。とても私は逃げられなくてよ」

「そんなことがあるものですか。私といっしょにいらっしゃい。今度しくじったら大変です」

「だってお婆さんがいるでしょう？」

「お婆さん」

遠藤はもう一度、部屋の中を見まわしました。机の上にはさっきの通り、魔法の書物が開いてある、——その下へあおむきに倒れているのは、あのインド人の婆さんです。婆さんは意外にも自分の胸へ、自分のナイフを突き立てたまま、血だまりの中に死んでいました。

「お婆さんはどうして？」

「死んでいます」

妙子は遠藤を見上げながら、美しい眉《まゆ》をひそめました。

「私、ちっとも知らなかったわ。お婆さんは遠藤さんが――あなたが殺してしまったの？」

遠藤は婆さんの屍骸《しがい》から、妙子の顔へ眼をやりました。今夜の計略が失敗したことが、――しかしそのために婆さんも死ねば、妙子も無事に取り返せたことが、――運命の力の不思議なことが、やっと遠藤にもわかったのは、この瞬間だったのです。

「私が殺したのじゃありません。あの婆さんを殺したのは今夜ここへ来たアグニの神です」

遠藤は妙子をかかえたまま、おごそかにこうささやきました。

（大正九年十二月）

妙な話

ある冬の夜、私《わたし》は旧友の村上《むらかみ》といっしょに、銀座《ぎんざ》通りを歩いていた。

「この間千枝子《ちえこ》から手紙が来たっけ。君にもよろしくということだった」

村上はふと思い出したように、今は佐世保《させぼ》に住んでいる妹の消息を話題にした。

「千枝子さんも健在《たっしゃ》だろうね」

「ああ、このごろはずっと達者のようだ。あいつも東京にいる時分は、ずいぶん神経衰弱もひどかったのだが、――あの時分は君も知っているね」

「知っている。が、神経衰弱だったかどうか、――」

「知らなかったかね。あの時分の千枝子ときた日には、まるで気違いも同様さ。泣くかと思うと笑っている。笑っているかと思うと、――妙な話をしだすのだ」

「妙な話？」

村上は返事をする前に、ある珈琲《カッフェ》店の硝子扉《ガラスど》を押した。そうして往来の見える卓子《テーブル》に私と向かい合って腰をおろした。

「妙な話さ。君にはまだ話さなかったかしら。これはあいつが佐世保へ行く前に、僕に話して聞かせたのだが。――」

君も知っている通り、千枝子の夫は欧州《おうしゅう》戦役*ちゅう、地中海《ちちゅうかい》方面へ派遣された「A――」の乗組将校だった。あいつはそのるすの間、僕のところへ来ていたのだが、いよいよ戦争もかたがつくというころから、急に神経衰弱がひどくなりだしたのだ。そのおもな原因は、今まで一週間に一度ずつはきっと来ていた夫の手紙が、ぱったり来なくなったせいかも知れない。なにしろ千枝子は結婚後まだ半年とたたないうちに、夫と別れてしまったのだから、その手紙を楽しみにしていたことは、遠慮のない僕さえひやかすのは、残酷な気がするくらいだった。

ちょうどその時分のことだった。ある日、――そうそう、あの日は紀元節だっけ。なんでも朝から雨の降りだした、寒さのきびしい午後だったが、千枝子は久しぶりに鎌倉《かまくら》へ、遊びに行って来ると言いだした。鎌倉にはある実業家の細君になった、あいつの学校友だちが住んでいる。――そこへ遊びに行くと言うのだが、何もこの雨の降るのに、わざわざ鎌倉くんだりまで遊びに行く必要もないと思ったから、僕はもちろん僕の妻《さい》も、再三明日《あした》にしたほうがよくはないかと言ってみた。しかし千枝子は剛情に、どうしても今日行きたいと言う。そうしてしまいには腹をたてながら、さっさとしたくして出て行ってしまった。

ことによると今日は泊まって来るから、帰りは明日《あす》の朝になるかも知れない。——そう言ってあいつは出て行ったのだが、しばらくすると、どうしたのだかぐっしょり雨にぬれたまま、まっさおな顔をして帰って来た。聞けば中央停車場から濠端《ほりばた》の電車の停留場まで、傘もささずに歩いたのだそうだ。ではなぜまたそんなことをしたのだと言うと、——それが妙な話なのだ。

千枝子が中央停車場へはいると、——いや、その前にまだこういうことがあった。あいつが電車へ乗ったところが、あいにく客席が皆ふさがっている。そこで吊《つ》り革にぶらさがっていると、すぐ眼の前の硝子《ガラス》窓に、ぼんやり海の景色が映るのだそうだ。電車はその時神保町《じんぼうちょう》の通りを走っていたのだから、むろん海の景色なぞが映る道理はない。が、外の往来の透いて見える上に、浪の動くのが浮き上がっている。ことに窓へ雨がしぶくと、水平線さえかすかに煙って見える。——と言うところから察すると、千枝子はもうその時に、神経がどうかしていたのだろう。

それから、中央停車場へはいると、入り口にいた赤帽の一人が、突然千枝子にあいさつをした。そうして「旦那《だんな》様はお変わりもございませんか」と言った。これも妙だったには違いない。が、さらに妙だったことは、千枝子がそういう赤帽の問いを、別に妙とも思わなかったことだ。「ありがとう。ただこのごろはどうなすったのだか、さっぱりおたよりが来ないのでね」——そう千枝子は赤帽に、返事さえもしたと言うのだ。すると赤帽はもう一度「では私《わたくし》が旦那様にお目にかかって参りましょう」と言った。お目にかかって来ると言っても、夫は遠い地中海にいる。――と思った時、はじめて千枝子は、この見慣れない赤帽の言葉が、気違いじみているのに気がついたのだそうだ。が、問い返そうと思ううちに、赤帽はちょいと会釈をすると、こそこそ人ごみの中に隠れてしまった。それきり千枝子はいくら探してみても、二度とその赤帽の姿が見当たらない。――いや、見当たらないというよりも、今まで向かい合っていた赤帽の顔が、不思議なほど思い出せないのだそうだ。だから、あの赤帽の姿が見当たらないと同時に、どの赤帽も皆その男に見える。そうして千枝子にはわからなくても、あの怪しい赤帽が、絶えずこちらの身のまわりを監視していそうな心もちがする。こうなるともう鎌倉どころか、そこにいるのさえなんだか気味が悪い。千枝子はとうとう傘もささずに、大降りの雨を浴びながら、夢のように停車場を逃げ出して来た。――もちろんこういう千枝子の話は、あいつの神経のせいに違いないが、その時風邪を引いたのだろう。翌日からかれこれ三日ばかりは、ずっと高い熱が続いて、「あなた、堪忍してください」だの、「なぜ帰っていらっしゃらないんです」だの、何か夫と話しているらしいうわごとばかり言っていた。が、鎌倉行きのたたりはそればかりではない。風邪がすっかり癒《なお》ったあとでも、赤帽という言葉を聞くと、千枝子はその日じゅうふさぎこんで、口さえろくにきかなかったものだ。そういえば一度なぞは、どこかの回漕店《かいそうてん》の看板に、赤帽の画《え》があるのを見たものだから、あいつはまた出先まで行かないうちに、帰って来たというこっけいもあった。

　しかしかれこれ一月ばかりすると、あいつの赤帽をこわがるのも、だいぶ下火になってきた。「姉さん。なんとかいう鏡花《きょうか》の小説*に、猫のような顔をした赤帽が出るのがあったでしょう。私が妙な目に遇《あ》ったのは、あれを読んでいたせいかも知れないわね」——千枝子はそのころ僕の妻《さい》に、そんなことも笑って言ったそうだ。ところが三月の幾日だかには、もう一度赤帽におびやかされた。それ以来夫が帰って来るまで、千枝子はどんな用があっても、決して停車場へは行ったことがない。君が朝鮮へ立つ時にも、あいつが見送りに来なかったのは、やはり赤帽がこわかったのだそうだ。

　その三月の幾日だかには、夫の同僚がアメリカから、二年ぶりに帰って来る。——千枝子はそれを出迎えるために、朝から家《うち》を出て行ったが、君も知っている通り、あの界隈《かいわい》は場所がらだけに、昼でもめったに人通りがない。その淋《さび》しい路《みち》ばたに、風車売りの荷が一台、忘れられたように置いてあった。ちょうど風の強い曇天だったから、荷に挿した色紙の風車が、みなめまぐるしくまわっている。——千枝子はそういう景色だけでも、なぜか心細い気がしたそうだが、通りがかりにふと眼をやると、赤帽をかぶった男が一人、後ろ向きにそこへしゃがんでいた。もちろんこれは風車売りが、煙草か何かのんでいたのだろう。しかしその帽子の赤い色を見たら、千枝子はなんだか停車場へ行くと、また不思議でも起こりそうな、予感めいた心もちがして、一度は引き返してしまおうかとも、考えたくらいだったそうだ。

が、停車場へ行ってからも、出迎えをすませてしまうまでは、しあわせと何事も起こらなかった。ただ、夫の同僚を先に、一同がぞろぞろ薄暗い改札口を出ようとすると、誰かあいつの後ろから、「旦那様は右の腕に、おけがをなすっていらっしゃるそうです。お手紙が来ないのはそのためですよ」と、声をかけるものがあった。千枝子はとっさにふり返って見たが、後ろには赤帽も何もいない。いるのはこれも見知り越しの、海軍将校の夫妻だけだった。むろんこの夫妻が唐突とそんなことをしゃべる道理もないから、声がしたことは妙と言えば、確かに妙に違いなかった。が、ともかく、赤帽の見えないのが、千枝子にはうれしい気がしたのだろう。あいつはそのまま改札口を出ると、やはりほかの連中といっしょに、夫の同僚が車寄せから、自動車に乗るのを送りに行った。するともう一度後ろから、「奥様、旦那様は来月じゅうに、お帰りになるそうですよ」と、はっきり誰かが声をかけた。その時も千枝子はふり向いてみたが、後ろには出迎えの男女のほかに、一人も赤帽は見えなかった。しかし後ろにはいないにしても、前には赤帽が二人ばかり、自動車に荷物を移している。――その一人がどう思ったか、とたんにこちらを見返りながら、にやりと妙に笑って見せた。千枝子はそれを見た時には、あたりの人目にも止まったほど、顔色が変わってしまったそうだ。が、あいつが心を落ち着けて見ると、二人だと思った赤帽は、一人しか荷物を扱っていない。しかもその一人は今笑ったのと、全然別人に違いないのだ。では今笑った赤帽の顔は、今度こそ見覚えができたかというと、相変わらず記憶がぼんやりしている。いくらいっしょうけんめいに思い出そうとしても、あいつの頭には赤帽をかぶった、眼鼻のない顔より浮かんでこない。――これが千枝子の口から聞いた、二度目の妙な話なのだ。

　その後一月ばかりすると、――君が朝鮮へ行ったのと、確か前後していたと思うが、実際夫が帰って来た。右の腕を負傷していたために、しばらく手紙が書けなかったということも、不思議にやはり事実だった。「千枝子さんは旦那様思いだから、自然とそんなことがわかったのでしょう」――僕の妻《さい》なぞはその当座、こう言ってはあいつをひやかしたものだ。それからまた半月ばかりのち、千枝子夫婦は夫の任地の佐世保へ行ってしまったが、向こうへ着くか着かないのに、あいつのよこした手紙を見ると、驚いたことには三度目の妙な話が書いてある。というのは千枝子夫婦が、中央停車場を立った時に、夫婦の荷を運んだ赤帽が、もう動き出した汽車の窓へ、あいさつのつもりか顔を出した。その顔を一目見ると、夫は急に変な顔をしたが、やがて半ば恥ずかしそうに、こういう話をしだしたそうだ。――夫がマルセイユに上陸中、何人かの同僚といっしょに、あるカッフェへ行っていると、突然日本人の赤帽が一人、卓子《テーブル》のそばへ歩み寄って、なれなれしく近状を尋ねかけた。もちろんマルセイユの往来に、日本人の赤帽なぞが、徘徊《はいかい》しているべき理窟《りくつ》はない。が、夫はどういうわけか格別不思議とも思わずに、右の腕を負傷したことや帰期の近いことなぞを話してやった。そのうちに酔っている同僚の一人が、コニャックの杯をひっくり返した。それに驚いてあたりを見ると、いつの間にか日本人の赤帽は、カッフェから姿を隠していた。いったいあいつはなんだったろう。――そう今になって考えると、眼は確かにあいていたにしても、夢だか実際だか差別がつかない。のみならずまた同僚たちも、全然赤帽の来たことなぞには、気がつかないような顔をしている。そこでとうとうそのことについては、誰にも打ち明けて話さずにしまった。ところが日本へ帰って来ると、現に千枝子は、二度までも怪しい赤帽に遇ったと言う。ではマルセイユで見かけたのは、その赤帽かと思いもしたが、あまり怪談じみているし、一つには名誉の遠征中も、細君のことばかり思っていると、あざけられそうな気がしたから、今日まではやはり黙っていた。が、今顔を出した赤帽を見たら、マルセイユのカッフェにはいって来た男と、眉毛《まゆげ》一つ違っていない。――夫はそう話し終わってから、しばらくは口をつぐんでいたが、やがて不安そうに声を低くすると、「しかし妙じゃないか？　眉毛一つ違わないというものの、おれはどうしてもその赤帽の顔が、はっきり思い出せないんだ。ただ、窓越しに顔を見た瞬間、あいつだなと……」

村上がここまで話してきた時、新たにカッフェへはいって来た、友人らしい三、四人が、私たちの卓子《テーブル》へ近づきながら、口々に彼へあいさつした。私は立ち上がった。

「では僕は失敬しよう。いずれ朝鮮へ帰る前には、もう一度君を訪ねるから」

私はカッフェの外へ出ると、思わず長い息を吐《つ》いた。それはちょうど三年以前、千枝子が二度までも私と、中央停車場に落ち合うべき密会《みっかい》の約を破った上、永久に貞淑な妻でありたいという、簡単な手紙をよこしたわけが、今夜はじめてわかったからであった。……

（大正九年十二月）

奇遇

編輯者《へんしゅうしゃ》　支那《シナ》へ旅行*するそうですね。南ですか？　北ですか？

小説家　南から北へ周《めぐ》るつもりです。

編輯者　準備はもうできたのですか？

小説家　たいていできました。ただ読むはずだった紀行や地誌などが、いまだに読み切れないのに弱っています。

編輯者　（気がなさそうに）そんな本が何冊もあるのですか？

小説家　存外ありますよ。日本人が書いたのでは七十八日遊記*、支那文明記*、支那漫遊記*、支那仏教遺物、支那風俗*、支那人気質《かたぎ》*、燕山楚水《えんざんそすい》*、蘇浙小観《そせつしょうかん》*、北清《ほくしん》見聞録*、長江十年*、観光紀游《きゆう》*、征塵録《せいじんろく》*、満洲《まんしゅう》*、巴蜀《はしょく》*、湖南、漢口《かんこう》*、支那風韻記、支那——

編輯者　それをみんな読んだのですか？

小説家　何、まだ一冊も読まないのです。それから支那人が書いた本では、大清《たいしん》一統志*、燕都《えんと》遊覧志、長安客話《かくわ》*、帝京——*

編輯者　いや、もう本の名はたくさんです。

小説家　まだ西洋人が書いた本は、一冊も言わなかったと思いますが、――

編輯者　西洋人の書いた支那の本なぞには、どうせろくな物はないでしょう。それより小説は出発前に、きっと書いてもらえるでしょうね。

小説家（急にしょげる）さあ、とにかくその前には、書き上げるつもりでいるのですが、――

編輯者　いったいいつ出発する予定ですか？

小説家　実は今日出発する予定なのです。

編輯者（驚いたように）今日ですか？

小説家　ええ、五時の急行に乗るはずなのです。

編輯者　するともう出発前には、半時間しかないじゃありませんか？

小説家　まあそういう勘定です。

編輯者（腹をたてたように）では小説はどうなるのですか？

小説家（いよいよしょげる）僕もどうなるかと思っているのです。

編輯者　どうもそう無責任では困りますなあ。しかしなにしろ半時間ばかりでは、急に書いてもらえないでしょうし、……

小説家　そうですね。ウェデキンド*の芝居だと、この半時間ばかりの間にも、不遇の音楽家が飛びこんで来たり、どこかの奥さんが自殺したり、いろいろな事件が起こるのですが、――お待ちなさいよ。ことによると机のひきだしに、まだ何か発表しない原稿があるかも知れません。

編輯者　そうすると非常に好都合ですが――

小説家　（机のひきだしを探しながら）論文ではいけないでしょうね。

編輯者　なんという論文ですか？

小説家　「文芸に及ぼすジャアナリズムの害毒」というのです。

編輯者　そんな論文はいけません。

小説家　これはどうですか？　まあ、体裁の上では小品ですが、――

編輯者　「奇遇」という題ですね。どんなことを書いたのですか？

小説家　ちょいと読んでみましょうか？　二十分ばかりかかれば読めますから、――

×　　×　　×

至順年間*のことである。長江《ちょうこう》に臨んだ古金陵《こきんりょう》*の地に、王生《おうせい》という青年があった。生まれつき才力が豊かな上に、容貌《ようぼう》もまた美しい。なんでも奇俊王家郎《きしゅんおうかろう》*と称されたというから、その風采《ふうさい》想《おも》うべしである。しかも年は二十《はたち》になったが、妻はまだめとっていない。家は門地も正しいし、親譲りの資産も相当にある。詩酒の風流をほしいままにするには、こんな都合のいい身分はない。

実際また王生は、仲のいい友人の趙生《ちょうせい》といっしょに、自由な生活を送っていた。戯《ぎ》*を聴きに行くこともある。博を打って暮らすこともある。あるいはまた一晩じゅう、秦淮《しんわい》*あたりの酒家の卓子《たくし》に、酒を飲み明かすことなぞもある。そういう時には落ち着いた王生が、花磁盞《かじさん》*を前にうっとりと、どこかの歌の声に聞き入っていると、陽気な趙生は酢蟹《すがに》を肴《さかな》に、金華酒*の満を引き*ながら、盛んに妓品《ぎひん》なぞを論じたてるのである。

その王生がどういうわけか、去年の秋以来忘れたように、ばったり痛飲を試みなくなった。いや、痛飲ばかりではない。吃喝嫖賭《きっかつひょうと》*の道楽にも、全然遠のいてしまったのである。趙生を始め大ぜいの友人たちは、もちろんこの変化を不思議に思った。王生ももう道楽には、飽きたのかも知れないというものがある。いや、どこかにかわいい女が、できたのだろうというものもある。が、かんじんの王生自身は、何度その訳を尋ねられても、ただ微笑をもらすばかりで、何がどうしたとも返事をしない。

そんなことが一年ほど続いたのち、ある日趙生が久しぶりに、王生の家を訪れると、彼は昨夜《ゆうべ》作ったと言って、元稹体《げんしんたい》の会真詩《かいしんし》*三十韻を出して見せた。詩ははなやかな対句の中に、絶えず嗟嘆《さたん》の意がもらしてある。恋をしている青年でもなければ、こういう詩はたとい一行でも、書くことができないに違いない。趙生は詩稿を王生に返すと、狡猾《こうかつ》そうにちらりと相手を見ながら、

「君の鶯々《おうおう》*はどこにいるのだ」と言った。

「僕の鶯々？　そんなものがあるものか」

「うそをつきたまえ。論より証拠はその指環《ゆびわ》じゃないか」

なるほど趙生が指さした几《つくえ》の上には、紫金碧甸《しこんへきでん》*の指環が一つ、読みさした本の上にころがっている。指環の主はもちろん男ではない。が、王生はそれを取り上げると、ちょいと顔を暗くしたが、しかし存外平然と、おもむろにこんな話をしだした。

「僕の鶯々なぞというものはない。が、僕の恋をしている女はある。僕が去年の秋以来、君たちと太白《たいはく》*をあげなくなったのは、確かにその女ができたからだ。しかしその女と僕との関係は、君たちが想像しているような、ありふれた才子の情事ではない。こう言ったばかりではなんのことだか、もちろん君にはのみこめないだろう。いや、のみこめないばかりならいいが、あるいは万事がうそのような疑いをいだきたくなるかも知れない。それでは僕も不本意だから、この際君にいっさいの事情をすっかり打ち明けてしまおうと思う。退屈でもどうか一通り、その女の話を聞いてくれたまえ。

僕は君が知っている通り、松江《しょうこう》*に田を持っている。そうして毎年秋になると、一年の年貢を取り立てるために、僕自身あそこへ下って行く。ところがちょうど去年の秋、やはり松江へ下った帰りに、舟が渭塘《いとう》*のほとりまで来ると、柳や槐《えんじゅ》に囲まれながら、酒旗を出した家が一軒見える。朱塗りの欄干が画いたように、折れ曲がっているようすなぞでは、なかなか大きな構えらしい。そのまた欄干の続いた外には、紅《あか》い芙蓉《ふよう》が何十株も、川の水に影を落としている。僕は喉《のど》がかわいていたから、早速その酒旗の出ている家へ、舟をつけろと言いつけたものだ。

さてそこへ上がってみると、案の定家も手広ければ、主《あるじ》の翁《おきな》も卑しくない。その上酒は竹葉青《ちくようせい》＊、肴は鱸《すずき》に蟹《かに》というのだから、僕の満足は察してくれたまえ。実際僕は久しぶりに、旅愁も何も忘れながら、陶然と杯《さかずき》を口にしていた。そのうちにふと気がつくと、誰《だれ》か一人幕の陰から、時々こちらをのぞくものがある。が、僕はそちらを見るが早いか、すぐに幕の後ろへ隠れてしまう。そうして僕が眼をそらせば、じっとまたこちらを見つめている。なんだか翡翠《ひすい》の簪《かんざし》や金の耳環《みみわ》が幕の間に、きらめくような気がするが、確かにそうかどうか判然しない。現に一度なぞは玉のような顔が、ちらりとそこに見えたように思う。が、急にふり返ると、やはりただ幕ばかりが、ものうそうにだらりと下がっている。そんなことをくり返しているうちに、僕はだんだん酒を飲むのが、妙につまらなくなってきたから、何枚かの銭を拋《ほう》り出すと、匆々《そうそう》また舟へ帰って来た。

ところがその晩舟の中に、ひとりうとうとと眠っていると、僕は夢にもう一度、あの酒旗の出ている家《うち》へ行った。昼来た時には知らなかったが、家には門が何重もある、その門をみな通り抜けた、一番奥まった家の後ろに、小さな綉閣《しゅうかく》＊が一軒見える。その前にはみごとな葡萄棚《ぶどうだな》があり、葡萄棚の下には石をたたんだ、一丈ばかりの泉水がある。僕はその池のほとりへ来た時、水の中の金魚が月の光に、はっきり数えられたのも覚えている。池の左右に植わっているのは、二株とも垂糸檜《すいしかい》に違いない。それからまた墻《しょう》に寄せては、翠柏《すいはく》の屏《へい》が結んである。その下にあるのは天工のように、石を積んだ築山《つきやま》である。築山の草はことごとく金糸線綉墩《きんしせんしゅうとん》*の属ばかりだから、このごろのうそ寒にもしおれていない。窓の間には彫花の籠《かご》に、緑色の鸚鵡《おうむ》が飼ってある。その鸚鵡が僕を見ると、「今晩は」と言ったのも忘れられない。軒の下には宙につった、小さな木鶴《もっかく》の一つがいが、煙の立つ線香をくわえている。窓の中をのぞいてみると、几の上の古銅瓶《こどうへい》に、孔雀《くじゃく》の尾が何本も挿してある。そのそばにある筆硯類《ひっけんるい》は、いずれも清楚《せいそ》というほかはない。と思うとまた人を待つように、碧玉《へきぎょく》の簫《しょう》などもかかっている。壁には四幅《しふく》の金花箋《きんかせん》*を貼って、その上に詩が題してある。詩体はどうも蘇東坡《そとうば》*の四時《しじ》の詞《し》にならったものらしい。書は確かに趙松雪《ちょうしょうせつ》*を学んだと思う筆法である。その詩もいちいち覚えているが、今は披露する必要もあるまい。それより君に聞いてもらいたいのは、そういう月明かりの部屋の中に、たった一人すわっていた、玉人のような女のことだ。僕はその女を見た時ほど、女の美しさを感じたことはない」

「有美閨房秀《ゆうびけいぼうのしゅう》　天人謫降来《てんじんてきこうしきたる》かね」

　趙生は微笑しながら、さっき王生が見せた会真詩の冒頭の二句を口ずさんだ。

「まあ、そんなものだ」

話したいと言ったくせに、王生はそう答えたぎり、いつまでも口をつぐんでいる。趙生はとうとう待ちかねたように、そっと王生の膝《ひざ》を突《つつ》いた。

「それからどうしたのだ？」

「それからいっしょに話をした」

「話をしてから？」

「女が玉簫《ぎょくしょう》を吹いて聞かせた。曲は落梅風《らくばいふう》*だったと思うが、――」

「それぎりかい？」

「それがすむとまた話をした」

「それから？」

「それから急に眼がさめた。眼がさめてみるとさっきの通り、僕は舟の中に眠っている。艙《そう》の外には見渡す限り、茫々《ぼうぼう》とした月夜の水ばかりだ。その時の寂しさは話したところが、天下にわかるものは一人もあるまい。

それ以来僕の心のうちでは、始終あの女のことを思っている。するとまた金陵へ帰ってからも、不思議に毎晩眠りさえすれば、必ずあの家《うち》が夢に見える。しかも一昨日《おととい》の晩なぞは、僕が女に水晶の双魚《そうぎょ》の扇墜《せんつい》を贈ったら、女は僕に紫金碧甸《しこんへきでん》の指環を抜いて渡してくれた。と思って眼がさめると、扇墜が見えなくなった代わりに、いつか僕の枕もとには、この指環が一つ抜き捨ててある。してみれば女に遇《あ》っているのは、全然夢とばかりも思われない。が、夢でなければ何だと言うと、——僕も答えを失してしまう。

もし仮に夢だとすれば、僕は夢に見るよりほかに、あの家《うち》の娘を見たことはない。いや、娘がいるかどうか、それさえはっきりとは知らずにいる。が、たといその娘が、実際はこの世にいないのにしても、僕が彼女を思う心は、変わる時があるとは考えられない。僕は僕の生きている限り、あの池だの葡萄棚だの緑色の鸚鵡だのといっしょに、やはり夢に見る娘の姿をなつかしがらずにはいられまいと思う。僕の話というのは、これだけなのだ」

「なるほど、ありふれた才子の情事ではない」

趙生は半ば憐《あわれ》むように、王生の顔へ眼をやった。

「それでは君はそれ以来、一度もその家《うち》へは行かないのかい」

「うん。一度も行ったことはない。が、もう十日ばかりすると、また松江へ下ることになっている。その時渭《い》塘《とう》を通ったら、是非あの酒旗の出ている家へ、もう一度舟を寄せてみるつもりだ」

それから実際十日ばかりすると、王生は例の通り舟を艤《ぎ》して、川下の松江へ下って行った。そうして彼が帰って来た時には、——趙生をはじめ大ぜいの友人たちは、彼といっしょに舟を上がった少女の美しいのに驚かされた。少女は実際部屋の窓に、緑色の鸚鵡を飼いながら、これも去年の秋幕の陰から、そっと隙見《すきみ》をした王生の姿を、絶えず夢に見ていたそうである。

「不思議なこともあればあるものだ。なにしろ先方でもいつの間にか、水晶の双魚の扇墜が、枕もとにあったというのだから、――」

趙生はこう遇う人ごとに、王生の話を吹聴《ふいちょう》した。最後にその話が伝わったのは、銭《せん》塘《とう》*の文人瞿《く》祐《ゆう》*である。瞿祐はすぐにこの話から、美しい渭塘奇遇記*を書いた。……

×　　×　　×

小説家　どうです、こんな調子では？

編輯者　ロマンティクなところはいいようです。とにかくその小品をもらうことにしましょう。

小説家　待ってください。まだあとが少し残っているのです。ええと、美しい渭塘奇遇記を書いた。――ここまでですね。

×　　×　　×

しかし銭塘の瞿祐はもちろん、趙生なぞの友人たちも、王生夫婦を載せた舟が、渭塘の酒家を離れた時、彼が少女と交換した、下《しも》のような会話を知らなかった。

「やっと芝居が無事にすんだね。おれはお前の阿父《おとう》さんに、毎晩お前の夢を見るという、小説じみたうそをつきながら、何度ひやひやしたかわからないぜ」

「私《わたし》もそれは心配でしたわ。あなたは金陵のお友だちにも、やっぱりうそをおつきなすったの」

「ああ、やっぱりうそをついたよ。始めはなんとも言わなかったのだが、ふと友達にこの指環を見つけられたものだから、やむを得ず阿父さんに話すはずの、夢の話をしてしまったのさ」

「ではほんとうのことを知っているのは、一人もほかにはないわけですわね。去年の秋あなたが私の部屋へ、忍んでいらしったことを知っているのは、――」

「私《わたし》。私」

二人は声のした方へ、同時に驚いた眼をやった。そうしてすぐに笑いだした。帆墻《ほばしら》につった彫花の籠には、緑色の鸚鵡が賢そうに、王生と少女とを見おろしている。……
……

× × ×

編輯者　それは蛇足です。せっかくの読者の感興をぶちこわすようなものじゃありませんか？　この小品が雑誌に載るのだったら、ぜひとも末段だけは削ってもらいます。

小説家　まだ最後ではないのです。もう少しあとがあるのですから、まあ、我慢して聞いてください。

×　　×　　×

しかし銭塘の瞿祐はもちろん、幸福に満ちた王生夫婦も、舟が渭塘を離れた時、少女の父母が交換した、下《しも》のような会話を知らなかった。父母は二人とも目《ま》かげをしながら、水ぎわの柳や槐《えんじゅ》の陰に、その舟を見送っていたのである。

「お婆さん」

「お爺《じい》さん」

「まずまず無事に芝居もすむし、こんなめでたいことはないね」

「ほんとうにこんなめでたいことには、もう二度とは遇えませんね。ただ私《わたし》は娘や婿の、苦しそうなうそを聞いているのが、それはそれは苦労でしたよ。お爺さんは何も知らないように、黙っていろとお言いなすったから、いっしょうけんめいにすましていましたが、いまさらあんなうそをつかなくっても、すぐにいっしょになれるでしょうに、――」

「まあ、そうやかましく言わずにやれ。娘も婿もきまり悪さに、智慧袋《ちえぶくろ》を絞ってついたうそだ。その上婿の身になれば、ああでも言わぬと、一人娘は、容易にくれまいと思ったかも知れぬ。お婆さん、お前はどうしたというのだ。こんなめでたい婚礼に、泣いてばかりいてはすまないじゃないか？」

「お爺さん。お前さんこそ泣いているくせに……」

×　　×　　×

小説家　もう五、六枚でおしまいです。ついでに残りも読んでみましょう。

編輯者　いや、もうその先はたくさんです。ちょいとその原稿を貸してください。あなたに黙っておくと、だんだん作品が悪くなりそうです。今までも中途で切ったほうが、はるかによかったと思いますが、――とにかくこの小品はもらいますから、そのつもりでいてください。

小説家　そこで切られては困るのですが、――

編輯者　おや、もうよほど急がないと、五時の急行にはまにあいませんよ。原稿のことなぞはかまっていずに、早く自動車でもお呼びなさい。

小説家　そうですか。それは大変だ。ではさようなら。なにぶんよろしく。

編輯者　さようなら、ごきげんよう。

（大正十年三月）

往生絵巻*

童《わらべ》　やあ、あそこへ妙な法師が来た。みんな見ろ。みんな見ろ。
鮓売《すしう》りの女　ほんとうに妙な法師じゃないか？　あんなに金鼓《こんく》をたたきながら、なんだか大声にわめいている。……
薪売《まきう》りの翁《おきな》　わしは耳が遠いせいか、何をわめくのやら、さっぱりわからぬ。もしもし、あれはなんと言うておりますな？
箔打《はくう》ちの男　あれは「阿弥陀仏《あみだぶつ》よや。おおい。おおい」と言っているのさ。
薪売りの翁　ははは、——では気違いだな。
箔打ちの男　まあ、そんなことだろうよ。
菜売りの媼《おうな》　いやいや、ありがたい御上人《おしょうにん》かも知れぬ。私《わたし》は今の間《ま》に拝んでおこう。
鮓売りの女　それでも憎々しい顔じゃないか？　あんな顔をした御上人がどこの国にいるものかね。
菜売りの媼　もったいないことをお言いでない。罰でも当たったら、どうおしだえ？
童　気違いやい。気違いやい。

五位の入道　阿弥陀仏よや。おおい。おおい。

犬　わんわん。わんわん。

物詣《ものもうで》の女房　ご覧なさいまし。おかしい法師が参りました。

その伴《つれ》　ああいうばか者は女と見ると、悪戯《いたずら》をせぬとも限りません。幸い近くならぬうちに、こちらの路《みち》へ切れてしまいましょう。

鋳物師　おや、あれは多度《たど》の五位殿*じゃないか？

水銀《みずかね》を商う旅人*　五位殿だかなんだか知らないが、あの人が急に弓矢を捨てて、出家してしまったものだから、多度では大変な騒ぎだったよ。

青侍　なるほど五位殿に違いない。北の方やお子様たちは、さぞかしお歎《なげ》きなすったろう。

水銀を商う旅人　なんでも奥方やお子供衆は、泣いてばかりおいでだとかいうことでした。

鋳物師　しかし妻子《つまこ》を捨ててまでも、仏門にはいろうとなすったのは、近ごろけなげな御志だ。

干《ひ》魚《うお》を売る女　なんのけなげなことがありますものか？　捨てられた妻子《つまこ》の身になれば、弥陀仏でも女でも、男を取ったものには怨《うら》みがありますわね。

青侍　いや、大きにこれも一理窟《りくつ》だ。はははははは。

犬　わんわん。わんわん。

五位の入道　阿弥陀仏よや。おおい。おおい。

馬上の武者　ええ、馬が驚くわ。どうどう。

櫃《ひつ》をおえる従者《ずさ》　気違いには手がつけられませぬ。

老いたる尼　あの法師はご存知の通り、殺生好きな悪人でしたが、よく発心《ほっしん》したものですね。

若き尼　ほんとうに恐しい人でございました。山狩りや川狩りをするばかりか、乞食《こじき》なぞも遠矢にかけましたっけ。

手に足駄《あしだ》をはける乞食　いい時に遇《あ》ったものだ。もう二、三日早かったら、胴中《どうなか》に矢の穴があいたかも知れぬ。

栗胡桃《くりくるみ》などを商う主《あるじ》　どうしてまたああいう殺伐な人が、頭をそる気になったのでしょう？

老いたる尼　さあ、それは不思議ですが、やはり御仏《みほとけ》の御計《おんはか》らいでしょう。

油を商う主　私《わたし》はきっと天狗《てんぐ》か何かが、憑《つ》いていると思うのだがね。

栗胡桃などを商う主　いや、私は狐だと思ってるのさ。

油を商う主　それでも天狗はどうかすると、仏に化けると言うじゃないか？

栗胡桃などを商う主　なに、仏に化けるものは、天狗ばかりに限ったことじゃない。

狐もやっぱり化けるそうだ。
手に足駄をはける乞食　どれ、この暇に頸《くび》の袋へ、栗でも一ぱい盗んで行こうか。
若き尼　あれあれ、あの金鼓の音《ね》に驚いたのか、鶏《とり》が皆屋根へ上がりました。
五位の入道　阿弥陀仏よや。おおい。おおい。
釣《つり》をする下衆《げす》　これは騒々しい法師が来たものだ。
その伴　どうだ、あれは？　跛《いざり》の乞食が駆けて行くぜ。
牟子《むし》*をしたる旅の女　私《わたし》はちと足が痛《いと》うなった。あの乞食の足でも借りたいものじゃ。
皮子《かわご》を負える下人《げにん》　もうこの橋を越えさえすれば、すぐに町でございます。
釣をする下衆　牟子《むし》の中が一目見てやりたい。
その伴　おや、わき見をしているうちに、いつか餌をとられてしまった。
五位の入道　阿弥陀仏よや。おおい。おおい。
鴉《からす》　かあかあ。
田を植うる女　「時鳥《ほととぎす》よ。おれよ。かやつよ。おれ泣きてぞわれは田に立つ」*
その伴　ご覧よ。おかしい法師じゃないか。
鴉　かあかあ。かあかあ。
五位の入道　阿弥陀仏よや。おおい。おおい。
暫時人声なし。松風の音　こうこう。

五位の入道　阿弥陀仏よや。おおい。おおい。

　再び松風の音　こうこう。

五位の入道　阿弥陀仏よや。おおい。おおい。

老いたる法師　御坊《ごぼう》。御坊。

五位の入道　身共をお呼びとめなすったかな？

老いたる法師　いかにも。御坊はいずこへお行きなさる？

五位の入道　西へ参る*。

老いたる法師　西は海じゃ。

五位の入道　海でもとんと大事ござらぬ。身共は阿弥陀仏を見奉るまでは、どこまでも西へ参る所存じゃ。

老いたる法師　これは面妖《めんよう》なことを承るものじゃ。では御坊は阿弥陀仏が、今にもありありと目のあたりに拝ませられるとお思いかな？

五位の入道　思わねば何も大声に、御仏《みほとけ》の名なぞを呼びはいたさぬ。身共の出家もそのためでござるよ。

老いたる法師　それには何か仔細《しさい》でもござるかな？

五位の入道　いや、別段仔細なぞはござらぬ。ただ一昨日《おととい》狩りの帰りに、ある講師の説法を聴聞したとお思いなされい。その講師の申されるのを聞けば、どのような破戒の罪人でも、阿弥陀仏に知遇し奉れば、浄土に往《い》かれると申すことじゃ。身共はその時体じゅうの血が、一度に燃え立ったかと思うほど、急に阿弥陀仏が恋しゅうなった。……

老いたる法師　それから御坊はどうなされたな？

五位の入道　身共は講師をとって伏せた。

老いたる法師　なに、とって伏せられた？

五位の入道　それから刀を引き抜くと、講師の胸さきへつきつけながら、阿弥陀仏の在処《ありか》を責め問うたよ。

老いたる法師　これはまた滅相な尋ね方じゃ。さぞ講師は驚いたでござろう。

五位の入道　苦しそうに眼《まなこ》をつり上げたまま、西、西と申された。——や、とこうするうちに、もう日暮れじゃ。途中に暇を費していては、阿弥陀仏の御前《おんまえ》もおそれおおい。ではご免をこうむろうか。——阿弥陀仏よや。おおい。おおい。

老いたる法師　いや、とんだ物狂いに出合《お》うた。どれわしも帰るとしよう。

三たび松風の音　こうこう。さらにまた浪の音　どぶりどぶり。

五位の入道　阿弥陀仏よや。おおい。おおい。

浪の音　時に千鳥の声　ちりりりちりちり。

五位の入道　阿弥陀仏よや。おおい。おおい。——

この海べには舟も見えぬ。見えるのはただ浪ばかりじゃ。阿弥陀仏の生まれる国は、あの浪の向こうにあるかも知れぬ。もし身共が鵜《う》の鳥ならば、すぐにそこへ渡るのじゃが、……しかしあの講師も阿弥陀仏には、広大無辺の慈悲があると言うた。してみれば身共が大声に、御仏の名前を呼び続けたら、答えぐらいはなされぬこともあるまい。されずば呼び死に、死ぬるまでじゃ。幸いここに松の枯れ木が、二股《ふたまた》に枝を伸ばしている。まずこの梢《こずえ》に登るとしようか。――阿弥陀仏よや。おおい。おおい。

　ふたたび浪の音　どぶりどぶん。

老いたる法師　あの物狂いに出合ってから、もう今日は七日《なぬか》めじゃ。なんでも生身《しょうじん》の阿弥陀仏に、お眼にかかるなぞと言うていたが。その後はいずくへ行きおったか、――おお、この枯れ木の梢の上に、たった一人登っているのは、紛れもない法師じゃ。御坊。御坊。……返事をせぬのも不思議はない。いつか息が絶えているわ。餌《え》袋《ぶくろ》も持たぬところを見れば、かわいそうに餓死《うえじ》んだとみえる。

　三たび波の音　どぶんどぶん。

老いたる法師　このまま梢に捨てておいては、鴉の餌食《えじき》になろうも知れぬ。何事も前世の因縁じゃ。どれわしが葬《とむら》うてやろう。――や、これはどうじゃ。この法師の屍《し》骸《がい》の口には、まっ白な蓮華《れんげ》が開いているぞ。そういえばここへ来た時から、異香も漂うてはいたようすじゃ。では物狂いと思うたのは、尊い上人でいらせられたのか。それとも知らずに、ご無礼を申したのは、かえすがえすもわしのおちどじゃ。南無《なむ》阿弥陀仏《あみだぶつ》。南無阿弥陀仏。南無阿弥陀仏。南無阿弥陀仏。

（大正十年三月）

母

一

部屋のすみに据えた姿見には、西洋風に壁を塗った、しかも日本風の畳がある、――上海《シャンハイ》特有の旅館の二階が、一部分はっきり映っている。まずつきあたりに空色の壁、それから真新しい何畳かの畳、最後にこちらへ後ろを見せた、西洋髪の女が一人、――それが皆ひややかな光の中に、せつないほどはっきり映っている。女はそこにさっきから、縫い物か何かしているらしい。

もっとも後ろは向いたという条、じみな銘仙《めいせん》の羽織の肩には、くずれかかった前髪のはずれに、蒼白《あおじろ》い横顔が少し見える。もちろん肉の薄い耳に、ほんのり光が透いたのも見える。やや長めな揉《も》み上げの毛が、かすかに耳の根をぼかしたのも見える。

この姿見のある部屋には、隣室の赤児《あかご》の啼《な》き声のほかに、何一つ沈黙を破るものはない。いまだに降りやまない雨の音さえ、ここではいっそうその沈黙に、単調な気もちを添えるだけである。

「あなた」

そういう何分かが過ぎ去ったのち、女は仕事を続けながら、突然、しかしおぼつかなさそうに、こう誰かへ声をかけた。

誰か、——部屋の中には女のほかにも、丹前《たんぜん》をはおった男が一人、ずっと離れた畳の上に、英字新聞をひろげたまま、長々と腹ばいになっている。が、その声が聞こえないのか、男は手近の灰皿へ、巻き煙草の灰を落としたきり、新聞から眼さえあげようとしない。

「あなた」

女はもう一度声をかけた。そのくせ女自身の眼もじっと針の上に止まっている。

「なんだい」

男は幾分うるさそうに、丸々と肥《ふと》った、口髭《くちひげ》の短い、活動家らしい頭をもたげた。

「この部屋ね、——この部屋は変えちゃいけなくって？」

「部屋を変える？　だってここへはやっと昨夜《ゆうべ》、引っ越して来たばかりじゃないか？」

男の顔はけげんそうだった。

「引っ越して来たばかりでも。——前の部屋ならばあいているでしょう？」

男はかれこれ二週間ばかり、彼らが窮屈な思いをしてきた、日当たりの悪い三階の部屋が一瞬間眼の前に見えるような気がした。——塗りのはげた窓側の壁には、色の変わった畳の上に更紗《さらさ》の窓掛けがたれ下がっている。その窓にはいつ水をやったか、花の乏しい天竺葵《ジェラニアム》が、薄いほこりをかぶっている。おまけに窓の外を見ると、始終ごみごみした横町に、麦藁帽《むぎわらぼう》をかぶった支那《シナ》の車夫が、所在なさそうにうろついている。

……

「だがお前はあの部屋にいるのは、いやだいやだと言っていたじゃないか？」

「ええ。それでもここへ来てみたら、急にまたこの部屋がいやになったんですもの」

女は針の手をやめると、ものうそうに顔をあげてみせた。眉《まゆ》の迫った、眼の切れの長い、感じの鋭そうな顔だちである。が、眼のまわりの暈《かさ》を見ても、何か苦労をこらえていることは、多少想像ができないでもない。そういえば病的な気がするくらい、米噛《こめか》みにも静脈が浮き出している。

「ね、いいでしょう。……いけなくて？」

「しかし前の部屋よりは、広くもあるし居心もいいし、不足を言う理由はないんだから、——それとも何かいやなことがあるのかい？」

「何ってことはないんですけれど。……」

女はちょいとためらったものの、それ以上立ち入っては答えなかった。が、もう一度念を押すように、同じ言葉をくり返した。

「いけなくって、どうしても？」

今度は男が新聞の上へ煙草の煙を吹きかけたぎり、いいとも悪いとも答えなかった。部屋の中はまたひっそりになった。ただ外では相変わらず、休みのない雨の音がしている。

「春雨やか、――」

男はしばらくたったのち、ごろりとあおむきに寝転ぶと、ひとりごとのようにこう言った。

「蕪湖《ウウフウ》住みをするようになったら、発句《ほっく》でも一つ始めるかな」

女はなんとも返事をせずに、縫い物の手を動かしている。

「蕪湖もそんなに悪い所じゃないぜ。第一社宅は大きいし、庭も相当に広いしするから、草花なぞ作るにはもってこいだ。なんでも元は雍家《ようか》花園《かえん》*とか言ってね、――」

男は突然口をつぐんだ。いつかしんとした部屋の中には、かすかに人の泣くけはいがしている。

「おい」

泣き声は急に聞こえなくなった。と思うとすぐにまた、とぎれとぎれに続きだした。

「おい。敏子《としこ》」

半ば体を起こした男は、畳に片肘《かたひじ》もたせたまま、当惑らしい眼つきを見せた。

「お前は己《おれ》と約束したじゃないか？　もう愚痴はこぼすまい。もう涙は見せないことにしよう。もう、――」

　男はちょいと瞼《まぶた》をあげた。

「それとも何かあのこと以外に、悲しいことでもあるのかい？　たとえば日本へ帰りたいとか、支那でも田舎へは行きたくないとか、――」

「いいえ。――いいえ。そんなことじゃなくってよ」

　敏子は涙を落し落とし、意外なほど烈《はげ》しい打ち消し方をした。

「私はあなたのいらっしゃる所なら、どこへでも行く気でいるんです。ですけれども、――」

　敏子は伏し眼になったなり、あふれてくる涙を抑えようとするのか、じっと薄い下唇を噛《か》んだ。見れば蒼白い頬の底にも、眼に見えない炎のような、切迫した何物かが燃え立っている。震える肩、ぬれた睫毛《まつげ》、――男はそれらを見守りながら、現在の気もちとは没交渉に、一瞬間妻の美しさを感じた。

「ですけれども、――この部屋はいやなんですもの」

「だからさ、だからさっきもそう言ったじゃないか？　なぜこの部屋がそんなにいやだか、それさえはっきり言ってくれれば、――」

　男はここまで言いかけると、敏子の眼がじっと彼の顔へ、注がれているのに気がついた。その眼には涙の漂った底に、ほとんど敵意にもまがいかねない、悲しそうな光がひらめいている。なぜこの部屋がいやになったか？——それはひとり男自身の疑問だったばかりではない。同時にまた敏子が無言のうちに、男へ突きつけた反問である。男は敏子と眼を合わせながら、二の句を次ぐのに躊躇《ちゅうちょ》した。

　しかし言葉がとぎれたのは、ほんの数秒の間である。男の顔には見る見るうちに、了解の色がみなぎってきた。

「あれか？」

男は感動をおおうように、妙にそっけのない声を出した。

「あれは己も気になっていたんだ」

敏子は男にこう言われると、ぽろぽろ膝《ひざ》の上へ涙を落とした。

　窓の外にはいつの間にか、日の暮れが雨をけむらせている。その雨の音をはねのけるように、空色の壁の向こうでは、今もまた赤児が泣き続けている。……

二

　二階の出窓にはあざやかに朝日の光が当たっている。その向こうには三階建ての赤《あか》煉瓦《れんが》にかすかな苔《こけ》のはえた、逆光線の家がそびえている。薄暗いこちらの廊下にいると、出窓はこの家を背景にした、大きい一枚の画《え》のように見える。巌乗《がんじょう》な樫《かし》の窓枠が、ちょうど額縁をはめたように見える。その画のまん中には一人の女が、こちらへ横顔を向けながら、小さな靴足袋《くつたび》を編んでいる。

女は敏子よりも若いらしい。雨に洗われた朝日の光は、その肉づきの豊かな肩へ、――はでな大島《おおしま》の羽織の肩へ、はっきり大幅に流れている。それがややうつむきになった、血色のいい頬に反射している。心もち厚い唇の上の、かすかなうぶげにも反射している。

午前十時と十一時との間、――旅館では今が一日中でも、いちばん静かな時刻である。商売に来たのも、見物に来たのも、泊まり客はたいてい外出してしまう。下宿している勤め人たちももちろん午後までは帰って来ない。その跡にはただ長い廊下に、時々上草履を響かせる、女中の足音だけが残っている。

この時もそれが遠くから、だんだんこちらへ近づいて来ると、出窓に面した廊下には、四十がっこうの女中が一人、紅茶の道具を運びながら、影画《かげえ》のように通りかかった。女中はなんとも言われなかったら、女のいることも気がつかずに、そのまま通りすぎてしまったかも知れない。が、女は女中の姿を見ると、心安そうに声をかけた。

「お清《きよ》さん」

女中はちょいと会釈してから、出窓の方へ歩み寄った。

「まあ、ご精が出ますこと。――坊ちゃんはどうなさいました？」

「うちの若様？　若様は今お休み中」

女は編み針を休めたまま、子供のように微笑した。

「時にね、お清さん」

「なんでございます？　まじめそうに」

女中も出窓の日の光に、前掛けだけくっきり照らさせながら、浅黒い眼もとに微笑を見せた。

「お隣の野村さん、——野村さんでしょう、あの奥さんは？」

「ええ、野村敏子さん」

「敏子さん？　じゃ私と同じ名だわね。あのかたはもうお立ちになったの？」

「いいえ、まだ五、六日はご滞在でございましょう。それからなんでも蕪湖とかへ、——」

「だってさっき前を通ったら、お隣にはどなたもいらっしゃらなかったわよ」

「ええ、昨晩急にまた、三階へお部屋が変わりましたから、——」

「そう」

女は何か考えるように、丸々した顔を傾けて見せた。

「あのかたでしょう？　ここへおいでになると、その日にお子さんをなくなしたのは？」

「ええ。おきのどくでございますわね。すぐに病院へもお入れになったんですけれど」

「じゃ病院でおなくなりなすったの？　道理でなんにも知らなかった」

女は前髪を割った額に、かすかな憂鬱《ゆううつ》の色を浮かべた。が、すぐにまた元の通り、快活な微笑を取り戻すと、悪戯《いたずら》そうな眼つきになった。

「もうそれでご用ずみ。どうかあちらへいらしってください」

「まあ、ずいぶんでございますね」

女中は思わず笑い出した。

「そんな邪慳《じゃけん》なことをおっしゃると、蔦《つた》の家《や》から電話がかかって来ても、内証《ないしょ》で旦那《だんな》様へ取り次ぎますよ」

「いいわよ。早くいらっしゃいてば。紅茶がさめてしまうじゃないの？」

女中が出窓にいなくなると、女はまた編み物を取り上げながら、小声に歌をうたいだした。

午前十時と十一時との間、――旅館では今が一日中でも、いちばん静かな時刻である。部屋ごとの花瓶に素枯《すが》れた花は、この間に女中が取り捨ててしまう。二階三階の真鍮《しんちゅう》の手すりも、この間に下男《ボオイ》がみがくらしい。そういう沈黙が拡がった中に、ただ往来のざわめきだけが、硝子《ガラス》戸をあけ放した諸方の窓から、日の光といっしょにはいって来る。

そのうちにふと女の膝から、毛糸の球が転げ落ちた。球はとんとはずむが早いか、一筋の赤を引きずりながら、ころころ廊下へ出ようとする、――と思うと誰か一人、ちょうどそこへ来かかったのが、静かにそれを拾い上げた。見れば球を拾ったのは、今

「どうもありがとうございました」

女は籐椅《とうい》子《す》を離れながら、恥ずかしそうに会釈をした。見れば球を拾ったのは、今し方女中と噂《うわさ》をした、やせぎすな隣室の夫人である。

「いいえ」

毛糸の球は細い指から、脂よりも白い括《くく》り指へ移った。

「ここは暖かでございますね」

敏子は出窓へ歩み出ると、まぶしそうにやや眼を細めた。

「ええ、こうやっておりましても、居《い》睡《ねむ》りが出るくらいでございますわ」

二人の母はたたずんだまま、幸福そうに微笑し合った。

「まあ、おかわいいたあたですこと」

敏子の声はさりげなかった。が、女はその言葉に、思わずそっと眼をそらせた。

「二年ぶりに編み針を持ってみましたの。――あんまり暇なもんですから」

「私なぞはいくら暇でも、なまけてばかりおりますわ」

女は籐椅子へ編み物を捨てると、しかたがなさそうに微笑した。敏子の言葉は無心のうちに、もう一度女を打ったのである。

「お宅の坊ちゃんは、——坊ちゃんでございましたわね？　いつお生まれになりましたの？」

敏子は髪へ手をやりながら、ちらりと女の顔をながめた。昨日は泣き声を聞いているのも堪えられない気がした隣室の赤児、——それが今では何物よりも、敏子の興味を動かすのである。しかもその興味を満足させれば、かえって苦しみを新たにするのも、はっきりわかってはいるのである。これは小さな動物が、コブラの前では動けないように、敏子の心もいつの間にか、苦しみそのものの催眠作用にとらわれてしまった結果であろうか？　それともまた手傷を負った兵士が、わざわざ傷口を開いてまでも、一時の快をむさぼるように、いやが上にも苦しまねばやまない、病的な心理の一例であろうか？

「このお正月でございました」

女はこう答えてから、ちょいとためらうけしきを見せた。しかしすぐ眼をあげると、きのどくそうにつけ加えた。

「お宅ではとんだことでございましたってねえ」

敏子はうるんだ眼の中に、無理な微笑を漂わせた。

「ええ、肺炎になりましたものですから、——ほんとうに夢のようでございました」

「それもおいでて匆々《そうそう》にねえ。なんと申し上げてよいかわかりませんわ」

女の眼にはいつの間にか、かすかに涙が光っている。

「私なんぞはそんな目にあったら、まあ、どうするでございましょう？」

「一時はずいぶん悲しゅうございましたけれども、――もうあきらめてしまいましたわ」

二人の母はたたずんだまま、寂しそうな朝日の光をながめた。

「こちらは悪い風がはやりますの」

女は考え深そうに、とぎれていた話を続けだした。

「内地はよろしゅうございますわね。気候もこちらほど不順ではなし、――」

「参りたてでよくはわかりませんけれども、たいへん雨の多い所でございますね」

「今年はよけい――あら、泣いておりますわ」

女は耳を傾けたまま、別人のような微笑を浮かべた。

「ちょいとご免くださいまし」

しかしその言葉が終わらないうちに、もうそこへはさっきの女中が、ばたばた上草履を鳴らせながら、泣きたてる赤児を抱きそやして来た。赤児を、――美しいメリンスの着物の中に、しかめた顔ばかり出した赤児を、――敏子が内心見まいとしていた、じょうぶそうに顋《あご》のくくれた赤児を！

「私が窓をふきに参りますとね、すぐにもう眼をおさましなすって」

「どうもはばかり様」

女はまだ慣れなそうに、そっと赤児を胸に取った。

「まあ、おかわいい」

敏子は顔を寄せながら、鋭い乳のにおいを感じた。

「おお、おお、よく肥っていらっしゃる」

やや上気した女の顔には、絶え間ない微笑が満ち渡った。女は敏子の心もちに、同情ができないわけではない。しかし、――しかしその乳房の下から、――張り切った母の乳房の下から、汪然《おうぜん》とわいてくる得意の情は、どうすることもできなかったのである。

三

雍家花園《ようかかえん》の槐《えんじゆ》や柳は、午《ひる》過ぎの微風にそよぎながら、庭や草や土の上へ、日の光と影とをふりまいている。いや、草や土ばかりではない。その槐に張り渡した、この庭には似合わない、水色のハンモックにもふりまいている。ハンモックの中にあおむけになった、夏のズボンに胴衣《チョッキ》しかつけない、小肥りの男にもふりまいている。

男は葉巻きに火をつけたまま、槐の枝につり下げた、支那風の鳥籠《とりかご》をながめている。鳥は文鳥か何からしい。これも明暗の斑点《はんてん》の中に、止まり木をあちこち伝わっては、時々さも不思議そうに籠の下の男をながめている。男はそのたびにほほえみながら、葉巻きを口へ運ぶこともある。あるいはまた人と話すように、「こら」とか「どうした?」とか言うこともある。

あたりは庭木のそよぎの中に、かすかな草の香《か》を蒸らせている。一度ずっと遠い空に汽船の笛の響いたぎり、今はもう人音も何もしない。あの汽船はとうに去ったであろう。赤濁りに濁った長江の水に、まばゆい水脈《みお》を引いたなり、西か東かへ去ったであろう。その水の見える波止場には、裸も同様な乞食《こじき》が一人、西瓜《すいか》の皮を噛じっている。そこにはまた仔豚《こぶた》の群れも、長々と横たわった親豚の腹に、乳房を争っているかもしれない、——小鳥を見るのにも飽きた男は、そんな空想に浸ったなり、いつかうとうとと眠りそうになった。

「あなた」

男は大きい眼をあいた。ハンモックのそばに立っているのは、上海の旅館にいた時より、やや血色のいい敏子である。髪にも、夏帯にも、中形《ちゅうがた》の湯帷子《ゆかた》にも、やはり明暗の斑点を浴びた、白粉《おしろい》をつけない敏子である。

男は妻の顔を見たまま、無遠慮に大きいあくびをした。それからさもたいぎそうに、ハンモックの上へ体を起こした。

「郵便よ、あなた」

敏子は眼だけ笑いながら、何本か手紙を男へ渡した。と同時に湯帷子の胸から、桃色の封筒にはいっている、小さい手紙を抜いて見せた。

「今日は私にも来ているのよ」

男はハンモックに腰かけたなり、もう短い葉巻きを噛み噛み、むぞうさに手紙を読み始めた。敏子もそこへたたずんだまま、封筒と同じ桃色の紙へ、じっと眼を落としている。

雍家花園の槐や柳は、午過ぎの微風にそよぎながら、この平和な二人の上へ、日の光と影とをふりまいている。文鳥はほとんどさえずらない。何かうなる虫が一匹、男の肩へ舞いおりたが、すぐにそれも飛び去ってしまった。……

こういうしばらくの沈黙ののち、敏子は伏せた眼もあげずに、突然かすかな叫び声を出した。

「あら、お隣の赤さんも死んだんですって」

「お隣？」

男はちょいと聞き耳を立てた。

「お隣とはどこだい？」

「お隣よ。ほら、あの上海の××館の、――」

「ああ、あの子供か？　そりゃきのどくだな」

「あんなにじょうぶそうな赤さんがねえ。……」

「なんだい、病気は？」

「やっぱり風邪ですって。始めは寝冷えくらいのことと思いおり候ところ、――ですって」

敏子はやや興奮したように、口早に手紙を読み続けた。

「病院に入れ候時には、もはや手おくれと相成り、――ね、よく似ているでしょう？ 注射をいたすやら、酸素吸入をいたすやら、いろいろ手を尽くし候えども、――それからなんと読むのかしら？ 泣き声だわ。泣き声もしだいに細るばかり、その夜の十一時五分ほど前には、ついに息を引き取り候。その時の私の悲しさ、重々お察しくだされたく、……」

「きのどくだな」

男はもう一度ハンモックに、ゆらりとあおむけになりながら、同じ言葉をくり返した。男の頭のどこかには、いまだに瀕死《ひんし》の赤児が一人、小さいあえぎを続けている。と思うとそのあえぎは、いつかまた泣き声に変わってしまう。雨の音の間を縫った、健康な赤児の泣き声に。――男はそういう幻の中にも、妻の読む手紙に聴《き》き入っていた。

「重々お察しくだされ度、それにつけてもいつぞや御許様《おんもとさま》に御眼《おんめ》にかかりしことなど思いいだされ、あのころはさぞかし御許様にも、——ああ、いや、いや。ほんとうに世の中はいやになってしまう」

　敏子は憂鬱な眼をあげると、神経的に濃い眉をひそめた。が、一瞬の無言ののち、鳥籠の文鳥を見るが早いか、うれしそうにきゃしゃな両手を拍《う》った。

「ああ、いいことを思いついた！　あの文鳥を放してやればいいわ」

「放してやる？　あのお前の大事の鳥をか？」

「ええ、ええ、大事の鳥でもかまわなくってよ。お隣の赤さんのお追善ですもの。ほら、放鳥*って言うでしょう。あの放鳥をしてあげるんだわ。文鳥だってきっと喜んでよ。——私には手がとどかないかしら？　とどかなかったら、あなた取ってちょうだい」

　槐の根もとに走り寄った敏子は、空気草履を爪立《つまだ》てながら、できるだけ腕を伸ばしてみた。しかし籠をつるした枝には、容易に指さえとどこうとしない。文鳥は気でも違ったように、小さい翼をばたばたやる。その拍子にまた餌《え》壺《つぼ》の黍《きび》も、鳥籠の外に散乱する。が、男はおもしろそうに、ただ敏子をながめていた。そらせた喉《のど》、ふくらんだ胸、爪先《つまさき》に重みをささえた足、——そういう妻の姿をながめていた。

「取れないかしら？——取れないわ」

　敏子は足を爪立てたまま、くるりと夫の方へ向いた。

「取ってちょうだいよ。よう」

「取れるものか？　踏み台でもすれば格別だが、――何もまた放すにしても、今すぐには限らないじゃないか？」

「だって今すぐに放したいんですもの、よう。取ってちょうだいよう。取ってくださらなければいじめるわよ。よくって？　ハンモックを解《ほど》いてしまうわよ。――」

　敏子は男をにらむようにした。が、眼にも唇にも、みなぎっているものは微笑である。しかもほとんど平静を失した、烈しい幸福の微笑である。男はこの時妻の微笑に、何か酷薄なものさえ感じた。日の光にけむった草木《くさき》の奥に、いつも人間を見守っている、気味の悪い力に似たものさえ。

「ばかなことをするなよ。――」

　男は葉巻きを投げ捨てながら、冗談のように妻をしかった。

「第一あのなんとか言った、お隣の奥さんにもすまないじゃないか？　あっちじゃ子供が死んだというのに、こっちじゃ笑ったり騒いだり、……」

　すると敏子はどうしたのか、突然蒼白い顔になった。その上すねた子供のように、睫毛の長い眼を伏せると、別に何ということもなしに、桃色の手紙を破りだした。男はちょいと苦い顔をした。が、気まずさを押しのけるためか、急にまた快活に話し続けた。

「だがまあ、こうしていられるのは、とにかくしあわせには違いないね。上海にいた時には弱ったからな。病院にいれば気ばかりあせるし、いなければまた心配するし、――」

男はふと口をつぐんだ。敏子は足もとに眼をやったなり、影になった頬の上に、いつか涙を光らせている。しかし男は当惑そうに、短い口髭《くちひげ》を引っぱったきり、なんともそのことは言わなかった。

「あなた」

息苦しい沈黙の続いたのち、こういう声が聞こえた時も、敏子はまだ夫の前に、色の悪い顔をそむけていた。

「なんだい？」

「私は、――私は悪いんでしょうか！　あの赤さんのなくなったのが、――」

敏子は急に夫の顔へ、妙に熱のある眼を注いだ。

「なくなったのがうれしいんです。おきのどくだとは思うんですけれども、――それでも私はうれしいんです。うれしくっては悪いんでしょうか？　悪いんでしょうか？　あなた」

敏子の声には今までにない、荒々しい力がこもっている。

男はワイシャツの肩や胴衣《チョッキ》に今はいっぱいにさし始めた、まばゆい日の光を鍍金《めっき》しながら、なんともその問いに答えなかった。何か人力に及ばないものが、厳然と前へでもふさがったように。

（大正十年八月）

好色＊

平中《へいちう》＊といふ色ごのみにて、宮仕へ人はさらなり、人の女《むすめ》など忍びて見ぬはなかりけり。　宇《う》治《じ》拾遺《しゅうい》物語

いかでかこの人に不《あ》会《は》では止まむと思ひ迷ひけるほどに、平中病みつきにけり。しかうして悩みけるほどに死にけり。　今《こん》昔《じゃく》物語

色を好むといふは、かやうのふるまひなり。　十《じっ》訓《きん》抄《しょう》

一　画　姿

泰平の時代にふさわしい、優美なきらめき烏帽子《えぼし》の下には、下ぶくれの顔がこちらを見ている。そのふっくりと肥《ふと》った頬に、あざやかな赤みがさしているのは、何も臙《えん》脂《じ》をぼかしたのではない。男には珍しい餅肌《もちはだ》が、自然と血の色を透かせたのである。髭《ひげ》は品のよい鼻の下に、——と言うよりも薄い唇の左右に、ちょうど薄墨を刷《は》いたように、わずかばかりしか残っていない。しかしつややかな鬢《びん》の上には、霞《かすみ》も立たない

空の色さえ、ほんのりと青みを映している。耳はその鬢のはずれに、ちょいと上がった耳たぶだけが見える。それが蛤《はまぐり》の貝のような、暖かい色をしているのは、かすかな光のかげんらしい。眼は人よりも細いうちに、絶えず微笑が漂っている。ほとんどその瞳《ひとみ》の底には、いつでも咲きにおった桜の枝が浮かんでいるのかと思うくらい、晴れ晴れした微笑が漂っている。が、多少注意をすれば、そこには必ずしも幸福のみが住まっていないことがわかるかも知れない。これは遠い何物かに、惝怳《しょうこう》を持った微笑である。同時にまた手近いいっさいに、軽蔑《けいべつ》をいだいた微笑である。頸《くび》は顔に比べると、むしろきゃしゃすぎると評してもいい。その頸には白い汗衫《かざみ》*の襟が、かすかに香《こう》をたきしめた、菜の花色の水干《すいかん》の襟と、細い一線を画いている。顔の後ろにほのめいているのは、鶴《つる》を織り出した几帳《きちょう》であろうか？　それとものどかな山の裾《すそ》に、女松《めまつ》を描いた障子であろうか？　とにかく曇った銀のような、薄白い明るみが拡がっている。……

　これが古い物語の中から、わたしの前に浮かんできた「天《あめ》が下《した》の色好み」平《たいら》の貞文《さだぶみ》の似顔である。平の好風《よしかぜ》に子が三人ある、ちょうどその次男に生まれたから、平中と渾名《あだな》を呼ばれたと言う、わたしの Don Juan の似顔である。

二　桜

　平中は柱によりかかりながら、漫然と桜をながめている。近々と軒に迫った桜は、もう盛りが過ぎたらしい。そのやや赤みのあせた花には、永い昼過ぎの日の光が、さしかわした枝の向き向きに、複雑な影を投げ合っている。が、平中の眼は桜にあっても、平中の心は桜にない。彼はさっきから漫然と、侍従*のことを考えている。

「はじめて侍従を見かけたのは、——」

　平中はこう思い続けた。

「はじめて侍従を見かけたのは、——あれはいつのことだったかな？　そうそう、なんでも稲荷《いなり》詣《もう》*でに出かけると言っていたのだから、初午《はつうま》の朝だったのに違いない。あの女が車へ乗ろうとする、おれがそこへ通りかかる、——というのがそもそもの起こりだった。顔は扇をかざした陰にちらりと見えただけだったが、紅梅や萌黄《もえぎ》を重ねた上へ、紫の袿《うちぎ》をひっかけている、——そのようすがなんとも言えなかった。おまけに輁《はこ》*へはいるところだから、片手に袴《はかま》をつかんだまま、心もち腰をかがめかげんにした、——そのまたかっこうもたまらなかったっけ。本院の大臣《おとど》*の御屋《おんや》形《かた》には、ずいぶん女房もたくさんいるが、まずあのくらいなのは一人もないな。あれなら平中がほれたと言っても、——」

　平中はちょいと真顔になった。

「だがほんとうにほれているかしら？　ほれていると言えば、ほれているようでもあるし、ほれていないと言えば、ほれて、——いったいこんなことは考えていると、だんだんわからなくなるものだが、まあ一通りはほれているな。もっともおれのことだから、いくら侍従にほれたと言っても、眼さきまでくらんでしまいはしない。いつかあの範実《のりざね》のやつと、侍従のうわさをしていたら、憾《うら》むらくは髪が薄すぎると、聞いたふうなことを言ったっけ、あんなことは一目見た時にもうちゃんと気がついていたのだ。範実などという男は、篳篥《ひちりき》こそちっとは吹けるだろうが、好色の話となった日には、――まあ、あいつはあいつとしておけ。さしむきおれが考えたいのは、侍従一人のことなのだから、――ところでもう少し欲を言えば、顔もあれじゃ寂しすぎるな。それも寂しすぎると言うだけなら、どこか古い画巻《えまき》じみた、上品なところがあるはずだが、寂しいくせに薄情らしい、妙に落ち着いたところがあるのは、どう考えても頼もしくない。女でもああいう顔をしたのは、存外人をくっているものだ。その上色も白いほうじゃない、浅黒いとまではいかなくっても、琥珀色《こはくいろ》くらいなところはあるな。しかしいつ見てもあの女は、なんだかこう水ぎわだった、震いつきたいようなふうをしている。あれは確かにどの女も、まねのできない芸当だろう。……」

平中は袴の膝《ひざ》を立てながら、うっとりと軒の空を見上げた。空は簇《むら》がった花の間に、薄青い色をなごませている。

「それにしてもこの間から、いくら文《ふみ》を持たせてやっても、返事一つよこさないのは、剛情にもほどがあるじゃないか？　まあおれが文をつけた女は、たいていは三度めになびいてしまう。たまに堅い女があっても、五度と文をやったことはない。あの恵眼《えげん》という仏師の娘なぞは、一首の歌だけに落ちたものだ。それもおれの作った歌じゃない。誰かが、そうそう、——義輔《よしすけ》が作った歌だっけ。義輔はその歌を書いてやっても、とんと先方の青女房には相手にされなかったとかいう話だが、同じ歌でもおれが書けば——もっとも侍従はおれが書いても、やっぱり返事はくれなかったから、あんまり自慢はできないかも知れない。しかしとにかくおれの文には必ず女の返事が来る、返事が来れば逢《あ》うことになる。逢うことになれば大騒ぎをされる。大騒ぎをされれば——じきにまたそれが鼻についてしまう。こうまあ相場がきまっていたものだ。ところが侍従には一月ばかりに、ざっと二十通も文を書いたが、なんとも便りがないのだからな。おれの艶書《えんしょ》の文体にしても、そう無際限にあるわけじゃなし、そろそろもう跡が続かなくなった。だが今日やった文の中には、『せめてはただ見つとばかりの、二文字だに見せ給え』と書いてやったから、なんとか今度こそ返事があるだろう。ないかな？　もし今日もまたないとすれば、——ああ、ああ、おれもついこの間までは、こんなことに気骨を折るほど、いくじのない人間じゃなかったのだがな。なんでも豊《ぶ》楽院《らくいん》の古狐《ふるぎつね》は、女に化けるということだが、きっとあの狐に化かされたのは、こんな気がするのに違いない。同じ狐でも奈良坂《ならざか》の狐は、三かかえもあろうという杉の木に化ける。嵯峨《さが》の狐は牛車《ぎっしゃ》に化ける。高陽川《かやがわ》の狐は女《め》の童《わらわ》に化ける。桃園《ももぞの》の狐は大池に化け——狐のことなぞはどうでもいい。ええと、何を考えていたのだっけ？」

平中は空を見上げたまま、そっとあくびをかみ殺した。花にうずまった軒先からは、傾きかけた日の光の中に、時々白いものが翻って来る。どこかに鳩も啼《な》いているらしい。

「とにかくあの女には根負けがする。たとい逢うと言わないまでも、おれと一度話さえすれば、きっと手に入れて見せるのだがな。まして一晩逢いでもすれば、——あの摂津《せっつ》でも小中将《こちゅうじょう》でも、まだおれを知らないうちは、男ぎらいで通していたものだ。それがおれの手にかかると、あの通り好きものになるじゃないか？ 侍従にしたところが金仏《かなぼとけ》じゃなし、有頂天にならないはずはあるまい。しかしあの女はいざとなっても、小中将のようには恥ずかしがるまいな。と言ってまた摂津のように、妙にとりすます柄でもあるまい。きっと袖《そで》を口へやると、眼だけにっこり笑いながら、——」

「殿様」

「どうせ夜のことだから、切り灯台*か何かがともっている。その火の光があの女の髪へ、——」

「殿様」

平中はややあわてたように、烏帽子の頭を後ろへ向けた。後ろにはいつか童《わらべ》が一人、じっと伏し眼になりながら、一通の文をさし出している。なんでもこれは一心に、笑うのをこらえていたものらしい。

「消息《しょうそこ》か？」

「はい、侍従様から、――」

童はこう言い終わると、匆々《そうそう》主人の前を下がった。

「侍従様から？　ほんとうかしら？」

平中はほとんど恐る恐る、青い薄葉《うすよう》*の文を開いた。

「範実や義輔の悪戯《いたずら》じゃないか？　あいつらはみんなこんなことが、何よりも好きな閑人《ひまじん》だから、――おや、これは侍従の文だ。侍従の文には違いないが、――この文は、これは、なんという文だい？」

平中は文を抛《ほう》り出した。文には「ただ見つとばかりの、二文字だに見せ給え」と書いてやった、その「見つ」という二文字だけが、――しかも平中の送った文から、この二文字だけ切り抜いたのが、薄葉にはりつけてあったのである。

「ああ、ああ、天が下の色好みとか言われるおれも、このくらいばかにされれば世話はないな。それにしても侍従というやつは、小面の憎い女じゃないか？　今にどうするか覚えていろよ。……」

平中は膝をかかえたまま、茫然《ぼうぜん》と桜のこずえを見上げた。青い薄葉の翻った上には、もう風に吹かれた落花が、点々と幾ひらもこぼれている。……

三　雨夜

それから二月ほどたったのちである。ある長雨の続いた夜、平中は一人本院の侍従の局《つぼね》へ忍んで行った。雨は夜空が溶け落ちるように、すさまじい響きを立てている。路《みち》は泥濘《でいねい》と言うよりも、大水が出たのと変わりはない。こんな晩にわざわざ出かけて行けば、いくらつれない侍従でも、憐《あわ》れに思うのは当然である、——こう考えた平中は、局の口へうかがいよると、銀を張った扇を鳴らしながら、案内を請うように咳《せき》ばらいをした。

すると十五、六の女の童が、すぐにそこへ姿を見せた。ませた顔に白粉《おしろい》をつけた、さすがに睡《ね》むそうな女の童である。平中は顔を近づけながら、小声に侍従へ取り次ぎを頼んだ。

一度引きこんだ女の童は、局の口へ帰って来ると、やはり小声にこんな返事をした。

「どうかこちらにお待ちくださいまし。今に皆様がお休みになれば、お逢《あ》いになるそうでございますから」

平中は思わず微笑した。そうして女の童の案内通り、侍従の居間の隣らしい、遣戸《やりど》の側に腰をおろした。

「やっぱりおれは智慧者《ちえしゃ》だな」

女の童がどこかへ退いたのち、平中はひとりにやにやしていた。

「さすがの侍従も今度という今度は、とうとう心が折れたとみえる。とかく女というやつは、ものの哀れを感じやすいからな。そこへ親切気を見せさえすれば、すぐにころりと落ちてしまう。こういう甲所《かんどころ》を知らないから、義輔や範実はなんといっても、——待てよ。だが今夜逢えるというのは、なんだか話がうますぎるようだぞ。——」

平中はそろそろ不安になった。

「しかし逢いもしないものが、逢うと言うわけもなさそうなものだ。するとおれのひがみかな？　なにしろざっと六十通ばかり、のべつに文を持たせてやっても、返事一つもらえなかったのだから、ひがみの起こるのももっともな話だ。が、ひがみではないとしたら、——またつくづく考えると、ひがみではない気もしないことはない。いくら親切にほだされても、今までは見向きもしなかった侍従が、——と言っても相手はおれだからな。このくらい平中に思われたとなれば、急に心も融《と》けるかも知れない」

平中は衣紋《えもん》を直しながら、おずおずあたりを透かして見た。が、彼のいまわりには、くら闇のほかに何も見えない。その中にただ雨の音が、檜肌葺《ひわだぶ》きの屋根をどよませている。

「ひがみだと思えば、ひがみのようだし、ひがみでないと、——いや、ひがみだと思っていれば、ひがみでもなんでもなくなるし、ひがみでないと思っていれば、案外ひがみですみそうな気がする。いったい運なぞというやつは、皮肉にできているものだからな。してみれば、なんでも一心にひがみでないと思うことだ。そうすると今にもあの女が、――おや、もうみんな寝始めたらしいぞ」

平中は耳をそばだてた。なるほどふと気がついてみれば相変わらず小止《おや》みない雨声といっしょに、御前《ごぜん》へ詰めていた女房たちが局々《つぼねつぼね》に帰るらしい、人ざわめきが聞こえてくる。

「ここがしんぼうのしどころだな。もう半時もたちさえすれば、おれはなんのぞうさもなく、日ごろの思いが晴らされるのだ。が、まだなんだか肚《はら》の底には、安心のできない気もちもあるぞ。そうそう、これがいいのだっけ。逢われないものだと思っていれば、不思議に逢うことができるものだ。しかし皮肉な運のやつは、そういうおれの胸算用も見透かしてしまうかも知れないな。じゃ逢われると考えようか？　それにしても勘定ずくだから、やっぱりこちらの思うようには、――ああ、胸が痛んできた。いっそ何か侍従なぞとは、縁のないことを考えよう。だいぶどの局もひっそりしたな。聞こえるのは雨の音ばかりだ。じゃ早速眼をつぶって、雨のことでも考えるとしよう。春雨、五月雨《さみだれ》、夕立、秋雨、……秋雨という言葉があるかしら？　秋の雨、冬の雨、雨《あま》だり、雨漏り、雨傘《あまがさ》、雨乞《あまご》い、雨竜《あまりょう》、雨蛙《あまがえる》、雨革《あまがわ》、雨宿り、……」

こんなことを思っているうちに、思いがけない物の音が、平中の耳を驚かせた。いや、驚かせたばかりではない、この音を聞いた平中の顔は、突然弥陀《みだ》の来迎《らいごう》を拝した、信心深い法師よりも、もっと歓喜にあふれている。なぜと言えば遣戸《やりど》の向こうに、誰か懸《か》け金《がね》をはずした音が、はっきり耳に響いたのである。

　平中は遣戸を引いてみた。戸は彼の思った通り、するりと閾《しきい》の上をすべった。その向こうには不思議なほど、空焚《そらだ》きのにおいが立ちこめた、一面の闇が拡がっている。平中は静かに戸をしめると、そろそろ膝ではいながら、手探りに奥へ進み寄った。が、このなまめいたやみの中には、天井の雨の音のほかに、何一つ物のけはいもしない。たまたま手がさわったと思えば、衣桁《いこう》や鏡台ばかりである。平中はだんだん胸の動悸《どうき》が、高まるような気がしだした。

「いないのかな？　いればなんとか言いそうなものだ」

　こう彼が思った時、平中の手は偶然にも柔らかな女の手にさわった。それからずっと探りまわすと、絹らしい打衣《うちぎぬ》の袖にさわる。その衣《きぬ》の下の乳房にさわる。円々《まるまる》した頰や頤《あご》にさわる。氷よりも冷たい髪にさわる。――平中はとうとうくら闇の中に、じっとひとり横になった、恋しい侍従を探り当てた。

　これは夢でも幻でもない。侍従は平中の鼻の先に、打衣一つかけたまま、しどけない姿を横たえている。彼はそこにいすくんだなり、我知らずわなわな震えだした。が、侍従は相変わらず、身動きをするけしきさえ見えない。こんなことは確か何かの草紙《そうし》*

に、書いてあったような心もちがする。それともあれは何年か以前、大殿油《おおとのあぶら》の火影に見た何かの画巻にあったのかもしれない。

「かたじけない。かたじけない。今まではつれないと思っていたが、もう向後《こうご》は御仏《みほとけ》よりも、お前に身命をささげるつもりだ」

平中は侍従を引き寄せながら、こうその耳にささやこうとした。が、いくら気はせいても、舌は上顎《うわあご》に引きついたまま、声らしいものは口へ出ない。そのうちに侍従の髪のにおいや、妙に暖い肌のにおいは、無遠慮に彼を包んでくる。――と思うと彼の顔へは、かすかな侍従の息がかかった。

一瞬間、――その一瞬間が過ぎてしまえば、彼らは必ず愛欲の嵐に、雨の音も、空焚きのにおいも、本院の大臣も、女の童も忘却してしまったに相違ない。しかしこのきわどい刹那《せつな》に侍従は半ば身を起こすと、平中の顔に顔を寄せながら、恥ずかしそうな声を出した。

「お待ちなさいまし。まだあちらの障子には、懸け金がおろしてございませんから、あれをかけて参ります」

平中はただうなずいた。侍従は二人の褥《しとね》の上に、においのいいぬくみを残したまま、そっとそこを立って行った。

「春雨、侍従、弥陀《みだ》如来《にょらい》、雨宿り、雨だれ、侍従、侍従、……」

平中はちゃんと眼をあいたなり、彼自身にも判然しない、いろいろなことを考えている。すると向こうのくら闇に、かちりと懸け金をおろす音がした。

「雨竜、香炉、雨夜のしなさだめ、*ぬば玉の*闇のうつつはさだかなる夢にいくらもまさらざりけり、夢にだに、*——どうしたのだろう？　懸け金はもうおりたと思ったが、——」

平中は頭をもたげて見た。が、あたりにはさっきの通り、空焚きのにおいが漂った、ゆかしい闇があるばかりである。侍従はどこへ行ったものか、衣《きぬ》ずれの音も聞こえてこない。

「まさか、——いや、ことによると、——」

平中は褥をはい出すと、また元のように手探りをしながら、向こうの障子へたどりついた。すると障子には部屋の外から、厳重に懸け金がおろしてある。その上耳を澄ませてみても、足音一つさせるものはない。局々が大雨の中に、いずれもひっそりと寝静まっている。

「平中、平中、お前はもう天が下の色好みでもなんでもない。——」

平中は障子に寄りかかったまま、失心したようにつぶやいた。

「お前の容色も劣えた。お前の才も元のようじゃない。お前は範実や義輔よりも、見下げ果てたいくじなしだ。……」

四　好色問答

これは平中の二人の友だち——義輔と範実との間に交換された、ある無駄話《むだばなし》の一節である。

義輔「あの侍従という女には、さすがの平中もかなわないそうだね」

範実「そういううわさだね」

義輔「あいつにはいい見せしめだよ。あいつは女御《にょご》更衣《こうい》でなければ、どんな女にでも手を出す男だ。ちっとは懲らしてやるほうがいい」

範実「へええ、君も孔子のお弟子か？」

義輔「孔子の教なぞは知らないがね。どのくらい女が平中のために、泣かされたかぐらいは知っているのだ。もう一言ついでにつけ加えれば、どのくらい苦しんだ夫があるか、どのくらい腹をたてた親があるか、どのくらい怨《うら》んだ家来があるか、それもまんざら知らないじゃない。そういう迷惑をかける男は当然鼓を鳴らして責むべき者だ。君はそう考えないかね？」

範実「そうばかりもいかないからね。なるほど平中一人のために、世間は迷惑しているかも知れない。しかしその罪は平中一人が負うべきものでもなかろうじゃないか？」

義輔「じゃまたほかに誰が負うのだね？」

範実「それは女に負わせるのさ」

義輔「女に負わせるのはかわいそうじゃないか？」

範実「平中に負わせるのもかわいそうだよ」

義輔「しかし平中がくどいたのだからな」

範実「男は戦場に太刀打ちをするが、女は寝首しか掻《か》かないのだ。人殺しの罪は変わるものか」

義輔「妙に平中の肩を持つな。だがこれだけは確かだろう？　我々は世間を苦しませないが、平中は世間を苦しませている」

範実「それもどうだかわからないね。いったい我々人間は、いかなる因果か知らないが、互いに傷つけ合わないでは、一刻も生きてはいられないものだよ。ただ平中は我々よりも、よけいに世間を苦しませている。この点は、ああいう天才には、やむを得ない運命だね」

義輔「冗談じゃないぜ。平中が天才といっしょになるなら、この池の鰌《どじょう》も竜になるだろう」

範実「平中は確かに天才だよ。あの男の顔に気をつけたまえ。あの男の声を聞きたまえ。あの男の文を読んで見たまえ。もし君が女だったら、あの男と一晩逢って見たまえ。あの男は空海上人《くうかいしょうにん》だとか小野道風《おののとうふう》だとかと同じように、母の胎内を離れた時から、非凡な能力を授かってきたのだ。あれが天才でないと言えば、天下に天才は一人もいない。その点では我々二人のごときも、とうてい平中の敵じゃないよ」

義輔「しかしだね。しかし天才は君の言うように、罪ばかり作ってはいないじゃないか？　たとえば道風の書を見れば、微妙な筆力に動かされるとか、空海上人の誦《ず》経《きょう》を聞けば――」

範実「僕は何も天才は、罪ばかり作ると言いはしない。罪も作ると言っているのだ」

義輔「じゃ平中とは違うじゃないか？　あいつの作るのは罪ばかりだぜ」

範実「それは我々にはわからないはずだ。仮名《かな》もろくに書けないものには、道風の書もつまらないじゃないか？　信心気のちっともないものには、空海上人の誦経よりも、傀儡《くぐつ》の歌のほうがおもしろいかも知れない。天才の功徳でわかるためには、こちらにも相当の資格がいるさ」

義輔「それは君の言う通りだがね、平中尊者の功徳なぞは、――」

範実「平中の場合も同じじゃないか？　ああいう好色の天才の功徳は、女だけが知っているはずだ。君はさっきどのくらい女が平中のために泣かされたかと言ったが、僕は反対にこう言いたいね。どのくらい女が平中のために、無上の歓喜を味わったか、どのくらい女が平中のために、しみじみ生きがいを感じたか、どのくらい女が平中のために、犠牲の尊さを教えられたか、どのくらい女が平中のために、――」

義輔「いや、もうそのくらいでたくさんだよ。君のように理窟《りくつ》をつければ、案山子《かかし》も鎧武者《よろいむしゃ》になってしまう」

範実「君のように嫉妬《しっと》深いと、鎧武者も案山子と思ってしまうぜ」

義輔「嫉妬深い？　へええ、これは意外だね」

範実「君は平中を責めるほど、淫奔《いんぽん》な女を責めないじゃないか？　たとい口では責めていても、肚《はら》の底で責めていまい。それはお互いに男だから、いつか嫉妬が加わるのだ。我々はみんな多少にしろ、もし平中になれるものなら、平中になってみたいという、人知れない野心を持っている。そのために平中は謀《む》叛人《ほんにん》よりも、いっそう我々に憎まれるのだ。考えてみればかわいそうだよ」

義輔「じゃ君も平中になりたいかね？」

範実「僕か？　僕はあまりなりたくない。だから僕が平中を見るのは、君が見るのよりも公平なのだ。平中は女が一人できると、たちまちその女に飽きてしまう。そうして誰かほかの女に、おかしいほど夢中になってしまう。あれは平中の心の中には、いつも巫山《ふざん》の神女《しんにょ》*のような、人倫を絶した美人の姿が、髣髴《ほうふつ》と浮かんでいるからだよ。平中はいつも世間の女に、そういう美しさを見ようとしている。実際ほれている時には、見ることができたと思っているのだ。が、もちろん二、三度逢えば、そういう蜃気《しんき》楼《ろう》はこわれてしまう。そのためにあいつは女から女へ、転々と憂き身をやつしに行くのだ。しかも末法の世の中に、そんな美人のいるはずはないから、結局平中の一生は、不幸に終わるよりしかたがない。その点では君や僕のほうが、はるかにしあわせだというものさ。しかし平中の不幸なのは、いわば天才なればこそだね。あれは平中一人じゃない。空海上人や小野道風も、きっとあいつと似ていたろう。とにかくしあわせになるためには、ご同様凡人が一番だよ……」

五　まりも美しとなげく男

平中はひとり寂しそうに、本院の侍従の局に近い、人けのない廊下にたたずんでいる。その廊下の欄にさした、油のような日の色を見ても、また今日は暑さが加わるらしい。が、庇《ひさし》の外の空には、簇々《そうそう》と緑を抽《ぬ》いた松が、静かに涼しさを守っている。

「侍従はおれを相手にしない。おれももう侍従は思い切った。――」

平中は蒼白《あおじろ》い顔をしたまま、ぼんやりとこんなことを思っている。

「しかしいくら思い切っても、侍従の姿は幻のように、必ず眼前に浮かんでくる。おれはいつかの雨夜以来、ただこの姿を忘れたいばかりに、どのくらい四方の神仏へ、祈願を凝らしたかわからない。が、加茂《かも》の御社《みやしろ》へ行けば、御鏡《みかがみ》の中にありありと、侍従の顔が映って見える。清水《きよみず》の御寺《みてら》の内陣にはいれば、観世音菩薩《かんぜおんぼさつ》の御姿《みすがた》さえ、そのまま侍従に変わってしまう。もしこの姿がいつまでも、おれの心を立ち去らなければ、おれはきっと焦がれ死にに、死んでしまうのに相違ない。――」

平中は長い息をついた。

「だがその姿を忘れるには、――たった一つしか手段はない。それはなんでもあの女のあさましいところを見つけることだ。侍従もまさか天人ではなし、不浄もいろいろ蔵しているだろう。そこを一つ見つけさえすれば、ちょうど女房に化けた狐が、尾のあることを知られたように、侍従の幻もくずれてしまう。おれの命はその刹那《せつな》に、やっとおれのものになるのだ。が、どこがあさましいか、どこが不浄を蔵しているか、それは誰も教えてくれない。ああ、大慈大悲の観世音菩薩、どうかそこをお示しください、侍従は河原の女乞食《こじき》と、実は少しも変わらない証拠を。……」

平中はこう考えながら、ふとものうい視線をあげた。

「おや、あすこへ来かかったのは、侍従の局の女の童ではないか？」

あの利口そうな女の童は、撫子重《なでしこがさ》*ねの薄物《うすもの》の衵《あこめ》*に、色の濃い袴を引きながら、ちょうどこちらへ歩いて来る。それが赤紙の画扇《えおうぎ》の陰に、何か筥《はこ》を隠しているのは、きっと侍従のした糞《まり》を捨てに行くところに相違ない。その姿を一目見ると、突然平中の心のうちには、ある大胆な決心が、いなずまのようにひらめき渡った。

平中は眼の色を変えたなり、女の童の行く手に立ちふさがった。そしてその筐をひったくるや否や、廊下の向こうに一つ見える、人のいない部屋へ飛んで行った。不意を打たれた女の童は、もちろん泣き声を出しながら、ばたばた彼を追いかけて来る。が、その部屋へ躍りこむと、平中は、遣戸を立て切るが早いか、手早く懸け金をおろしてしまった。

「そうだ。この中を見ればまちがいない。百年の恋も一瞬の間に、煙よりもはかなく消えてしまう。……」

平中はわななわな震える手に、ふわりと筐の上へかけた、香染め*の薄物を掲げて見た。筐は意外にも精巧を極めた、まだ真新しい蒔絵《まきえ》である。

「この中に侍従の糞がある。同時におれの命もある。……」

平中はそこにたたずんだまま、じっと美しい筐をながめた。局の外には忍び忍びに、女の童の泣き声が続いている。が、それはいつの間にか、重苦しい沈黙にのまれてしまう。と思うと遣戸や障子も、だんだん霧のように消え始める。いや、もう今では昼か夜か、それさえ平中には判然しない。ただ彼の眼の前には、時鳥《ほととぎす》をかいた筐が一つ、はっきり空中に浮き出している。……

「おれの命の助かるのも、侍従と一生の別れをするのも、皆この筐にかかっている。この筐の蓋《ふた》を取りさえすれば、——いやそれは考えものだぞ。侍従を忘れてしまうのがいいか、かいのない命を長らえるのがいいか、おれにはどちらとも返答できない。たとい焦がれ死にをするにもせよ、この筐の蓋だけは取らずにおこうか？……」

　平中はやつれた頰の上に、涙の痕《あと》を光らせながら、いまさらのように思い惑った。しかししばらく沈吟したのち、急に眼を輝かせると、今度はこう心の中にいっしょうけんめいの叫声をあげた。

「平中！　平中！　お前はなんというい くじなしだ？　あの雨夜を忘れたのか？　侍従は今もお前の恋をあざ笑っているかも知れないのだぞ。生きろ！　りっぱに生きてみせろ！　侍従の糞を見さえすれば、必ずお前は勝ち誇れるのだ。……」

　平中はほとんど気違いのように、とうとう筐の蓋を取った。筐には薄い香色の水が、たっぷり半分ほどはいった中に、これは濃い香色の物が、二つ三つ底へ沈んでいる。と思うと夢のように、丁子《ちょうじ》のにおいが鼻を打った。これが侍従の糞であろうか？　いや、吉祥天女にしてもこんな糞はするはずがない。平中は眉《まゆ》をひそめながら、いちばん上に浮いていた、二寸ほどの物をつまみ上げた。そうして髭《ひげ》にも触れるくらい、何度もにおいをかぎ直してみた。においは確かに紛れもない、飛び切りの沈《じん》のにおいである。

「これはどうだ！　この水もやはりにおうようだが、――」

平中は筐を傾けながら、そっと水をすすってみた。水も丁子《ちょうじ》を煮返した、上澄みの汁に相違ない。

「するとこいつも香木かな？」

平中は今つまみ上げた、二寸ほどの物を嚙《か》みしめてみた。すると歯にもとおるくらい、苦味の交じった甘さがある。その上彼の口の中には、たちまち橘《たちばな》の花よりも涼しい、微妙なにおいがいっぱいになった。侍従はどこから推量したか、平中のたくみを破るために、香細工の糞をつくったのである。

「侍従！　お前は平中を殺したぞ！」

平中はこううめきながら、ばたりと蒔絵の筐を落とした。そうしてそこの床の上に、仏倒しに倒れてしまった。その半死の瞳《ひとみ》のうちには、紫摩金《しまごん》*の円光にとりまかれたまま、嫣然《てんぜん》*と彼にほほえみかけた侍従の姿を浮かべながら。……

（大正十年九月）

藪の中*

検非違使《けびいし》に問われたる木樵《きこ》りの物語

さようでございます。あの死骸《しがい》を見つけたのは、わたしに違いございません。わたしは今朝いつもの通り、裏山の杉を伐《き》りに参りました。すると山陰の藪《やぶ》の中に、あの死骸があったのでございます。あった処でございますか？　それは山科《やましな》の駅路*からは、四、五町ほど隔たっておりましょう。竹の中にやせ杉のまじった、人けのない所でございます。

死骸は縹《はなだ》*の水干《すいかん》に、都ふうのさび烏帽子《えぼし》*をかぶったまま、あおむけに倒れておりました。なにしろ一刀《ひとかたな》とは申すものの、胸もとの突き傷でございますから、死骸のまわりの竹の落ち葉は、蘇芳《すおう》に滲《し》みたようでございます。いえ、血はもう流れてはおりません。傷口もかわいておったようでございます。おまけにそこには、馬蠅《うまばえ》が一匹、わたしの足音も聞こえないように、べったり食いついておりましたっけ。

太刀か何かは見えなかったか？　いえ、何もございません。ただそのそばの杉の根がたに、縄が一筋落ちておりました。それから、――そうそう、縄のほかにも櫛《くし》が一つございました。死骸のまわりにあったものは、この二つぎりでございます。が、草や竹の落ち葉は、一面に踏み荒らされておりましたから、きっとあの男は殺される前に、よほど手痛い働きでもいたしたのに違いございません。何、馬はいなかったか？　あそこはいったい馬なぞには、はいれない所でございます。なにしろ馬の通う路《みち》とは、藪一つ隔たっておりますから。

検非違使に問われたる旅法師の物語

あの死骸の男には、確かに昨日遇《あ》っております。昨日の、――さあ、午《ひる》ごろでございましょう。場所は関山《せきやま》*から山科へ、参ろうという途中でございます。あの男は馬に乗った女といっしょに、関山の方へ歩いて参りました。女は牟子《むし》をたれておりましたから、顔はわたしにはわかりません。見えたのはただ萩重《はぎがさ》ね*らしい、衣《きぬ》の色ばかりでございます。馬は月毛の、――確か法師髪*の馬のようでございました。丈でございますか？　丈は四寸《よき》*もございましたか？――なにしろ沙門《しゃもん》のことでございますから、その辺ははっきり存じません。男は、――いえ、太刀も帯びておれば、弓矢も携えておりました。ことに黒い塗り箙《えびら》へ、二十あまり征矢《そや》をさしたのは、ただ今でもはっきり覚えております。

あの男がかようになろうとは、夢にも思わずにおりましたが、まことに人間の命なぞは、如露《にょろ》亦如電《やくにょでん》*に違いございません。やれやれ、なんとも申しようのない、きのどくなことをいたしました。

検非違使に問われたる放免*の物語

わたしが搦《から》め取った男でございますか？　これは確かに多襄丸《たじょうまる》*と言う、名高い盗人《ぬすびと》でございます。もっともわたしが搦め取った時には、馬から落ちたのでございましょう、粟田口《あわたぐち》*の石橋の上に、うんうんうなっておりました。時刻でございますか？　時刻は昨夜の初更ごろでございます。いつぞやわたしが捉《とら》え損じた時にも、やはりこの紺の水干に、打ち出しの太刀*を佩《は》いておりました。ただ今はそのほかにもご覧の通り、弓矢の類さえ携えております。さようでございますか？　あの死骸の男が持っていたのも、——では人殺しを働いたのは、この多襄丸に違いございません。革を巻いた弓、黒塗りの箙、鷹《たか》の羽の征矢が十七本、——これは皆、あの男が持っていたものでございましょう。はい。馬もおっしゃる通り、法師髪の月毛でございます。その畜生に落とされるとは、何かの因縁に違いございません。それは石橋の少し先に、長い端綱《はづな》を引いたまま、路ばたの青芒《あおすすき》を食っておりました。

この多襄丸というやつは、洛中《らくちゅう》に徘徊《はいかい》する盗人の中でも、女好きのやつでございます。昨年の秋鳥部寺《とりべでら》*の賓頭盧《びんずる》*の後ろの山に、物詣《ものもう》でに来たらしい女房が一人、女《め》の童《わらわ》といっしょに殺されていたのは、こいつのしわざだとか申しております。その月毛に乗っていた女も、こいつがあの男を殺したとなれば、どこへどうしたかわかりません。差し出がましゅうございますが、それもご詮議《せんぎ》くださいまし。

検非違使に問われたる媼《おうな》の物語

はい、あの死骸は手前の娘が、かたづいた男でございます。が、都のものではございません。若狭《わかさ》の国府の侍でございます。名は金沢《かなざわ》の武弘《たけひろ》、年は二十六歳でございました。いいえ、優しいきだてでございますから、遺恨なぞ受けるはずはございません。娘でございますか？　娘の名は真砂《まさご》、年は十九歳でございます。これは男にも劣らぬくらい、勝ち気の女でございますが、まだ一度も武弘のほかには、男を持ったことはございません。顔は色の浅黒い、左の眼尻《めじり》に黒子《ほくろ》のある、小さい瓜実顔《うりざねがお》でございます。

武弘は昨日娘といっしょに、若狭へ立ったのでございますが、こんなことになりますとは、なんという因果でございましょう。しかし娘はどうなりましたやら、婿のことはあきらめましても、これだけは心配でなりません。どうかこの姥《うば》が一生のお願いでございますから、たとい草木を分けましても、娘のゆくえをお尋ねくださいまし。

何にいたせ憎いのは、その多襄丸とか何とか申す、盗人のやつでございます。婿ばかりか、娘までも……（跡は泣き入りて言葉なし）

多襄丸の白状

あの男を殺したのはわたしです。しかし女は殺しはしません。ではどこへ行ったのか？　それはわたしにもわからないのです。まあ、お待ちなさい。いくら拷問にかけられても、知らないことは申されますまい。その上わたしもこうなれば、卑怯《ひきょう》な隠しだてはしないつもりです。

わたしは昨日の午少し過ぎ、あの夫婦に出会いました。その時風の吹いた拍子に、牟子の垂絹《たれぎぬ》が上がったものですから、ちらりと女の顔が見えたのです。ちらりと、——見えたと思う瞬間には、もう見えなくなったのですが、一つにはそのためもあったのでしょう、わたしにはあの女の顔が、女菩薩《にょぼさつ》のように見えたのです。わたしはそのとっさの間に、たとい男は殺しても、女は奪おうと決心しました。

なに、男を殺すなぞは、あなたがたの思っているように、たいしたことではありません。どうせ女を奪うとなれば、必ず、男は殺されるのです。ただわたしは殺す時に、腰の太刀を使うのですが、あなたがたは太刀は使わない、ただ権力で殺す、金で殺す、どうかするとおためごかしの言葉だけでも殺すでしょう。なるほど血は流れない、男はりっぱに生きている、――しかしそれでも殺したのです。罪の深さを考えてみれば、あなたがたが悪いか、わたしが悪いか、どちらが悪いかわかりません。（皮肉なる微笑）

しかし男を殺さずとも、女を奪うことができれば、別に不足はないわけです。いや、その時の心もちでは、できるだけ男を殺さずに、女を奪おうと決心したのです。が、あの山科の駅路では、とてもそんなことはできません。そこでわたしは山の中へ、あの夫婦をつれこむくふうをしました。

これもぞうさはありません。わたしはあの夫婦と途《みち》づれになると、向こうの山には古塚がある、この古塚をあばいてみたら、鏡や太刀がたくさん出た、わたしは誰も知らないように、山の陰の藪の中へ、そういう物をうずめてある、もし望み手があるならば、どれでも安い値に売り渡したい、――という話をしたのです。男はいつかわたしの話に、だんだん心を動かし始めました。それから、――どうです。慾《よく》というものは恐しいではありませんか？　それから半時もたたないうちに、あの夫婦はわたしといっしょに、山路へ馬を向けていたのです。

わたしは藪の前へ来ると、宝はこの中に埋めてある、見に来てくれと言いました。男は慾に渇いていますから、異存のあるはずはありません。が、女は馬もおりずに、待っていると言うのです。またあの藪の茂っているのを見ては、そう言うのも無理はありますまい。わたしはこれも実を言えば、思う壺《つぼ》にはまったのですから、女一人を残したまま、男と藪の中へはいりました。

藪はしばらくの間は竹ばかりです。が、半町ほど行った処に、やや開いた杉むらがある、――わたしの仕事をしとげるのには、これほど都合のいい場所はありません。わたしは藪を押し分けながら、宝は杉の下に埋めてあると、もっともらしいうそをつきました。男はわたしにそう言われると、もうやせ杉が透いて見える方へ、いっしょうけんめいに進んで行きます。そのうちに竹がまばらになると、何本も杉が並んでいる、――わたしはそこへ来るが早いか、いきなり相手を組み伏せました。男も太刀を佩《は》いているだけに、力は相当にあったようですが、不意を打たれてはたまりません。たちまち一本の杉の根がたへ、くくりつけられてしまいました。縄ですか？　縄は盗人のありがたさに、いつ塀を越えるかわかりませんから、ちゃんと腰につけていたのです。もちろん声を出させないためにも、竹の落ち葉を頬張《ほおば》らせれば、ほかにめんどうはありません。

わたしは男をかたづけてしまうと、今度はまた女の所へ、男が急病を起こしたらしいから、見に来てくれと言いに行きました。これも図星に当たったのは、申し上げるまでもありますまい。女は市女《いちめ》笠《がさ》を脱いだまま、わたしに手をとられながら、藪の奥へはいって来ました。ところがそこへ来て見ると、男は杉の根に縛られている、――

女はそれを一目見るなり、いつの間に懐から出していたか、きらりと小刀《さすが》を引き抜きました。わたしはまだ今までに、あのくらい気性の烈《はげ》しい女は、一人も見たことがありません。もしその時でも油断していたらば、一突きに脾腹《ひばら》を突かれたでしょう。いや、それは身をかわしたところが、無二無三《むにむさん》に斬りたてられるうちには、どんな怪我《けが》もしかねなかったのです。が、わたしも多襄丸ですから、どうにかこうにか太刀も抜かずに、とうとう小刀を打ち落としました。いくら気の勝った女でも、得物がなければしかたがありません。わたしはとうとう思い通り、男の命は取らずとも、女を手に入れることができたのです。

男の命は取らずとも、——そうです。わたしはその上にも、男を殺すつもりはなかったのです。ところが泣き伏した女をあとに、藪の外へ逃げようとすると、女は突然わたしの腕へ、気違いのようにすがりつきました。しかも切れ切れに叫ぶのを聞けば、あなたが死ぬか夫が死ぬか、どちらか一人死んでくれ、二人の男に恥を見せるのは、死ぬよりもつらいと言うのです。いや、そのうちどちらにしろ、生き残った男につれ添いたい、——そうもあえぎあえぎ言うのです。わたしはその時猛然と、男を殺したい気になりました。（陰鬱《いんうつ》なる興奮）

こんなことを申し上げると、きっとわたしはあなたがたより残酷な人間に見えるでしょう。しかしそれはあなたがたが、あの女の顔を見ないからです。ことにその一瞬間の、燃えるような瞳《ひとみ》を見ないからです。わたしは女と眼を合わせた時、たとい神鳴《かみなり》に打ち殺されても、この女を妻にしたいと思いました。妻にしたい、——わたしの念頭にあったのは、ただこういう一事だけです。これはあなたがたの思うように、卑しい色欲ではありません。もしその時色欲のほかに、何も望みがなかったとすれば、わたしは女をけ倒しても、きっと逃げてしまったでしょう。男もそうすればわたしの太刀に、血を塗ることにはならなかったのです。が、薄暗い藪の中に、じっと女の顔を見た刹那《せつな》、わたしは男を殺さない限り、ここは去るまいと覚悟しました。

しかし男を殺すにしても、卑怯な殺し方はしたくありません。わたしは男の縄を解《ほど》いた上、太刀打ちをしろと言いました。（杉の根がたに落ちていたのは、その時捨て忘れた縄なのです）男は血相を変えたまま、太い太刀を引き抜きました。と思うと口もきかずに、憤然とわたしへ飛びかかりました。——その太刀打ちがどうなったかは、申し上げるまでもありますまい。わたしの太刀は二十三合目に、相手の胸を貫きました。二十三合目に、——どうかそれを忘れずにください。わたしは今でもこのことだけは、感心だと思っているのです。わたしと二十合斬り結んだものは、天下にあの男一人だけですから。（快活なる微笑）

わたしは男が倒れると同時に、血に染まった刀を下げたなり、女の方をふり返りました。すると、——どうです、あの女はどこにもいないではありませんか？　わたしは女がどちらへ逃げたか、杉むらの間を探してみました。が、竹の落ち葉の上には、それらしい跡も残っていません。また耳を澄ませてみても、聞こえるのはただ男の喉《のど》に、断末魔の音がするだけです。

　ことによるとあの女は、わたしが太刀打ちを始めるが早いか、人の助けでも呼ぶために、藪をくぐって逃げたのかも知れない。――わたしはそう考えると、今度はわたしの命ですから、太刀や弓矢を奪ったなり、すぐにまたもとの山路へ出ました。そこにはまだ女の馬が、静かに草を食っています。その後のことは申し上げるだけ、無用の口数に過ぎますまい。ただ、都へはいる前に、太刀だけはもう手放していました。――わたしの白状はこれだけです。どうせ一度は樗《おうち》のこずえに、懸ける首と思っていますから、どうか極刑《ごくけい》にあわせてください。（昂然《こうぜん》たる態度）

清水寺に来《きた》れる女の懺悔《ざんげ》

――その紺の水干を着た男は、わたしを手ごめにしてしまうと、縛られた夫をながめながら、あざけるように笑いました。夫はどんなに無念だったでしょう。が、いくら身もだえをしても、体じゅうにかかった縄目は、いっそうひしひしと食い入るだけです。わたしは思わず夫のそばへ、ころぶように走り寄りました。いえ、走り寄ろうとしたのです。しかし男はとっさの間に、わたしをそこへけ倒しました。ちょうどそのとたんです。わたしは夫の眼の中に、なんとも言いようのない輝きが、宿っているのを覚りました。なんとも言いようのない、——わたしはあの眼を思い出すと、今でも身震いが出ずにはいられません。口さえ一言もきけない夫は、その刹那の眼の中に、いっさいの心を伝えたのです。しかしそこにひらめいていたのは、怒りでもなければ悲しみでもない、——ただわたしをさげすんだ、冷たい光だったではありませんか？　わたしは男にけられたよりも、その眼の色に打たれたように、我知らず何か叫んだぎり、とうとう気を失ってしまいました。

そのうちにやっと気がついてみると、あの紺の水干の男は、もうどこかへ行っていました。跡にはただ杉の根がたに、夫が縛られているだけです。わたしは竹の落ち葉の上に、やっと体を起こしたなり、夫の顔を見守りました。が、夫の眼の色は、少しもさっきと変わりません。やはり冷たいさげすみの底に、憎しみの色を見せているのです。恥ずかしさ、悲しさ、腹だたしさ、——その時のわたしの心のうちは、なんと言えばよいかわかりません。わたしはよろよろ立ち上がりながら、夫のそばへ近寄りました。

「あなた。もうこうなった上は、あなたとごいっしょにはおられません。わたしはひと思いに死ぬ覚悟です。しかし、——あなたもお死になすってください。あなたはわたしの恥をご覧になりました。わたしはこのままあなた一人、お残し申すわけには参りません」

　わたしはいっしょうけんめいに、これだけのことを言いました。それでも夫は忌まわしそうに、わたしを見つめているばかりなのです。わたしは裂けそうな胸を抑えながら、夫の太刀を探しました。が、あの盗人に奪われたのでしょう、太刀はもちろん弓矢さえも、藪の中には見当たりません。しかし幸い小刀だけは、わたしの足もとに落ちているのです。わたしはその小刀を振り上げると、もう一度夫にこう言いました。

「ではお命をいただかせてください。わたしもすぐにお供します」

　夫はこの言葉を聞いた時、やっと唇を動かしました。もちろん口には笹の落ち葉が、いっぱいにつまっていますから、声は少しも聞こえません。が、わたしはそれを見ると、たちまちその言葉を覚りました。夫はわたしをさげすんだまま、「殺せ」と一言言ったのです。わたしはほとんど、夢うつつのうちに、夫の縹《はなだ》の水干の胸へ、ずぶりと小刀を刺し通しました。

　わたしはまたこの時も、気を失ってしまったのでしょう。やっとあたりを見まわした時には、夫はもう縛られたまま、とうに息が絶えていました。その蒼《あお》ざめた顔の上には、竹に交じった杉むらの空から、西日が一すじ落ちているのです。わたしは泣き声をのみながら、死骸の縄を解き捨てました。そうして、――そうしてわたしがどうなったか？　それだけはもうわたしには、申し上げる力もありません。とにかくわたしにはどうしても、死に切る力がなかったのです。小刀を喉に突き立てたり、山の裾《すそ》の池へ身を投げたり、いろいろなこともしてみましたが、死に切れずにこうしている限り、これも自慢にはなりますまい。（寂しき微笑）わたしのようにふがいないものは、大慈大悲の観世音菩薩《かんぜおんぼさつ》も、お見放しなすったのかも知れません。しかし夫を殺したわたしは、盗人の手ごめにあったわたしは、いったいどうすればよいのでしょう？　いったいわたしは、——わたしは、——（突然烈しき歔欷《すすりなき》）

巫女《みこ》の口を借りたる死霊の物語

——盗人は妻を手ごめにすると、そこへ腰をおろしたまま、いろいろ妻を慰めだした。おれはもちろん口はきけない。体も杉の根に縛られている。が、おれはその間に、何度も妻へ目くばせをした。この男の言うことを真に受けるな、何を言ってもうそと思え、——おれはそんな意味を伝えたいと思った。しかし妻は悄然《しょうぜん》と笹の落ち葉にすわったなり、じっと膝《ひざ》へ目をやっている。それがどうも盗人の言葉に、聞き入っているように見えるではないか？　おれはねたましさに身もだえをした。が、盗人はそれからそれへと、巧妙に話を進めている。一度でも肌身を汚したとなれば、夫との仲も折り合うまい。そんな夫に連れ添っているより、自分の妻になる気はないか？　自分はいとしいと思えばこそ、大それた真似も働いたのだ、——盗人はとうとう大胆にも、そういう話さえ持ち出した。

盗人にこう言われると、妻はうっとりと顔をもたげた。おれはまだあの時ほど、美しい妻を見たことがない。しかしその美しい妻は、現在縛られたおれを前に、なんと盗人に返事をしたか？　おれは中有《ちゅうう》*に迷っていても、妻の返事を思い出すごとに、嗔《しん》恚《い》に燃えなかったためしはない。妻は確かにこう言った、——「ではどこへでもつれて行ってください」（長き沈黙）

妻の罪はそれだけではない。それだけならばこの闇の中に、いまほどおれも苦しみはしまい。しかし妻は夢のように、盗人に手をとられながら、藪の外へ行こうとすると、たちまち顔色を失ったなり、杉の根のおれを指さした。「あの人を殺してください。わたしはあの人が生きていては、あなたといっしょにはいられません」——妻は気が狂ったように、何度もこう叫びたてた。「あの人を殺してください」——この言葉は嵐のように、今でも遠い闇の底へ、まっさかさまにおれを吹き落とそうとする。一度でもこのくらい憎むべき言葉が、人間の口を出たことがあろうか？　一度でもこのくらいのろわしい言葉が、人間の耳に触れたことがあろうか？　一度でもこのくらい、——（突然ほとばしるごとき嘲笑《ちょうしょう》）その言葉を聞いた時は、盗人さえ色を失ってしまった。「あの人を殺してください」——妻はそう叫びながら、盗人の腕にすがっている。盗人はじっと妻を見たまま、殺すとも殺さぬとも返事をしない。——と思うか思わないうちに、妻は竹の落ち葉の上へ、ただ一けりにけ倒された、（ふたたび、ほとばしるごとき嘲笑）盗人は静かに両腕を組むと、おれの姿へ眼をやった。「あの女はどうするつもりだ？　殺すか、それとも助けてやるか？　返事はただうなずけばよい。殺すか？」――おれはこの言葉だけでも、盗人の罪は赦《ゆる》してやりたい。（ふたたび、長き沈黙）

　妻はおれがためらううちに、何か一声叫ぶが早いか、たちまち藪の奥へ走り出した。盗人もとっさに飛びかかったが、これは袖《そで》さえ捉《とら》えなかったらしい。おれはただ幻のように、そういう景色をながめていた。

　盗人は妻が逃げ去ったのち、太刀や弓矢を取り上げると、一箇所だけおれの縄を切った。「今度はおれの身の上だ」――おれは盗人が藪の外へ、姿を隠してしまう時に、こうつぶやいたのを覚えている。その跡はどこも静かだった。いや、まだ誰かの泣く声がする。おれは縄を解きながら、じっと耳を澄ませてみた。が、その声も気がついてみれば、おれ自身の泣いている声だったではないか？（三たび、長き沈黙）

　おれはやっと杉の根から、疲れ果てた体を起こした。おれの前には妻が落とした、小刀が一つ光っている。おれはそれを手にとると、一突きにおれの胸へ刺した。何か腥《なまぐさ》い塊がおれの口へこみ上げてくる。が、苦しみは少しもない。ただ胸が冷たくなると、いっそうあたりがしんとしてしまった。ああ、なんという静かさだろう。この山陰の藪の空には、小鳥一羽さえずりに来ない。ただ杉や竹の杪《うら》に、寂しい日影が漂っている。日影が、――それもしだいに薄れてくる。――もう杉や竹も見えない。おれはそこに倒れたまま、深い静かさに包まれている。

その時誰か忍び足に、おれのそばへ来たものがある。おれはそちらを見ようとした。が、おれのまわりには、いつか薄闇が立ちこめている。誰か、――その誰かは見えない手に、そっと胸の小刀を抜いた。同時におれの口の中には、もう一度血潮があふれてくる。おれはそれぎり永久に、中有の闇へ沈んでしまった。……

（大正十年十二月）

俊寛*

俊寛《しゅんくわん》言ひけるは……神明《しんめい》ほかになし。ただ我らが一念なり。……ただ仏法を修行《しゅぎょう》して、今度生死《しゃうし》をいで給ふべし。

源平盛衰記

(俊寛) いとど思ひの深くなれば、かくぞ思ひつづけける。「見せばやな我を思はぬ友もがな磯《いそ》のとまやの柴《しば》の庵《いほり》を」

同　上

一

俊寛《しゅんかん》様の話ですか？　俊寛様の話くらい、世間にまちがって伝えられたことは、まずほかにはありますまい。いや、俊寛様の話ばかりではありません。このわたし、――有王《ありおう》*自身のことさえ、とんでもないうそが伝わっているのです。現についこの間も、ある琵琶《びわ》法師が語ったのを聞けば、俊寛様はお歎《なげ》きのあまり、岩に頭を打ちつけて、狂い死にをなすってしまうし、わたしはそのお死骸《なきがら》を肩に、身を投げて死んでしまったなどと、言っているではありませんか？　またもう一人の琵琶法師は、俊寛様はあの島の女と、夫婦の談《かた》らいをなすった上、子供も大ぜいおできになり、都にいらしった時よりも、楽しい生涯をお送りになったとか、まことしやかに語っていました。前の琵琶法師の語ったことが、あとかたもないうそだということは、この有王が生きているのでも、おわかりになるかと思いますが、のちの琵琶法師の語ったことも、やはりいいかげんのでたらめなのです。

いったい琵琶法師などというものは、どれもこれも我は顔に、うそばかりついているものなのです。が、そのうそのうまいことは、わたしでもほめずにはいられません。わたしはあの笹葺《ささぶ》きの小屋に、俊寛様が子供たちと、お戯れになるところを聞けば、思わず微笑を浮かべましたし、またあの浪音の高い月夜に、狂い死にをなさるところを聞けば、つい涙さえ落としました。たというそとはいうものの、ああいう琵琶法師の語ったうそは、きっと琥珀《こはく》の中の虫*のように、末代までも伝わるでしょう。してみればそういううそがあるだけ、わたしでも今のうちありのままに、俊寛様のことをお話しないと、琵琶法師のうそはいつの間にか、ほんとうに変わってしまうかも知れない——と、こうあなたはおっしゃるのですか？　なるほどそれもごもっともです。ではちょうど夜長を幸い、わたしがはるばる鬼界《きかい》が島《しま》へ、俊寛様をお尋ね申した、その時のことをお話しましょう。しかしわたしは琵琶法師のように、上手にはとても話されません。ただわたしの話のとりえは、この有王が目《ま》のあたりに見た、飾りのない真実ということだけです。ではどうかしばらくの間、ご退屈でもお聞きください。

二

わたしが鬼界が島に渡ったのは、治承《じしょう》三年五月の末、ある曇った午《ひる》過ぎです。これは琵琶法師も語ることですが、その日もかれこれ暮れかけた時分、わたしはやっと俊寛様に、めぐり遇《あ》うことができました。しかもその場所は人けのない海べ、——ただ灰色の浪ばかりが、砂の上に寄せては倒れる、いかにも寂しい海べだったのです。

俊寛様のその時のお姿は、——そうです。世間に伝わっているのには、「童《わらわ》かとすれば年老いてその貌《かお》にあらず、法師かと思えばまた髪は空ざまに生い上がりて白髪多し。よろずの塵《ちり》や藻《も》屑《くず》のつきたれども打ち払わず。頸《くび》細くして腹大きに脹《は》れ、色黒うして足手細し。人にして人にあらず」と言うのですが、これもたいていは作りごとです。ことに頸が細かったの、腹が脹れていたのというのは、地獄変の画からでも思いついたのでしょう。つまり鬼界が島というところから、餓鬼の形容を使ったのです。なるほどその時の俊寛様は、髪も延びてお出でになれば、色も日に焼けていらっしゃいましたが、そのほかは昔に変わらない、——いや、変わらないどころではありません。昔よりもいっそうじょうぶそうな、頼もしいお姿だったのです。それが静かな潮風に、法衣《ころも》の裾《すそ》を吹かせながら、浪打ちぎわをひとりおいでになる、——見ればお手にはなんと言うのか、笹の枝に貫いた、小さい魚を下げていらっしゃいました。

「僧都《そうず》の御房《ごぼう》！　よくご無事でいらっしゃいました。わたしです！　有王です！」

わたしは思わず駆け寄りながら、うれしまぎれにこう叫びました。

「おお、有王か！」

俊寛様は驚いたように、わたしの顔をご覧になりました。が、もうわたしはその時には、ご主人の膝《ひざ》を抱いたまま、うれし泣きに泣いていたのです。

「よく来たな。有王！　おれはもう今生《こんじょう》では、お前にも会えぬと思っていた」

俊寛様もしばらくの間は、涙ぐんでいらっしゃるようでしたが、やがてわたしをお抱き起こしになると、

「泣くな。泣くな。せめては今日会っただけでも、仏菩薩《ぶつぼさつ》のご慈悲と思うがよい」と、親のように慰めてくださいました。

「はい、もう泣きはいたしません。御房は、——御房のお住まいは、この界隈《かいわい》でございますか？」

「住まいか？　住居はあの山の陰じゃ」

俊寛様は魚を下げた御手に、間近い磯山《いそやま》をおさしになりました。

「住まいと言っても、檜肌葺《ひわだぶ》きではないぞ」

「はい、それは承知しております。なにしろこんな離れ島でございますから――」

わたしはそう言いかけたなり、また涙にむせびそうにしました。するとご主人は昔のように、優しい微笑をお見せになりながら、

「しかし居心は悪くない住まいじゃ。寝所《ねどころ》もお前には不自由はさせぬ。ではいっしょに来て見るがよい」と、気軽に案内をしてくださいました。

しばらくのちわたしたちは、浪ばかり騒がしい海べから、寂しい漁村へはいりました。薄白い路《みち》の左右には、こずえからたれた榕樹《あこう》の枝に、肉の厚い葉が光っている、――その木の間に点々と、笹葺きの屋根を並べたのが、この島の土人の家なのです。が、そういう家の中に、赤々と竈《かまど》の火が見えたり、珍しい人影が見えたりすると、とにかく村里へ来たという、なつかしい気もちだけはしてきました。

ご主人は時々ふり返りながら、この家にいるのは琉球人《りゅうきゅうじん》だとか、あの檻《おり》には豕《いのこ》が飼ってあるとか、いろいろ教えてくださいました。しかしそれよりもうれしかったのは、烏帽子《えぼし》さえかぶらない土人の男女が、俊寛様のお姿を見ると、必ず頭を下げたことです。ことに一度などはある家の前に、鶏《とり》を追っていた女の児さえ、御時宜《おじぎ》をしたではありませんか？　わたしはもちろんうれしいと同時に、不思議にも思ったものですから、何か訳のあることかと、そっとご主人に伺ってみました。

「成経《なりつね》*様や康頼《やすより》*様が、お話しになったところでは、この島の土人も鬼のように、情け

を知らぬことかと存じましたが、――」

「なるほど、都にいるものには、そう思われるに相違あるまい。が、流人《るにん》とは言うものの、おれたちは皆都人《みやこびと》じゃ。辺土の民はいつの世にも、都人と見れば頭を下げる。業平《なりひら》の朝臣《あそん》、*実方《さねかた》の朝臣、*――皆大同小異ではないか？　ああいう都人もおれのように、東《あずま》や陸奥《みちのく》へ下ったことは、思いのほか楽しい旅だったかも知れぬ」

「しかし実方の朝臣などは、お隠れになったのちでさえ、都恋しさの一念から、台盤《だいばん》所《どころ》の雀になったと、言い伝えておるではありませんか？」

「そういううわさを立てたものは、お前と同じ都人じゃ。鬼界が島の土人と言えば、鬼のように思う都人じゃ。してみればこれも当てにはならぬ」

　その時また一人ご主人に、頭を下げた女がいました。これはちょうど榕樹《あこう》の陰に、幼な児を抱いていたのですが、その葉に後ろをさえぎられたせいか、紅染めの単衣《ひとえ》を着た姿が、夕明かりに浮かんで見えたものです。するとご主人はこの女に、優しい会釈を返されてから、

「あれが少将の北の方じゃぞ」と、小声に教えてくださいました。

　わたしはさすがに驚きました。

「北の方と申しますと、――成経様はあの女と、夫婦になっていらしったのですか？」

俊寛様は薄笑いといっしょに、ちょいとうなずいてお見せになりました。

「抱いていた児も少将の胤《たね》じゃよ」

「なるほど、そう伺ってみれば、こういう辺土にも似合わない、美しい顔をしておりました」

「何、美しい顔をしていた？　美しい顔とはどういう顔じゃ？」

「まあ、眼の細い、頰のふくらんだ、鼻のあまり高くない、おっとりした顔かと思いますが、――」

「それもやはり都の好みじゃ。この島ではまず眼の大きい、頰のどこかほっそりした、鼻も人よりは心もち高い、きりりとした顔が尊まれる。そのために今の女なぞも、ここでは誰も美しいとは言わぬ」

わたしは思わず笑いだしました。

「やはり土人の悲しさには、美しいということを知らないのですね。そうするとこの島の土人たちは、都の上臈《じょうろう》を見せてやっても、皆醜いと笑いますかしら？」

「いや、美しいということは、この島の土人も知らぬではない。ただ好みが違っているのじゃ。しかし好みというものも、万代不変《ばんだいふへん》とは請け合われぬ。その証拠には御寺《みてら》御寺の、御仏《みほとけ》の御姿《みすがた》を拝むがよい。三界六道《さんがいろくどう》*の教主、十方最勝《じっぽうさいしょう》*、光明無量《こうみょうむりょう》、三学無碍《さんがくむげ》*、億々衆生引導《おくおくしゅじょういんどう》の能化《のうけ》、南無大慈大悲釈迦牟尼如来《なむだいじだいひしゃかむにによらい》も、三十二相《そう》八十種好《しゅこう》*のお姿は、時代ごとにいろいろお変わりになった。御仏でももしそうとなれば、いかんかこれ美人ということも、時代ごとにやはり違うはずじゃ。都でもこののち五百年か、あるいはまた一千年か、とにかくその好みの変わる時には、この島の土人の女どころか、南蛮《なんばん》北狄《ほくてき》のように、すさまじい顔がはやるかも知れぬ」

「まさかそんなこともありますまい。わが国ぶりはいつの世にも、わが国ぶりでいるはずですから」

「ところがそのわが国ぶりも、時と場合では当てにならぬ。たとえば当世の上臈の顔は、唐朝の御仏に活き写しじゃ。これは都人の顔の好みが、唐土《もろこし》になずんでいる証拠ではないか？　すると人皇《にんおう》何代かののちには、碧眼《へきがん》の胡人《えびす》*の女の顔にも、うつつをぬかす時がないとは言われぬ」

わたしは自然とほほえみました。ご主人は以前もこういうふうに、わたしたちへご教訓なすったのです。「変わらぬのはお姿ばかりではない。お心もやはり昔のままだ」――そう思うとなんだかわたしの耳には、遠い都の鐘の声も、通ってくるような気がしました。が、ご主人は榕樹の陰に、ゆっくりおみ足を運びながら、こんなこともまたおっしゃるのです。

「有王。おれはこの島に渡って以来、何がうれしかったか知っているか？　それはあのやかましい女房のやつに、毎日小言を言われずとも、暮らされるようになったことじゃよ」

三

その夜わたしは結い灯台の光に、ご主人のご飯をいただきました。本来ならばそんなことは、おそれおおい次第なのですが、ご主人のおおせもありましたし、お給仕にはこのごろお召使いの、兎唇《みつくち》の童《わらべ》もおりましたから、ご招伴《しょうばん》にあずかったわけなのです。

お部屋《へや》は竹縁《ちくえん》をめぐらせた、僧庵《そうあん》とも言いたいこしらえです。縁先に垂れた簾《すだれ》の外には、前栽《せんざい》の竹《たか》むらがあるのですが、椿《つばき》の油を燃やした光も、さすがにそこまでは届きません。お部屋の中には皮籠《かわご》ばかりか、厨子《ずし》もあれば机もある、――皮籠は都をお立ちの時から、お持ちになっていたのですが、厨子や机はこの島の土人が、ふつつかながらもおこしらえ申した、琉球赤木《りゅうきゅうあかぎ》とかの細工だそうです。その厨子の上には経文《きょうもん》といっしょに、阿弥陀如来《あみだにょらい》の尊像が一体、端然と金色《こんじき》に輝いていました。これは確か康頼様の、都返りのお形見だとか、伺ったように思っています。

俊寛様は円座《わろうだ》の上に、楽々とおすわりなすったまま、いろいろご馳走《ちそう》をくださいました。もちろんこの島のことですから、酢や醤油《しょうゆ》は都ほど、味がよいとは思われません。が、そのご馳走の珍しいことは、汁、鱠《なます》、煮つけ、果物、――名さえ確かに知っているのは、ほとんど一つもなかったくらいです。ご主人はわたしがあきれたように、箸《はし》もつけないのをご覧になると、上きげんにお笑いなさりながら、こうお勧めくださいました。

「どうじゃ、その汁の味は？　それはこの島の名産の、臭梧桐《くさぎり》という物じゃぞ。こちらの魚も食うてみるがよい。これも名産の永良部鰻《えらぶうなぎ》*じゃ。あの皿にある白地鳥《しろちどり》、――そうそう、あの焼き肉じゃ。――それも都などでは見たこともあるまい。白地鳥という物は、背の青い、腹の白い、形は鸛《こう》にそっくりの鳥じゃ。この島の土人はあの肉を食うと、湿気を払うとかとなえている。その芋《いも》も存外味はよいぞ。名前か？　名前は琉球芋じゃ。梶王《かじおう》などは飯の代わりに、毎日その芋を食うている」

梶王というのはさっき申した、兎唇の童の名前なのです。

「どれでもかってに箸をつけてくれい。粥《かゆ》ばかりすすっていさえすれば、得脱するように考えるのは、沙門《しゃもん》にありがちのふりょうけんじゃ。世尊《せそん》さえ成道《じょうどう》される時には、牧牛の女難陀婆羅《むすめなんだばら》*の、乳糜《にゅうび》*の供養を受けられたではないか？　もしあの時空腹のまま、畢波羅樹《ひっぱらじゅ》*下にすわっていられたら、第六天の魔王*波旬《はじゅん》は、三人の魔女なぞをつかわすよりも、六牙象王《ろくげのぞうおう》*の味噌《みそ》漬《づ》けだの、天竜八部《てんりゅうはちぶ》*の粕《かす》漬《づ》けだの、天竺《てんじく》の珍味を降らせたかも知らぬ。もっとも食足れば淫《いん》を思うのは、我々凡夫の慣《なら》いじゃから、乳糜を食われた世尊の前へ、三人の魔女を送ったのは、波旬もあっぱれ見上げた才子じゃ。が、魔王のあさましさには、その乳糜を献じたものが、女人《にょにん》じゃということを忘れておった。牧牛の女難陀婆羅、世尊に乳糜を献じ奉る、――世尊が無上の道へはいられるには、雪山《せっざん》六年の苦行よりも、これがはるかに大事だったのじゃ。『取彼乳糜如意飽食、《かのにゅうびをとりいのごとくほうしょくし》悉皆浄尽《しっかいじょうじんす》』――仏本行経《ぶっぽんぎょうきょう》*七巻のうちにも、あれほどありがたいところはたくさんあるまい。――『爾時菩薩食糜已訖従座而起《そのときぼさつびをしょくしすでにおわりてざよりしてたつ》。安庠漸々向菩提樹《あんじょうにぜんぜんぼだいじゅにむかう》』どうじゃ。『安庠漸々向菩提樹《あんじょうにぜんぜんぼだいじゅにむかう》』女人を見、乳糜に飽かれた、端厳微妙《たんごんみみょう》の世尊のお姿が、目のあたりに拝まれるようではないか？」

俊寛様は楽しそうに、晩のご飯をおしまいになると、今度は涼しい竹縁の近くへ、円座をお移しになりながら、

「では空腹が直ったら、都のたよりでも聞かせてもらおう」とわたしのお話をお促しになりました。

わたしは思わず眼を伏せました。かねて覚悟はしていたものの、いざ申し上げるとなってみると、今さらのように心が怯《おく》れたのです。しかしご主人はむとんちゃくに、芭蕉《ばしょう》の葉の扇をお手にしたまま、もう一度ご催促なさいました。

「どうじゃ、女房は相変わらず小言ばかり言っているか？」

わたしはやむを得ずうつむいたなり、お留守の間に出来《しゅったい》した、いろいろの大変をお話しました。ご主人がおとらわれなすったのち、ご近習《きんじゅ》は皆逃げ去ったこと、京極《きょうごく》*の

お屋形や鹿《しし》ヶ谷《たに》のご山荘も、平家の侍に奪われたこと、北の方は去年の冬、お隠れになってしまったこと、若君も重い疱瘡《もがさ》のために、その跡をお追いなすったこと、今ではあなたのご家族の中でも、たった一人姫君だけが、奈良《なら》の伯母御前《おばごぜ》のお住まいに、人目を忍んでいらっしゃること、――そういうお話をしているうちに、わたしの眼にはいつの間にか、灯台の火影が曇ってきました。軒先の簾、厨子の上の御仏、――それもうどうしたかわかりません。わたしはとうとうお話半ばに、その場へ泣き沈んでしまいました。ご主人は始終黙然と、お耳を傾けていらしったようです。が、姫君のことをお聞きになると、突然さもご心配そうに、法衣《ころも》の膝をお寄せになりました。

「姫はどうじゃ？　伯母御前にはようなついているか？」

「はい。おむつましいように存じました」

わたしは泣く泣く俊寛様へ、姫君のご消息をさし上げました。それはこの島へ渡るものには、門司《もじ》や赤間《あかま》が関《せき》*を船出する時、やかましい詮議《せんぎ》があるそうですから、髻《もとどり》に隠して来たお文《ふみ》なのです。ご主人は早速灯台の光に、ご消息をおひろげなさりながら、所々小声にお読みになりました。

「……世の中かきくらして晴るる心地なく侍《はべ》り。……さても三人《みたり》一つ島に流されけるに、……などや御身《おんみ》一人残り止まり給うらんと、……都には草のゆかりも枯れはてて、……当時は奈良の伯母御前の御許《おんもと》に侍り。……おろそかなるべきことはあらねど、かすかなる住まい推し量り給え。……さてもこの三とせまで、いかに御心《みこころ》強く、有《う》とも無《む》とも承わらざるらん。……とくとく御上《おんのぼ》り候《そうら》え。恋しとも恋し。ゆかしともゆかし。……あなかしこ、あなかしこ。……」

　俊寛様はお文をお置きになると、じっと腕組みをなすったまま、大きい息をおつきになりました。

「姫はもう十二になったはずじゃな。――おれも都には未練はないが、姫にだけは一目会いたい」

　わたしはご心中を思いやりながら、ただ涙ばかりぬぐっていました。

「しかし会えぬものならば、――泣くな。有王。いや、泣きたければ泣いてもよい。しかしこの娑婆《しゃば》世界には、いちいち泣いては泣き尽くせぬほど、悲しいことがたくさんあるぞ」

　ご主人は後ろの黒木の柱に、ゆっくり背中をお寄せになってから、寂しそうに御微笑なさいました。

「女房も死ぬ。若も死ぬ。姫には一生会えぬかも知れぬ。屋形や山荘もおれの物ではない。おれはひとり離れ島に老いの来るのを待っている。――これがおれの今のさまじゃ。が、この苦艱《くげん》を受けているのは、何もおれ一人に限ったことではない。おれ一人衆苦《しゅうく》の大海に没在していると考えるのは、仏弟子《ぶってし》にも似合わぬ増長慢《ぞうじょうまん》じゃ。『増《ぞう》長驕慢《じょうきょうまんは》、尚非世俗白衣所宜《なおせぞくびゃくえのよろしきところにあらず》』艱難《かんなん》の多いのに誇る心も、やはり邪業《じゃごう》には違いあるまい。その心さえ除いてしまえば、この粟散辺土《ぞくさんへんど》＊のうちにも、おれほどの苦を受けているものは、恒河沙《ごうがしゃ》＊の数より多いかも知れぬ。いや、人界《にんがい》に生まれ出たものは、たといこの島に流されずとも、皆おれと同じように、孤独の歎《たん》をもらしているのじゃ。村上《むらかみ》の御《み》門《かど》第七の王子、二品中務親王《にほんなかつかさしんのう》六代の後胤《こういん》、仁和《にんな》寺《じ》の法印寛雅《かんが》が子、京極の源大納言雅俊卿《みなもとのだいなごんまさとしきょう》の孫に生まれたのは、こう言う俊寛一人じゃが、天《あめ》が下《した》には千の俊寛、万の俊寛、十万の俊寛、百億の俊寛が流されているぞ。——」

　俊寛様はこうおっしゃると、たちまちまた御眼のどこかに、陽気な御《み》景色《けしき》がひらめきました。

「一条二条の大路の辻《つじ》に、盲人が一人さまようているのは、世にも憐《あわ》れに見えるかも知れぬ。が、広い洛中洛外《らくちゅうらくがい》、無量無数の盲人どもに、充《み》ち満ちた所をながめたら、——有王。お前はどうすると思う？　おれならばまっ先にふき出してしまうぞ。おれの島流しも同じことじゃ。十方《じっぽう》に遍満した俊寛どもが、皆ただ一人流されたように、泣きつわめきつしていると思えば、涙のうちにも笑わずにはいられぬ。有王。三界一《さんがいいっ》心《しん》＊と知った上は、何よりもまず笑うことを学べ。笑うことを学ぶためには、まず増長慢を捨てねばならぬ。世尊のご出世は我々衆生《しゅじょう》に、笑うことを教えに来られたのじゃ。大般涅槃《だいはつねはん》の御時にさえ、摩訶伽葉《まかかしょう》＊は笑ったではないか？」

その時はわたしもいつの間にか、頬の上の涙がかわいていました。するとご主人は簾越しに、遠い星空をご覧になりながら、

「お前が都へ帰ったら、姫にも歎《なげ》きをするよりは、笑うことを学べと言ってくれい」

と、何事もないようにおっしゃるのです。

「わたしは都へは帰りません」

もう一度わたしの眼の中には、新たに涙が浮かんできました。今度はそう言うお言葉を、お恨みに思った涙なのです。

「わたしは都にいた時の通り、おそば勤めをするつもりです。年とった一人の母さえ捨て、兄弟にも仔《し》細《さい》は話さずに、はるばるこの島へ渡って来たのは、そのためばかりではありませんか？　わたしはそうおっしゃられるほど、命が惜しいように見えるでしょうか？　わたしはそれほど恩義を知らぬ、人非人のように見えるでしょうか？　わたしはそれほど、――」

「それほど愚かとは思わなかった」

ご主人はまた前のように、にこにこお笑いになりました。

「お前がこの島にとどまっていれば、姫の安否を知らせるのは、誰がほかに勤めるのじゃ？　おれは一人でも不自由はせぬ。まして梶王という童がいる。――と言ってもまさかねたみなぞはすまいな？　あれはたよりのないみなし児じゃ。幼い島流しの俊

寛じゃ。お前は便船のありしだい、早速都へ帰るがよい。その代わり今夜は姫へのみやげに、おれの島住まいがどんなだったか、それをお前に話して聞かそう。またお前は泣いているな？　よしよし、ではやはり泣きながら、おれの話を聞いてくれい。おれはひとり笑いながら、かってに話を続けるだけじゃ」

俊寛様は悠々と、芭蕉扇《ばしょうせん》をお使いなさりながら、島住まいのお話をなさり始めました。軒先に垂れた簾の上には、ともし火の光を尋ねて来たのでしょう、かすかに虫のはう音が聞こえています。わたしは頭を垂れたまま、じっとお話に伺い入りました。

四

「おれがこの島へ流されたのは、治承《じしょう》元年七月の始めじゃ。おれは一度も成親*の卿《きょう》と、天下なぞを計った覚えはない。それが西八条*へ籠められたのち、いきなり、この島へ流されたのじゃから、始めはおれもいまいましさのあまり、飯を食う気さえ起こらなかった」

「しかし都のうわさでは、——」

わたしはお言葉をさえぎりました。

「僧都の御房も宗人《むねと》*の一人に、おなりになったとか言うことですが、——」

「それはそう思うに違いない。成親の卿さえ宗人の一人に、おれを数えていたそうじやから、――しかしおれは宗人ではない。浄海入道《じょうかいにゅうどう》*の天下がよいか、成親の卿の天下がいいか、それさえおれにはわからぬほどじゃ。ことによると成親の卿は、浄海入道よりひがんでいるだけ、天下の政治には不向きかも知れぬ。おれはただ平家の天下は、ないに若《し》かぬと言っただけじゃ。源平藤橘《げんぺいとうきつ》*、どの天下も結局あるのはないに若かぬ。この島の土人を見るがよい。平家の代《よ》でも、源氏の代でも、同じように芋を食うては、同じように子を生んでいる。天下の役人は役人がいぬと、天下も亡《ほろ》ぶように思っているが、それは役人のうぬぼれだけじゃ」

「が僧都の御房の天下になれば、何ご不足にもありますまい」

　俊寛様のお眼の中には、わたしの微笑が映ったように、やはり御微笑が浮かびました。

「成親の卿の天下同様、平家の天下より悪いかも知れぬ。なぜと言えば俊寛は、浄海入道より物わかりがよい。物わかりがよければ政治なぞには、夢中になれぬはずではないか？　理非曲直もわきまえずに、途方もない夢ばかり見続けている、――そこが高平太《たかへいだ》*の強いところじゃ。小松《こまつ》の内府*なぞはりこうなだけに、天下を料理するとなれば、浄海入道より数段下じゃ。内府も始終病身じゃと言うが、平家一門のためを計れば、一日も早く死んだがよい。その上またおれにしても、食色《じきしき》の二性を離れぬことは、浄海入道と似たようなものじゃ。そういう凡夫の取った天下は、やはり衆生のためにはならぬ。所詮人界《しょせんにんがい》が浄土になるには、御仏《みほとけ》の御天下を待つほかはあるまい。——おれはそう思っていたから、天下を計る心なぞは、微塵《みじん》もたくわえてはいなかった」

「しかしあのころは毎夜のように、中御門高倉《なかみかどたかくら》の大納言*様へ、お通いなすったではありませんか?」

わたしはご不用意を責めるように、俊寛様のお顔をながめました、ほんとうに当時のご主人は、北の方のご心配もご存知ないのか、夜は京極の御屋形にも、めったにお休みではなかったのです。しかしご主人は相変わらず、澄ましたお顔をなすったまま、芭蕉扇を使っていらっしゃいました。

「そこが凡夫のあさましさじゃ。ちょうどあのころの屋形には、鶴《つる》の前《まえ》という上童《うえわらわ》があった。これがいかなる天魔の化身か、おれを捉《とら》えて離さぬのじゃ。おれの一生のふしあわせは、皆あの女がいたばかりに、降ってわいたと言うてもよい。女房に横面を打たれたのも、鹿ヶ谷の山荘を仮《か》したのも、しまいにこの島へ流されたのも、——しかし有王、喜んでくれい。おれは鶴の前に夢中になっても、謀叛《むほん》の宗人にはならなかった。女人に愛楽を生じたためしは、古今の聖者にもまれではない。大幻術の摩登伽女《まとうぎゃにょ》*には、阿難尊者《あなんそんじゃ》*さえ迷わせられた。竜樹菩薩《りゅうじゅぼさつ》*も在俗の時には、王宮の美人を偸《ぬす》むために、隠形《おんぎょう》の術を修せられたそうじゃ。しかし謀叛人になった聖者は、天竺震旦《てんじくしんたん》本朝を問わず、ただの一人もあったことは聞かぬ。これは聞かぬのも不思議はない。女人に愛楽を生ずるのは、五根《ごこん》の欲を放つだけのことじゃ。が、謀叛を企てるには、貪嗔《どんしん》癡《ち》の三毒を具《そな》えねばならぬ。聖者は五欲を放たれても、三毒の害は受けられぬのじゃ。してみればおれの知慧《ちえ》の光も、五欲のために曇ったと言え、消えはしなかったと言わねばなるまい。——が、それはともかくも、おれはこの島へ渡った当座、毎日いまいましい思いをしていた」

「それはさぞかしご難儀だったでしょう。お食事はもちろん、お召し物さえ、ご不自由がちに違いありませんから」

「いや、衣食は春秋二度ずつ、肥前《ひぜん》の国鹿瀬《かせ》の荘《しょう》*から、少将のもとへ送って来た。鹿瀬の荘は少将の舅《しゅうと》、平《たいら》の教盛《のりもり》*の所領の地じゃ。その上おれは一年ほどたつと、この島の風土にも慣れてしまった。が、いまいましさを忘れるには、いっしょに流された相手が悪い。丹波《たんば》の少将成経《なりつね》などは、ふさいでいなければ居睡《いねむ》りをしていた」

「成経様はお年若でもあり、父君のご不運*をお思いになっては、お歎きなさるのもごもっともです」

「なに、少将はおれと同様、天下はどうなってもかまわぬ男じゃ。あの男は琵琶でもかき鳴らしたり、桜の花でもながめたり、上臈に恋歌でもつけていれば、それが極楽じゃと思うている。じゃからおれに会いさえすれば、謀叛人の父ばかり怨《うら》んでいた」

「しかし康頼《やすより》様は僧都の御房と、お親しいように伺いましたが」

「ところがこれが難物なのじゃ。康頼はなんでも願さえかければ、天神地神諸仏菩薩《てんじんちじんしょぶつぼさつ》、ことごとくあの男の言うなりしだいに、利益《りやく》を垂れると思うている。つまり康頼の考えでは、神仏も商人と同じなのじゃ。ただ神仏は商人のように、金銭では冥護《みょうご》をお売りにならぬ。じゃから祭文《さいもん》を読む。香火を供える。この後ろの山なぞには、姿のよい松がたくさんあったが、皆康頼に伐《き》られてしもうた。伐って何にするかと思えば、千本の卒塔婆《そとば》をこしらえた上、いちいちそれに歌を書いては、海の中へ抛《ほう》りこむのじゃ。おれはまだ康頼くらい、現金な男は見たことがない」

「それでもばかにはなりません。都のうわさではその卒塔婆が、熊野《くまの》にも一本、厳島《いつくしま》にも一本、流れ寄ったとか申していました」

「千本の中には一本や二本、日本の土地へも着きそうなものじゃ。ほんとうに冥護を信ずるならば、たった一本流すがよい。その上康頼はありがたそうに、千本の卒塔婆を流す時でも、始終風向きを考えていたぞ。いつかおれはあの男が、海へ卒塔婆を流す時に、帰命頂礼《きみょうちょうらい》＊熊野《くまの》三所《さんしょ》の権現《ごんげん》、分けては日吉山王《ひよしさんおう》＊、王子＊の眷属《けんぞく》、総じては上《かみ》は梵天帝釈《ぼんてんたいしゃく》、下《しも》は堅牢地神《けんろうじしん》、ことには内海外海竜神八部《ないかいげかいりゅうじんはちぶ》、応護の眦《まなじり》を垂れさせ給えと唱えたから、その跡へ並びに西風大明神《にしかぜだいみょうじん》、黒潮権現も守らせ給え、謹上再拝とつけてやった」

「悪いご冗談をなさいます」

わたしもさすがに笑いだしました。

「すると康頼は怒ったぞ。ああいう大嗔恚《だいしんい》を起こすようでは、現世《げんせ》利益《りやく》はともかくも、後生往生《ごしょうおうじょう》はおぼつかないものじゃ。――が、そのうちに困ったことには、少将もいつか康頼といっしょに、神信心を始めたではないか？　それも熊野とか王子とか、由緒のある神を拝むのではない。この島の火山には鎮護のためか、岩殿という祠《ほこら》がある。その岩殿へ詣《もう》でるのじゃ。――火山といえば思い出したが、お前はまだ火山を見たことはあるまい？」

「はい、たださっき榕樹《あこう》のこずえに、薄赤い煙のたなびいた、はげ山の姿をながめただけです」

「では明日《あす》でもおれといっしょに、頂へ登ってみるがよい。頂へ行けばこの島ばかりか、大海の景色は手にとるようじゃ。岩殿の祠も途中にある、――その岩殿へ詣でるのに、康頼はおれにも行けと言うたが、おれは容易には行こうとは言わぬ」

「都では僧都の御房一人、そういう神詣でもなさらないために、お残されになったと申しております」

「いや、それはそうかも知れぬ」

俊寛様はまじめそうに、ちょいとお首をお振りになりました。

「もし岩殿に霊があれば、俊寛一人を残したまま、二人の都返りを取り持つくらいは、なんとも思わぬ禍津《まがつ》神《がみ》じゃ。お前はさっきおれが教えた、少将の女房を覚えているか？　あの女もやはり岩殿へ、少将がこの島を去らぬように、毎日毎夜詣でたものじゃ。ところがその願は少しも通らぬ。すると岩殿という神は、天魔にも増した横道者じゃ。天魔には世《せ》尊《そん》ご出世の時から、諸悪を行なうという戒行《かいぎょう》がある。もし岩殿の神の代わりに、天魔があの祠にいるとすれば、少将は都へ帰る途中、船から落ちるか、熱病になるか、とにかくに死んだのに相違ない。これが少将もあの女も、同時に破滅させる唯一の途《みち》じゃ。が、岩殿は人間のように、諸善ばかりも行なわねば、諸悪ばかりも行なわぬらしい。もっともこれは岩殿には限らぬ。奥州名取郡笠島《おうしゆうなとりのこおりかさじま》の道祖《さえ》は、都の加茂《かも》河原《がわら》の西、一条の北のほとりに住ませられる、出雲路《いずもじ》の道祖の御娘じゃ。が、この神は父の神が、まだ婿《むこ》の神も探されぬうちに、若い都の商人《あきうど》と妹背《いもせ》の契りを結んだ上、さっさと奥へ落ちて来られた。こうなっては凡夫も同じではないか？　あの実《さね》方《かた》の中将は、この神の前を通られる時、下馬も拝もされなかったばかりに、とうとうけ殺されておしまいなすった。こういう人間に近い神は、五塵《じん》を離れていぬのじゃから、何をしでかすか油断はならぬ。このためしでもわかる通り、いったい神というものは、人間離れをせぬ限り、崇《あが》めろと言えた義理ではない。——が、そんなことは話の枝葉じゃ。康頼と少将とは一心に、岩殿詣でを続けだした。それも岩殿を熊野になぞらえ、あの浦は和歌浦《わかのうら》、この坂は蕪坂《かぶらざか》*なぞと、いちいち名をつけてやるのじゃから、まず童たちが鹿狩《ししが》りといっては、小犬を追いまわすのも同じことじゃ。ただ音無《おとなし》の滝《たき》*だけは本物よりもずっと大きかった」

「それでも都のうわさでは、奇瑞《きずい》があったとか申していますが」

「その奇瑞の一つはこうじゃ。結願《けちがん》の当日岩殿の前に、二人が法施《ほっせ》をたむけていると、山風が木々をあおった拍子に、椿の葉が二枚こぼれて来た。その椿の葉には二枚とも、虫の食った跡が残っている。それが一つには帰雁《きがん》とあり、一つには二とあったそうじゃ。合わせて読めば帰雁二《きがんに》となる、——こんなことがうれしいのか、康頼は翌日得々と、おれにもその葉を見せなぞした。なるほど二とは読めぬでもない。が、帰雁はいかにも無理じゃ。おれはあまりおかしかったから、次の日山へ行った帰りに、椿の葉を何枚も拾って来てやった。その葉の虫食いを続けて読めば、帰雁二どころの騒ぎではない。『明日帰洛《みょうにちきらく》』というのもある。『清盛横死《きよもりおうし》』というのもある。『康頼往生』というのもある。おれはさぞかし康頼も、喜ぶじゃろうと思うたが、——」

「それはご立腹なすったでしょう」

「康頼は怒るのに妙を得ている。舞も洛中に並びないが、腹をたてるのは一段と巧者じゃ。あの男は謀叛なぞに加わったのも、嗔恚に牽《ひ》かれたのに相違ない。その嗔恚の源はと言えば、やはり増長慢のなせるわざじゃ。平家は高平太《たかへいだ》以下皆悪人、こちらは大納言*以下皆善人、——康頼はこう思うている。そのうぬぼれがためにならぬ。またさっきも言うた通り、我々凡夫は誰も彼《か》も、皆高平太と同様なのじゃ。が、康頼の腹をたてるのがよいか、少将のため息をするのがよいか、どちらがよいかはおれにもわからぬ」

「成経様お一人だけは、ご妻子もあったそうですから、お紛れになることもありましたろうに」

「ところが始終蒼《あお》い顔をしては、つまらぬ愚痴ばかりこぼしていた。たとえば谷間の椿を見ると、この島には桜も咲かないと言う。火山の頂の煙を見ると、この島には青い山もないと言う。なんでもそこにある物は言わずに、ない物だけ並べ立てているのじゃ。一度なぞはおれといっしょに、磯山《いそやま》へ橐吾《つわ》*を摘みに行ったら、ああ、わたしはどうすればよいのか、ここには加茂川《かもがわ》の流れもないと言うた。おれがあの時吹き出さなかったのは、我立つ杣《そま》の地主権現《じしゅごんげん》*、日吉《ひよし》の御冥護《ごみょうご》に違いない。が、おれはばかばかしかったから、ここには福原《ふくはら》の獄《ひとや》もない、平相国入道浄海《へいしょうこくにゅうどうじょうかい》もいない、ありがたいありがたいとこう言うた」

「そんなことをおっしゃっては、いくら少将でもお腹だちになりましたろう」

「いや、怒られれば本望じゃ。が、少将はおれの顔を見ると、悲しそうに首を振りながら、あなたには何もおわかりにならない、あなたはしあわせなかたですと言うた。ああいう返答は、怒られるよりも難儀じゃ。おれは、——実はおれもその時だけは、妙に気が沈んでしもうた。もし少将の言うように、何もわからぬおれじゃったら、気も沈まずにすんだかも知れぬ。しかしおれにはわかっているのじゃ。おれも一時は少将のように、眼の中の涙を誇ったことがある。その涙に透かして見れば、あの死んだ女房も、どのくらい美しい女に見えたか、——おれはそんなことを考えると、急に少将がきのどくになった。が、きのどくになってみても、おかしいものはおかしいではないか？　そこでおれは笑いながら、言葉だけはまじめに慰めようとした。おれが少将に怒られたのは、跡にも先にもあの時だけじゃ。少将はおれが慰めてやると、急に恐しい顔をしながら、うそをおつきなさい。わたしはあなたに慰められるよりも、笑われるほうが本望ですと言うた。そのとたんに、——妙ではないか？　とうとうおれは吹き出してしもうた」

「少将はどうなさいました？」

「四、五日の間はおれに遇《お》うても、あいさつさえろくにしなかった。が、そののちまた遇うたら、悲しそうに首を振っては、ああ、都へ帰りたい、ここには牛車《ぎっしゃ》も通らないと言うた。あの男こそはおれよりしあわせものじゃ。——が、少将や康頼でも、やはりおらぬよりは、いたほうがよい。二人に都へ帰られた当座、おれはまた二年ぶりに、毎日寂しゅうてならなかった」

「都のうわさではお寂しいどころか、お歎き死にもなさりかねない、ごようすだったとか申していました」

わたしはできるだけ細々《こまごま》と、そのおうわさをお話しました。琵琶法師の語る言葉を借りれば、*

「天に仰ぎ地に俯《ふ》し、悲しみ給えどかいぞなき。……なおも船の纜《ともづな》に取りつき、腰になり脇になり、丈の及ぶほどは、引かれておわしけるが、丈も及ばぬほどにもなりしかば、またむなしき渚《なぎさ》に泳ぎ返り、……是《これ》具して行けや、我乗せて行けやとて、おめき叫び給えども、漕ぎ行く船のならいにて、跡は白浪《しらなみ》ばかりなり」という、ご狂乱の一段をお話したのです。俊寛様はお珍しそうに、その話を聞いていらっしゃいましたが、まだ船の見える間は、手招ぎをなすっていらしったという、今では名高いお話をすると、

「それはまんざらうそではない。何度もおれは手招ぎをした」と、すなおにおうなずきなさいました。

「では都のうわさ通り、あの松浦《まつら》の佐用姫《さよひめ》*のように、お別れをお惜しみなすったのですか？」

「二年の間同じ島に、話し合《お》うた友だちと別れるのじゃ。別れを惜しむのは当然ではないか？　しかし何度も手招ぎをしたのは、別れを惜しんだばかりではない。——いったいあの時おれの所へ、船のはいったのを知らせたのは、この島にいる琉球人じゃ。

それが浜べから飛んで来ると、息も切れ切れに船々と言う。船はまずわかったものの、なんの船がはいって来たのか、そのほかの言葉はさっぱりわからぬ。あれはあの男もうろたえたあまり、日本語と琉球語とをかわるがわる、しゃべっていたのに違いあるまい。おれはともかくも船と言うから、早速浜べへ出かけてみた。すると浜べにはいつの間にか、土人が大ぜい集まっている。その上に高い帆柱のあるのが、言うまでもない迎いの船じゃ。おれもその船を見た時には、さすがに心が躍るような気がした。少将や康頼はおれより先に、もう船のそばへ駆《か》けつけていたが、この喜びようも一通りではない。現にあの琉球人なぞは、二人とも毒蛇に噛《か》まれたあげく、気が狂ったのかと思うたくらいじゃ。そのうちに六波羅《ろくはら》から使に立った、丹左衛門尉基安《たんのさえもんのじょうもとやす》は、少将に赦免の教書を渡した。が、少将の読むのを聞けば、おれの名前がはいっていない。おれだけは赦免にならぬのじゃ。——そう思ったおれの心のうちには、わずか一弾指《いちだんし》の間じゃが、いろいろのことが浮かんできた。姫や若の顔、女房ののしる声、京極の屋形の庭の景色、天竺《てんじく》の早利即利兄弟《そうりそくりきょうだい》*、震旦《しんたん》の一行阿闍梨《いちぎょうあじゃり》*、本朝の実方《さねかた》の朝臣《あそん》、——とてもいちいち数えてはいられぬ。ただ今でもおかしいのは、その中にふと車を引いた、赤牛の尻《しり》が見えたことじゃ。しかしおれは一心に、騒がぬようすをつくっていた。もちろん少将や康頼は、気のどくそうにおれを慰めたり、俊寛もいっしょに乗せてくれいと、使にも頼んだりしていたようじゃ。が、赦免の下らぬものは、何をどうしても、船へは乗れぬ。おれは不動心をふるい起こしながら、なぜおれ一人赦免にもれたか、その訳をいろいろ考えてみた。高平太はおれを憎んでいる。——それも確かには違いない。しかし高平太は憎むばかりか、内心おれを恐れている。おれは前《さき》の法《ほっ》勝寺《しょうじ》*の執行《しゅぎょう》じゃ。兵仗《へいじょう》の道は知るはずがない。が、天下は思いのほか、おれの議論に応ずるかも知れぬ。——高平太はそこを恐れているのじゃ。おれはこう考えたら、苦笑せずにはいられなかった。山門や源氏《げんじ》の侍どもに、都合のよい議論をこしらえるのは、西光法師《さいこうほうし》*などのはまり役じゃ。おれは眇《びょう》*たる一平家に、心を労するほどおいぼれはせぬ。さっきもお前に言うた通り、天下は誰でも取っているがいい。おれは一巻の経文のほかに、鶴の前でもいれば安堵《あんど》している。しかし浄海入道になると、浅学短才の悲しさに、俊寛も無気味に思うているのじゃ。してみれば首でも刎《は》ねられる代わりに、この島に一人残されるのは、まだしあわせのうちかも知れぬ。——そんなことを思うている間に、いよいよ船出という時になった。すると少将の妻になった女が、あの赤児を抱いたまま、どうかその船に乗せてくれいと言う。おれは気のどくに思うたから、女はとがめるにも及ぶまいと、使の基安に頼んでやったが、基安は取り合いもせぬ。あの男はもちろん役目のほかは、何一つ知らぬ木偶《でく》の坊じゃ。おれもあの男はとがめずともいい。ただ罪の深いのは少将じゃ。——」

俊寛様はお腹だたしそうに、ばたばた芭蕉扇をお使いなさいました。

「あの女は気違いのように、何でも船へ乗ろうとする。舟子《ふなご》たちはそれを乗せまいとする。とうとうしまいにあの女は、少将の直垂《ひたたれ》の裾《すそ》をつかんだ。すると少将は蒼い顔をしたまま、邪慳《じゃけん》にその手をはねのけたのではないか？　女は浜べに倒れたが、それぎり二度と乗ろうともせぬ。ただおいおい泣くばかりじゃ。おれはあの一瞬間、康頼にも負けぬ大嗔恚を起こした。少将は人畜生《じんちくしょう》じゃ。康頼もそれを見ているのは、仏弟子の所業とも思われぬ。おまけにあの女を乗せることは、おれのほかに誰も頼まなかった。——おれはそう思うたら、今でも不思議な気がするくらい、ありとあらゆる罵《ば》詈《り》讒謗《ざんぼう》が、口を衝《つ》いてあふれてきた。もっともおれの使ったのは、京童《きょうわらべ》の言う悪口《あっこう》ではない。八万法蔵十二部経《はちまんほうぞうじゅうにぶきょう》＊中《ちゅう》の悪鬼羅刹《あっきらせつ》の名前ばかり、やつぎばやに浴びせたのじゃ。が、船は見る見る遠ざかってしまう。あの女はやはり泣き伏したままじゃ。おれは浜べにじだんだを踏みながら、返せ返せと手招ぎをした」

　ご主人のお腹だちにもかかわらず、わたしはお話を伺っているうちに、自然とほほえんでしまいました。するとご主人もお笑いになりながら、

「その手招ぎが伝わっているのじゃ。嗔恚のたたりはそこにもある。あの時おれが怒りさえせねば、俊寛は都へ帰りたさに、狂いまわったなぞということも、口の端へ上らずにすんだかも知れぬ」と、しかたがなさそうにおっしゃるのです。

「しかしそののちは格別に、お歎きなさることはなかったのですか？」

「歎いてもしかたはないではないか？　その上時のたつうちには、寂しさもしだいに消えていった。おれは今では、己身のうちに、本仏を見るより望みはない。自土即浄土と観じさえすれば、大歓喜《だいかんぎ》の笑い声も、火山から炎のほとばしるように、自然とわいてこなければならぬ。おれはどこまでも自力の信者じゃ。——おお、まだ一つ忘れていた。あの女は泣き伏したぎり、いつまでたっても動こうとせぬ。そのうちに土人も散じてしまう。船は青空に紛れるばかりじゃ。おれはあまりのいじらしさに、慰めてやりたいと思うたから、そっと後ろ手に抱き起こそうとした。するとあの女はどうしたと思う？　いきなりおれをはり倒したのじゃ。おれは目がくらみながら、あおむけにそこへ倒れてしもうた。おれの肉身に宿らせ給う、諸仏諸菩薩諸明王《しょぶつしょぼさつしょみょうおう》も、あれには驚かれたに相違ない。しかしやっと起き上がって見ると、あの女はもう村の方へ、すごすご歩いて行くところじゃった。なに、おれをはり倒した訳か？　それはあの女に聞いたがよい。が、ことによると人けはなし、凌《りょう》ぜられるとでも思ったかも知れぬ」

五

わたしはご主人とその翌日、この島の火山へ登りました。それから一月ほどおそばにいたのち、おなごり惜しい思いをしながら、もう一度都へ帰って来ました。「見せばやなわれを思はむ友もがな磯《いそ》のとまやの柴《しば》の庵《いほり》を」——これがお形見にいただいた歌です。俊寛様はやはり今でも、あの離れ島の笹葺《ささぶ》きの家に、相変わらずお一人悠々と、お暮らしになっていることでしょう。ことによると今夜あたりは、琉球芋を召し上がりながら、御仏《みほとけ》のことや天下のことをお考えになっているかも知れません。そういうお話はこのほかにも、まだいろいろ伺ってあるのですが、それはまたいつか申し上げましょう。

（大正十年十二月）

将軍

一　白襷隊*

明治三十七年十一月二十六日の未明だった。第×師団第×聯隊《れんたい》の白襷隊《しろだすきたい》は、松樹山《しょうじゅざん》の補備《ほび》砲台《ほうだい》を奪取するために、九十三高地《くじゅうさんこうち》*の北麓《ほくろく》を出発した。

路《みち》は山蔭《やまかげ》に沿うていたから、隊形も今日は特別に、四列側面の行進だった。その草もない薄闇《うすやみ》の路に、銃身を並べた一隊の兵が、白襷ばかりほのめかせながら、静かに靴を鳴らして行くのは、悲壮な光景に違いなかった。現に指揮官のM大尉なぞは、この隊の先頭に立った時から、別人のように口数の少ない、沈んだ顔色をしているのだった。が、兵は皆思いのほか、平生の元気を失わなかった。それは一つには日本魂《やまとだましい》の力、二つには酒の力だった。

しばらく行進を続けたのち、隊は石の多い山蔭から、風当たりの強い河原へ出た。

「おい、後ろを見ろ」

紙屋だったという田口一等卒は、同じ中隊から選抜された、これは大工だったという、堀尾《ほりお》一等卒に話しかけた。

「みんなこっちへ敬礼しているぜ」

堀尾一等卒はふり返った。なるほどそう言われてみると、黒々と盛り上がった高地の上には、聯隊長はじめ何人かの将校たちが、やや赤らんだ空を後ろに、この死地に向かう一隊の士卒へ、最後の敬礼を送っていた。

「どうだい？　たいしたものじゃないか？　白襷隊になるのも名誉だな」

「何が名誉だ？」

堀尾一等卒は苦々しそうに、肩の上の銃をゆすり上げた。

「こちとらはみんな死にに行くのだぜ。してみればあれは××××××××××××*そうっていうのだ。こんな安上がりなことはなかろうじゃねえか？」

「それはいけない。そんなことを言っては×××*すまない」

「べらぼうめ！　すむもすまねえもあるものか！　酒保《しゅほ》の酒を一合買うのでも、敬礼だけでは売りはしめえ」

田口一等卒は口をつぐんだ。それは酒気さえ帯びていれば、皮肉なことばかり並べたがる、相手の癖に慣れているからだった。しかし堀尾一等卒は、執拗《しつよう》にまだ話し続けた。

「それは敬礼で買うとは言わねえ。やれ×××××*とか、やれ×××××*だとか、いろんなもったいをつけやがるだろう。だがそんなことはうそっぱちだ。なあ、兄弟。そうじゃねえか?」

堀尾一等卒にこう言われたのは、これも同じ中隊にいた、小学校の教師だったという、おとなしい江木《えぎ》上等兵だった。が、そのおとなしい上等兵が、この時だけはどういう訳《わけ》か、急に嚙《か》みつきそうなけんまくを見せた。そうして酒臭い相手の顔へ、悪辣《あくらつ》な返答を抛《ほう》りつけた。

「ばか野郎! おれたちは死ぬのが役目じゃない?」

その時もう白襷隊は、河原の向こうへ上っていた。そこには泥を塗り固めた、支那《しな》人の民家が七、八軒、ひっそりと暁を迎えている、——その家々の屋根の上には、石油色に襞《ひだ》をなぞった、寒い茶かっ色の松樹山が、目の前に迫って見えるのだった。隊はこの村を離れると、四列側面の隊形を解いた。のみならずいずれも武装したまま、幾条かの交通路に腹ばいながら、じりじり敵前へ向かうことになった。

もちろん江木上等兵も、その中に四つばいを続けて行った。「酒保の酒を一合買うのでも、敬礼だけでは売りはしめえ」——そう言う堀尾一等卒の言葉は、同時にまた彼の腹の底だった。しかし口数の少ない彼は、じっとその考えを持ちこたえていた。それだけに、いっそう戦友の言葉は、ちょうど傷痕《きずあと》にでも触れられたような、腹だたしい悲しみを与えたのだった。彼は凍えついた交通路を、獣のようにはい続けながら、戦争ということを考えたり、死ということを考えたりした。が、そういう考えからは、寸毫《すんごう》の光明も得られなかった。死は×××××＊にしても、所詮《しょせん》はのろうべき怪物だった。戦争は、——彼はほとんど戦争は、罪悪という気さえしなかった。罪悪は戦争に比べると、個人の情熱に根ざしているだけ、×××××××＊できる点があった。しかし××××××××××××＊ほかならなかった。しかも彼は、——いや、彼ばかりでもない。各師団から選抜された、二千人余りの白襷隊は、その大なる×××＊にも、いやでも死ななければならないのだった。……

「来た。来た。お前はどこの聯隊だ？」

江木上等兵はあたりを見た。隊はいつか松樹山の麓《ふもと》の、集合地へ着いているのだった。そこにはもうカアキイ服に、古めかしい襷をあやどった、各師団の兵が集まっている、——彼に声をかけたのも、そういう連中の一人だった。その兵は石に腰をかけながら、うっすり流れ出した朝日の光に、片頬《かたほお》の面皰《にきび》をつぶしていた。

「第×聯隊だ」

「パン聯隊だな」

江木上等兵は暗い顔をしたまま、なんともその冗談に答えなかった。

何時間かののち、この歩兵陣地の上には、もう彼我《ひが》の砲弾が、すさまじいうなりを飛ばせていた。目の前にそびえた松樹山の山腹にも、李《り》家屯《かとん》＊のわが海軍砲は、幾たびか黄色い土煙を揚げた。その土煙の舞い上がる合い間に、薄紫の光がほとばしるのも、昼だけに、いっそう悲壮だった。しかし二千人の白襷隊は、こういう砲撃の中に機を待ちながら、やはり平生の元気を失わなかった。また恐怖にひしがれないためには、できるだけ陽気にふるまうほか、仕様のないことも事実だった。

「べらぼうに撃ちやがるな」

堀尾一等卒は空を見上げた。その拍子に長い叫び声が、もう一度頭上の空気を裂いた。彼は思わず首を縮めながら、砂埃《すなぼこり》の立つのを避けるためか、手巾《ハンカチ》に鼻をおおっていた、田口一等卒に声をかけた。

「今のは二十八《にじゅうはっ》珊《サンチ》*だぜ」

田口一等卒は笑ってみせた。そうして相手が気のつかないように、そっとポケットへ手巾をおさめた。それは彼が出征する時、なじみの芸者にもらって来た、縁に繍《ぬい》のある手巾だった。

「音が違うな、二十八珊は。――」

田口一等卒はこう言うと、狼狽《ろうばい》したように姿勢を正した。同時に大ぜいの兵たちも、声のない号令でもかかったように、次から次へと立ち直り始めた。それはこの時彼らの間へ、軍司令官のN将軍*が、何人かの幕僚を従えながら、厳然と歩いて来たからだった。

「こら、騒いではいかん。騒ぐではない」

将軍は陣地を見渡しながら、やや錆《さび》のある声を伝えた。

「こういう狭隘《きょうあい》な所だから、敬礼も何もせなくともよい。お前たちは何聯隊の白襷隊じゃ？」

田口一等卒は将軍の眼が、彼の顔へじっと注がれるのを感じた。その眼はほとんど処女のように、彼をはにかませるのに足るものだった。

「はい。歩兵第×聯隊であります」

「そうか。大元気にやってくれ」

将軍は彼の手を握った。それから堀尾一等卒へ、じろりとその眼を転ずると、やはり右手をさし伸べながら、もう一度同じことをくり返した。

「お前も大元気にやってくれ」

こう言われた堀尾一等卒は、全身の筋肉が硬化したように、直立不動の姿勢になった。幅の広い肩、大きな手、頬骨の高い赭《あか》ら顔。——そういう彼の特色は、少なくともこの老将軍には、帝国軍人の模範らしい、好印象を与えたようすだった。将軍はそこに立ち止まったまま、熱心になお話し続けた。

「今打っている砲台があるな。今夜お前たちはあの砲台を、こっちの物にしてしまうのじゃ。そうすると予備隊は、お前たちの行った跡から、あの界隈《かいわい》の砲台をみんな手に入れてしまうのじゃ。なんでも一ぺんにあの砲台へ、飛びつく心にならなければいかん。――」

　そう言ううちに将軍の声には、いつか多少戯曲的な、感激の調子がはいってきた。

「よいか？　決して途中に立ち止まって、射撃なぞをするじゃないぞ。五尺の体を砲弾だと思って、いきなりあれへ飛びこむのじゃ。頼んだぞ。どうか、しっかりやってくれ」

　将軍は「しっかり」の意味を伝えるように、堀尾一等卒の手を握った。そうしてそこを通り過ぎた。

「うれしくもねえな。――」

　堀尾一等卒は狡猾《こうかつ》そうに、将軍の跡を見送りながら、田口一等卒へ目くばせをした。

「え、おい。あんな爺《じい》さんに手を握られたのじゃ」

　田口一等卒は苦笑した。それを見るとどういう訳か、堀尾一等卒の心のうちには、何かに済まない気が起こった。と同時に相手の苦笑が、つら憎いような心もちにもなった。そこへ江木上等兵が、突然横合いから声をかけた。

「どうだい、握手で×××*のは？」

「いけねえ。いけねえ。人真似をしちゃ」

　今度は堀尾一等卒が、苦笑せずにはいられなかった。

「××*れると思うから腹がたつのだ。おれは捨ててやると思っている」

江木上等兵がこう言うと、田口一等卒も口を出した。

「そうだ。みんなお国のために捨てる命だ」

「おれはなんのためだか知らないが、ただ捨ててやるつもりなのだ。×××××××*でも向けられてみろ。なんでも持って行けという気になるだろう」

江木上等兵の眉《まゆ》の間には、薄暗い興奮が動いていた。

「ちょうどあんな心もちだ。強盗は金さえ巻き上げれば、××××××*言いはしまい。が、おれたちはどっちみち死ぬのだ。×××××××××××××××××*たのだ。どうせ死なずにすまないのなら、きれいに×××*やったほうがいいじゃないか？」

　こう言う言葉を聞いているうちに、まだ酒気が消えていない、堀尾一等卒の眼の中には、この温厚な戦友に対する、侮《ぶ》蔑《べつ》の光が加わってきた。「なんだ、命を捨てるくらい？」——彼は内心そう思いながら、うっとり空へ眼をあげた。そうして今夜は人後に落ちず、将軍の握手に報いるため、肉弾になろうと決心した。……

　その夜の八時何分か過ぎ、手擲弾《しゅてきだん》にあたった江木上等兵は、全身黒焦げになったたま、松樹山の山腹に倒れていた。そこへ白襷の兵が一人、何か切れ切れに叫びながら、鉄条網の中を走って来た。彼は戦友の屍《し》骸《がい》を見ると、その胸に片足かけるが早いか、突然大声に笑いだした。大声に、――実際その哄笑《こうしょう》の声は、烈《はげ》しい敵味方の銃火の中に、気味の悪い反響を喚《よ》び起こした。

「万歳！　日本万歳！　悪魔降伏。怨敵《おんてき》退散。第×聯隊万歳！　万歳！　万々歳！」

彼は片手に銃を振り振り、彼の目の前に闇を破った、手擲弾の爆発にもとんちゃくせず、続けざまにこう絶叫していた。その光に透かして見れば、これは頭部銃創のために、突撃の最中発狂したらしい、堀尾一等卒その人だった。

二　間　諜

明治三十八年三月五日の午前、当時全勝集*に駐屯《ちゅうとん》していた、A騎兵旅団の参謀は、薄暗い司令部の一室に、二人の支那人を取り調べていた。彼らは間諜《かんちょう》の嫌疑のため、臨時この旅団に加わっていた、第×聯隊の歩哨《ほしょう》の一人に、今し方捉《とら》えられて来たのだった。

この棟の低い支那家の中には、もちろん今日も坑《かん》*の火《か》っ気《き》が、快い温《あたたか》みを漂わせていた。が、物悲しい戦争の空気は、敷き瓦《がわら》に触れる拍車の音にも、卓の上に脱いだ外《がい》套《とう》の色にも、至る所にうかがわれるのであった。ことに紅唐紙《べにとうし》の聯《れん》をはった、埃《ほこり》臭い白壁の上に、束髪に結《ゆ》った芸者の写真が、ちゃんと鋲《びょう》で止めてあるのは、こっけいでもあれば悲惨でもあった。

そこには旅団参謀のほかにも、副官が一人、通訳が一人、二人の支那人を囲んでいた。支那人は通訳の質問通り、なんでも明瞭《めいりょう》に返事をした。のみならずやや年かさらしい、顔に短い髯《ひげ》のある男は、通訳がまだ尋ねないことさえ、進んで説明するふうがあった。が、その答弁は参謀の心に、明瞭ならば明瞭なだけ、いっそう彼らを間牒にしたい、反感に似たものを与えるらしかった。

「おい歩兵！」

旅団参謀は、鼻声に、この支那人を捉えて来た、戸口にいる歩哨を喚びかけた。歩兵、――それは白襷隊に加わっていた、田口一等卒にほかならなかった。――彼は戸の卍字《まんじ》格子《ごうし》を後ろに、芸者の写真へ目をやっていたが、参謀の声に驚かされると、思い切り大きい答えをした。

「はい」

「お前だな、こいつらをつかまえたのは？　つかまえた時どんなだったか？」

人のいい田口一等卒は、朗読的にしゃべりだした。

「私が歩哨に立っていたのは、この村の土塀の北端、奉天《ほうてん》に通ずる街道であります。その支那人は二人とも、奉天の方向から歩いて来ました。すると木の上の中隊長が、――」

「何、木の上の中隊長？」

参謀はちょいと目蓋《まぶた》をあげた。

「はい。中隊長は展望のため、木の上に登っていられたのであります。——その中隊長が木の上から、つかまえろと私に命令されました」

「ところが私が捉えようとすると、そちらの男が、——はい。その髯のない男であります。その男が急に逃げようとしました。……」

「それだけか？」

「はい。それだけであります」

「よし」

旅団参謀は、血肥《ちぶと》りの顔に、多少の失望を浮かべたまま、通訳に質問の意を伝えた。通訳は退屈を露《あらわ》さないため、わざと声に力を入れた。

「間諜でなければなぜ逃げたか？」

「それは逃げるのが当然です。なにしろいきなり日本兵が、躍りかかってきたのですから」

もう一人の支那人、——鴉片《あへん》の中毒にかかっているらしい、鉛色の皮膚をした男は、少しもひるまずに返答した。

「しかしお前たちが通って来たのは、今にも戦場になる街道じゃないか？　良民ならば用もないのに、——」

支那語のできる副官は、血色の悪い支那人の顔へ、ちらりといじの悪い眼を送った。

「いや、用はあるのです。今も申し上げた通り、私たちは新民屯《しんみんとん》*へ、紙幣を取り換えに出かけて来たのです。ご覧ください。ここに紙幣もあります」

髯のある男は平然と、将校たちの顔をながめまわした。参謀はちょいと鼻を鳴らした。彼は副官のたじろいだのが、内心いい気味に思われたのだ。……

「紙幣を取り換える？　命がけでか？」

副官は負け惜しみの冷笑をもらした。

「とにかく裸にしてみよう」

参謀の言葉が通訳されると、彼らはやはり悪びれずに、早速赤裸になって見せた。

「まだ腹巻きをしているじゃないか？　それをこっちへとって見せろ」

通訳が腹巻きを受けとる時、その白木綿に体温のあるのが、なんだか不潔に感じられた。腹巻きの中には三寸ばかりの、太い針がはいっていた。旅団参謀は窓明かりに、何度もその針を検《しら》べてみた。が、それも平たい頭に、梅花の模様がついているほか、何も変わったところはなかった。

「何か、これは？」

「私は鍼医《はりい》です」

髯のある男はためらわずに、悠然と参謀の問いに答えた。

「ついでに靴も脱いでみろ」

彼らはほとんど無表情に、隠すべき所も隠そうとせず、検査の結果をながめていた。が、ズボンや上着はもちろん、靴や靴下を検べてみても、証拠になる品は見当らなかった。この上は靴をこわしてみるよりほかはない。——そう思った副官は、参謀にその旨を話そうとした。

その時突然次の部屋から、軍司令官を先頭に、軍司令部の幕僚や、旅団長などがはいって来た。将軍は副官や軍参謀と、ちょうど何かの打ち合わせのため、旅団長を尋ねて来ていたのだった。

「露探《ろたん》*か？」

将軍はこう尋ねたまま、支那人の前に足を止めた。そうして彼らの裸姿へ、じっと鋭い眼を注いだ。のちにあるアメリカ人が、この有名な将軍の眼には、Monomania*じみたところがあると、無遠慮な批評を下したことがある。——そのモノメニアックな眼の色が、ことにこういう場合には、気味の悪い輝きを加えるのだった。

旅団参謀は将軍に、ざっと事件の顚末《てんまつ》を話した。が、将軍は思い出したように、時々うなずいて見せるばかりだった。

「この上はもうぶんなぐってでも、白状させるほかはないのですが、——」

参謀がこう言いかけた時、将軍は地図を持った手に、床の上にある支那靴を指さした。

「あの靴をこわして見たまえ」

靴は見る見る底をまくられた。するとそこに縫いこまれた、四、五枚の地図と秘密書類が、たちまちばらばらと床の上に落ちた。二人の支那人はそれを見ると、さすがに顔の色を失ってしまった。が、やはり押し黙ったまま、剛情に敷き瓦を見つめていた。

「そんなことだろうと思っていた」

将軍は旅団長を顧みながら、得意そうに微笑をもらした。

「しかし靴とはまた考えたものですね。――おい、もうその連中には着物を着せてやれ。――こんな間諜ははじめてです」

「軍司令官閣下の炯眼《けいがん》には驚きました」

旅団副官は旅団長へ、間諜の証拠品を渡しながら、あいきょうのいいえがおを見せた。――あたかも靴に目をつけたのは、将軍よりも彼自身が、先だったことも忘れたように。

「だが裸にしてもないとすれば、靴よりほかに隠せないじゃないか？」

将軍はまだ上きげんだった。

「わしはすぐに靴とにらんだ」

「どうもこの辺の住民はいけません。我々がここへ来た時も、日の丸の旗を出したのですが、そのくせ家の中を検《しら》べてみれば、たいていロシアの旗を持っているのです」

旅団長も何か浮き浮きしていた。

「つまり奸佞邪智《かんねいじゃち》なのじゃね」

「そうです。煮ても焼いても食えないのです」

　こんな会話が続いているうちに、旅団参謀はまだ通訳と、二人の支那人を検べていた。それが急に田口一等卒へ、きげんの悪い顔を向けると、はき出すようにこう命じた。

「おい歩兵！　この間諜はお前がつかまえて来たのだから、ついでにお前が殺して来い」

　二十分ののち、村の南端の路《みち》ばたには、この二人の支那人が、互いに辮髪《べんぱつ》を結ばれたまま、枯れ柳の根がたにすわっていた。

　田口一等卒は銃剣をつけると、まず辮髪を解き放した。それから銃を構えたまま、年下の男の後ろに立ったが、彼らを突殺す前に、殺すということだけは告げたいと思った。

「儞《ニイ》*、——」

　彼はそう言ってみたが、「殺す」という支那語を知らなかった。

「儞《ニィ》、殺すぞ！」

二人の支那人は言い合わせたように、じろりと彼をふり返った。しかし驚いたけはいも見せず、それぎり別々の方角へ、何度も叩頭《こうとう》*を続けだした。「故郷へ別れを告げているのだ」——田口一等卒は身構えながら、こうその叩頭を解釈した。

叩頭が一通り済んでしまうと、彼らは覚悟をきめたように、冷然と首をさし伸ばした。田口一等卒は銃をかざした。が、神妙な彼らを見ると、どうしても銃剣が突き刺せなかった。

「儞《ニィ》、殺すぞ！」

彼はやむを得ずくり返した。するとそこへ村のほうから、馬にまたがった騎兵が一人、蹄《ひづめ》に砂埃を巻き揚げて来た。

「歩兵！」

騎兵は——近づいたのを見れば曹長だった。それが二人の支那人を見ると、馬の歩みをゆるめながら、傲然《ごうぜん》と彼に声をかけた。

「露探か？　露探だろう。おれにも、一人斬らせてくれ」

田口一等卒は苦笑した。

「なに、二人とも上げます」

「そうか？　それは気前がいいな」

騎兵は身軽に馬をおりた。そうして支那人の後ろにまわると、腰の日本刀を抜き放した。そのときまた村の方から、勇ましい馬蹄《ばてい》の響きとともに、三人の将校が近づいて来た。騎兵はそれにとんちゃくせず、まっこうに刀《とう》を振り上げた。が、まだその刀をおろさないうちに、三人の将校は悠々と、彼らのそばへ通りかかった。軍司令官！騎兵は田口一等卒といっしょに、馬上の将軍を見上げながら、正しい挙手の礼をした。

「露探だな」

将軍の眼には一瞬間、モノメニアの光が輝いた。

「斬れ！　斬れ！」

騎兵は言下《ごんか》に刀をかざすと、一打ちに若い支那人を斬った。支那人の頭は躍るように、枯れ柳の根もとにころげ落ちた。血は見る見る黄ばんだ土に、大きい斑点《はんてん》を拡げだした。

「よし。みごとだ」

将軍は愉快そうにうなずきながら、それなり馬を歩ませて行った。

騎兵は将軍を見送ると、血に染《そ》んだ刀《とう》をひっさげたまま、もう一人の支那人の後ろに立った。その態度は将軍以上に、殺戮《さつりく》を喜ぶけしきがあった。「この×××*らばおれにも殺せる」——田口一等卒はそう思いながら、枯れ柳の根もとに腰をおろした。

騎兵はまた刀を振り上げた。が、髯のある支那人は、黙然と首を伸ばしたぎり、睫毛《まつげ》一つ動かさなかった。……

将軍に従った軍参謀の一人、――穂積《ほづみ》中佐は鞍《くら》の上に、春寒の曠野《こうや》をながめて行った。が、遠い枯れ木立ちや、路ばたに倒れた石敢当《せきかんとう》*も、中佐の眼には映らなかった。それは彼の頭には、一時愛読したスタンダアルの言葉が、絶えず漂ってくるからだった。

「私《わたし》は勲章にうずまった人間を見ると、あれだけの勲章を手に入れるには、どのくらい××なことばかりしたか、それが気になってしかたがない。……」

――ふと気がつけば彼の馬は、ずっと将軍に遅れていた。中佐は軽い身震いをすると、すぐに馬を急がせだした。ちょうど当たりだした薄日の光に、飾り緒の金をきらめかせながら。

三　陣中の芝居

明治三十八年五月四日の午後、阿吉牛堡《あきつぎゆうほう》*にとどまっていた、第×軍司令部では、午前に招魂祭を行なったのち、余興の演芸会を催すことになった。会場は支那の村落に多い、野天《のでん》の戯台《ぎだい》*を応用した、急ごしらえの舞台の前に、天幕《テント》を張り渡したに過ぎなかった。が、その蓆敷《むしろじ》きの会場には、もう一時の定刻前に、大ぜいの兵卒が集まっていた。この薄ぎたないカアキイ服に、銃剣を下げた兵卒の群れは、ほとんど看客《かんかく》と呼ぶのさえも、皮肉な感じを起こさせるほど、みじめな看客に違いなかった。が、それだけまた彼らの顔に、晴れ晴れした微笑が漂っているのは、いっそう可憐《かれん》な気がするのだった。

将軍をはじめ軍司令部や、兵站監部《へいたんかんぶ》*の将校たちは、外国の従軍武官たちと、その後ろの小高い土地に、ずらりと椅子を並べていた。ここには参謀肩章だの、副官の襷だのが見えるだけでも、一般兵卒の看客席より、はるかに空気がはなやかだった。ことに外国の従軍武官は、愚物の名の高い一人でさえも、このはなやかさを扶《たす》けるためには、軍司令官以上の効果があった。

将軍は今日も上きげんだった。何か副官の一人と話しながら、時々番付を開いて見ている、――その眼にも始終日光のように、人なつこい微笑が浮かんでいた。

そのうちに定刻の一時になった。桜の花や日の出をとり合わせた、手ぎわのいい幕の後ろでは、何度か鳴りの悪い拍子木が響いた。と思うとその幕は、余興掛の少尉の手に、するすると一方へ引かれて行った。

舞台は日本の室内だった。それが米屋の店だということは、一隅に積まれた米俵が、わずかに暗示を与えていた。そこへ前垂掛《まえだれが》けの米屋の主人が、「お鍋《なべ》や、お鍋や」と手を打ちながら、彼自身よりも背の高い、銀杏返《いちょうがえ》しの下女を呼び出して来た。それから、――筋は話すにも足りない、一場《いちじょう》の俄《にわか》が始まった。

舞台の悪ふざけが加わるたびに、蓆敷きの上の看客からは、何度も笑声が立ち昇った。いや、その後ろの将校たちも、大部分は笑いを浮かべていた。が、俄はその笑いと競うように、ますますこっけいを重ねていった。そうしてとうとうしまいには、越《えっ》中褌《ちゅうふんどし》一つの主人が、赤い湯もじ一つの下女と相撲をとり始めるところになった。

笑声はさらに高まった。兵站監部のある大尉なぞは、このこっけいを迎えるために、ほとんど拍手さえしようとした。ちょうどそのとたんだった。突然烈しい叱咤《しった》の声は、わき返っている笑いの上へ、鞭《むち》を加えるように響き渡った。

「なんだ、その醜態は？　幕を引け！　幕を！」

声の主は将軍だった。将軍は太い軍刀の欛《つか》に、手袋の両手を重ねたまま、厳然と舞台をにらんでいた。

幕引きの少尉は命令通り、あっけにとられた役者たちの前へ、倉皇《そうこう》とさっきの幕を引いた。同時に蓆敷きの看客も、かすかなどよめきの声のほかは、ひっそりと静まり返ってしまった。

外国の従軍武官たちと、一つ席にいた穂積中佐は、この沈黙をきのどくに思った。俄はもちろん彼の顔には、微笑さえも浮かばせなかった。しかし彼は看客の興味に、同情を持つだけの余裕はあった。では外国武官たちに、裸の相撲を見せてもいいか？——そういう体面を重んずるには、何年か欧州《おうしゅう》に留学した彼は、あまりに外国人を知り過ぎていた。

「どうしたのですか？」

フランスの将校は驚いたように、穂積中佐をふりかえった。

「将軍が中止を命じたのです」

「なぜ？」

「下品ですから、――将軍は下品なことはきらいなのです」

そういううちにもう一度、舞台の拍子木が鳴り始めた。静まり返っていた兵卒たちは、この音に元気を取り直したのか、そこここから拍手を送りだした。穂積中佐もほっとしながら、彼の周囲をながめまわした。周囲にい並んだ将校たちは、いずれも幾分か気がねそうに、舞台を見たり見なかったりしている、――その中にたった一人、やはり軍刀へ手をのせたまま、ちょうど幕のあきだした舞台へ、じっと眼を注いでいた。

次の幕は前と反対に、人情がかった旧劇*だった。舞台にはただ屏風《びょうぶ》のほかに、火のともった行灯《あんどう》が置いてあった。そこに頬骨の高い年増《としま》が一人、猪首《いくび》の町人と酒を飲んでいた。年増は時々金切り声に、「若旦那《わかだんな》」と相手の町人を呼んだ。そうして、――

穂積中佐は舞台を見ずに、彼自身の記憶に浸りだした。柳盛座*の二階の手すりには、十二、三の少年が倚《よ》りかかっている。舞台には桜の釣り枝がある。火影の多い町の書き割りがある。その中に二銭の団洲《だんしゅう》*と呼ばれた、和光《わこう》*の不破伴左衛門《ふわばんざえもん》*が、編《あ》み笠《がさ》を片手に見得をしている。少年は舞台に見入ったまま、ほとんど息さえもつこうとしない。彼にもそんな時代があった。……

「余興やめ！　幕を引かんか？　幕！　幕！」

将軍の声は爆弾のように、中佐の追憶を打ち砕いた。中佐は舞台へ眼を返した。舞台にはすでに狼狽《ろうばい》した少尉が、幕とともに走っていた。その間にちらりと屏風の上へ、男女の帯の懸かっているのが見えた。

中佐は思わず苦笑した。「余興掛も気がきかなすぎる。男女の相撲さえ禁じている将軍が、濡れ場を黙って見ているはずがない」——そんなことを考えながら、叱声《しっせい》の起こった席を見ると、将軍はまだふきげんそうに、余興掛の一等主計と、何か問答を重ねていた。

その時ふと中佐の耳は、口の悪いアメリカの武官が、隣にすわったフランスの武官へ、こう話しかける声を捉えた。

「将軍Nも楽じゃない。軍司令官兼検閲官だから、——」

やっと三幕目が始まったのは、それから十分ののちだった。今度は木がはいっても、兵卒たちは拍手を送らなかった。

「かわいそうに。監視されながら、芝居を見ているようだ」——穂積中佐は憐《あわれ》むように、ほとんど大きな話声も立てない、カアキイ服の群れを見渡した。

三幕目の舞台は黒幕の前に、柳の木が二、三本立ててあった。それはどこから伐《き》って来たか、生々しい実際の葉柳だった。そこに警部らしい髯だらけの男が、年の若い巡査をいじめていた。穂積中佐は番附《ばんづけ》の上へ、不審そうに眼を落とした。すると番附には「ピストル強盗清水定吉《しみずさだきち》*、大川端《おおかわばた》捕り物《もの》の場《ば》」と書いてあった。

年の若い巡査は警部が去ると、おおぎょうに天を仰ぎながら、長々と浩歎《こうたん》の独白を述べた。なんでもその意味は長い間、ピストル強盗をつけまわしているが、逮捕できないとかいうのだった。それから人影でも認めたのか、彼は相手に見つからないため、一まず大川の水の中へ姿を隠そうと決心した。そうして後ろの黒幕の外へ、頭からさきにはいこんでしまった。そのかっこうは贔屓眼《ひいきめ》に見ても、大川の水へ没するよりは、蚊帳《かや》へはいるのに適当していた。

空虚の舞台にはしばらくの間、波の音を思わせるらしい、大太鼓の音がするだけだった。と、たちまち一方から、盲人が一人歩いて来た。盲人は杖《つえ》をつき立てながら、そのまま向こうへはいろうとする、――そのとたんに黒幕の外から、さっきの巡査が飛び出して来た。「ピストル強盗、清水定吉、御用だ！」――彼はそう叫ぶが早いか、いきなり盲人へ躍りかかった。盲人はとっさに身構えをした。と思うと眼がぱっちりあいた。「憾《うら》むらくは眼が小さ過ぎる」――中佐は微笑を浮かべながら、内心おとなげない批評を下した。

舞台では立ちまわりが始まっていた。ピストル強盗はあだ名通り、ちゃんとピストルを用意していた。二発、三発、――ピストルは続けさまに火を吐いた。しかし巡査は勇敢に、とうとうにせ目くらに縄をかけた。兵卒たちはさすがにどよめいた。が、彼らの間からは、やはり声一つかからなかった。

中佐は将軍へ眼をやった。将軍は今度も熱心に、じっと舞台をながめていた。しかしその顔は以前よりも、はるかに柔《やさ》しみをたたえていた。

そこへ舞台には一方から、署長とその部下とが駆《か》けつけて来た。が、にせ目くらと格闘中、ピストルの弾丸《たま》にあたった巡査は、もう昏々《こんこん》と倒れていた。署長はすぐに活を入れた。その間に部下はいち早く、ピストル強盗の縄尻《なわじり》を捉えた。そのあとは署長と巡査との、旧劇めいた愁歎場《しゅうたんば》になった。署長は昔の名奉行のように、何か言い遺《のこ》すことはないかと言う。巡査は故郷に母がある、と言う。署長はまた母のことは心配するな。何かそのほかにも末期《まつご》の際に、心遺りはないかと言う。巡査は何も言うことはない、ピストル強盗を捉えたのは、この上もない満足だと言う。

――その時ひっそりした場内に、三度将軍の声が響いた。が、今度は叱声の代わりに、深い感激の嘆声だった。

「偉い奴じゃ。それでこそ日本男児じゃ」

穂積中佐はもう一度、そっと将軍へ眼を注いだ。すると日に焼けた将軍の頰には、涙の痕《あと》が光っていた。「将軍は善人だ」——中佐は軽い侮蔑《ぶべつ》のうちに、明るい好意をも感じだした。

その時幕は悠々と、盛んな喝采《かっさい》を浴びながら、舞台の前に引かれていった。穂積中佐はその機会に、ひとり椅子から立ち上がると、会場の外へ歩み去った。

三十分ののち、中佐は紙巻きをくわえながら、やはり同参謀の中村少佐と、村はずれのあき地を歩いていた。

「第×師団の余興は大成功だね。N閣下は非常に喜んでいられた」

中村少佐はこう言う間も、カイゼル髭《ひげ》の端をひねっていた。

「第×師団の余興？　ああ、あのピストル強盗か？」

「ピストル強盗ばかりじゃない。閣下はあれから余興掛を呼んで、もう一幕臨時にやれと言われた。今度は赤垣源蔵《あかがきげんぞう》だったがね。なんというのかな、あれは？　徳利《とくり》の別れか？」

穂積中佐は微笑した眼に、広い野原をながめまわした。もう高粱《こうりょう》の青んだ土には、かすかに陽炎《かげろう》が動いていた。

「それもまた大成功さ。——」

中村少佐は話し続けた。

「閣下は今夜も七時から、第×師団の余興掛に、寄席的なことをやらせるそうだぜ」

「寄席的？　落語でもやらせるのかね？」

「なに、講談だそうだ。水戸《みと》黄門《こうもん》諸国めぐり――」

穂積中佐は苦笑した。が、相手はむとんちゃくに、元気のよい口調を続けていった。

「閣下は水戸黄門が好きなのだそうだ。わしは人臣としては、水戸黄門と加藤清正《かとうきよまさ》とに、最も敬意を払っている。――そんなことを言っていられた」

穂積中佐は返事をせずに、頭の上の空を見上げた。空には柳の枝の間に、細い雲母《きらら》雲《ぐも》が吹かれていた。中佐はほっと息を吐いた。

「春だね、いくら満州《まんしゅう》でも」

「内地はもう袷《あわせ》を着ているだろう」

中村少佐は東京を思った。料理の上手な細君を思った。小学校へ行っている子供を思った。そうして――かすかに憂鬱《ゆううつ》になった。

「向こうに杏《あんず》が咲いている」

穂積中佐はうれしそうに、遠い土塀に簇《むらが》った、赤い花の塊りを指した。Ecoute-moi, Madeline*……――中佐の心にはいつの間にか、ユウゴオの歌が浮かんでいた。

四　父と子と

大正七年十月のある夜、中村少将、――当時の軍参謀中村少佐は、西洋ふうの応接室に、火のついたハヴァナをくわえながら、ぼんやり安楽椅子によりかかっていた。二十年あまりの閑日月《かんじつげつ》は、少将を愛すべき老人にしていた。ことに今夜は和服のせいか、はげ上がった額のあたりや、肉のたるんだ口のまわりには、いっそう好人物じみたけしきがあった。少将は椅子の背にもたれたまま、ゆっくり周囲をながめまわした。それから、――急にため息をもらした。

室の壁にはどこを見ても、西洋の画《え》の複製らしい、写真版の額が懸けてあった。そのある物は窓に倚《よ》った、寂しい少女の肖像だった。またある物は糸杉の間に、太陽の見える風景だった。それらは皆電灯の光に、この古めかしい応接室へ、何か妙に薄ら寒い、厳粛な空気を与えていた。が、その空気はどういう訳か、少将には愉快でないらしかった。

無言の何分かが過ぎ去ったのち、突然、少将は室外に、かすかなノックの音を聞いた。

「おはいり」

その声と同時に室の中へは、大学の制服を着た青年が一人、背の高い姿を現わした。

青年は少将の前に立つと、そこにあった椅子に手をやりながら、ぶっきらぼうにこう言った。

「何かご用ですか？　お父さん」

「うん。まあ、そこにおかけ」

青年はすなおに腰をおろした。

「なんです？」

少将は返事をするために、青年の胸の金鈕《きんボタン》へ、不審らしい眼をやった。

「今日は？」

「今日は河合《かわい》の——お父さんはご存知ないでしょう。——僕と同じ文科の学生です。河合の追悼会があったものですから、今帰ったばかりなのです」

少将はちょいとうなずいたのち、濃いハヴァナの煙を吐いた。それからやっとたいぎそうに、かんじんの用向きを話し始めた。

「この壁にある画だね、これはお前が懸け換えたのかい？」

「ええ、まだ申し上げませんでしたが、今朝僕が懸け換えたのです。いけませんか？」

「いけなくはない。いけなくはないがね、N閣下の額だけは懸けて置きたい、と思う」

「この中へですか？」

青年は思わず微笑した。

「この中へ懸けてはいけないかね？」

「いけないということもありませんが、――しかしそれはおかしいでしょう」

「肖像画はあすこにもあるようじゃないか？」

少将は炉の上の壁を指さした。その壁には額縁の中に、五十何歳かのレンブラントが、悠々と少将を見おろしていた。

「あれは別です。N将軍といっしょにはなりません」

「そうか？　じゃしかたがない」

少将は容易に断念した。が、また葉巻きの煙を吐きながら、静かにこう話を続けた。

「お前は、――というよりもお前の年輩のものは、閣下をどう思っているね？」

「別にどうも思ってはいません。まあ、偉い軍人でしょう」

青年は老いた父の眼に、晩酌の酔《えい》を感じていた。

「それは偉い軍人だがね、閣下はまた実に長者らしい、人なつこい性格も持っていられた。……」

少将はほとんど、感傷的に、将軍の逸話を話しだした。それは日露戦役後、少将が那須野《なすの》の別荘に、将軍を訪れた時のことだった。

その日別荘へ行ってみると、将軍夫妻は今し方、裏山へ散歩にお出かけになった、――そういう別荘番の話だった。少将は案内を知っていたから、早速裏山へ出かけることにした。すると、二、三町行った所に、綿服をまとった将軍が、夫人といっしょにたたずんでいた。少将はこの老夫妻と、しばらくの間立ち話をした。

　が、将軍はいつまでたっても、そこを立ち去ろうとしなかった。「何かここに用でもおありですか？」――こう少将が尋ねると、将軍は急に笑いだした。「実はね、今妻《さい》がはばかりへ行きたいと言うものだから、わしたちについて来た学生たちが、場所を探しに行ってくれたところじゃ」ちょうど今ごろ、――もう路ばたに毬栗《いがぐり》などが、ころがっている時分だった。

　少将は眼を細くしたまま、うれしそうにひとり微笑した。――そこへ色づいた林の中から、勢いのいい中学生が、四、五人同時に飛び出して来た。彼らは少将にとんちゃくせず、将軍夫妻をとり囲むと、口々に彼らが夫人のために、見つけて来た場所を報告した。その上それぞれ自分の場所へ、夫人に来てもらうように、無邪気な競争さえ始めるのだった。「じゃあなたがたに籤《くじ》を引いてもらおう」――将軍はこう言ってから、もう一度少将にえがおを見せた。……

「それは罪のない話ですね。だが西洋人には聞かされないな」

　青年も笑わずにはいられなかった。

「まあそんな調子でね、十二、三の中学生でも、N閣下と言いさえすれば、叔父《おじ》さんのようになついていたものだ。閣下はお前がたの思うように、決して一介の武弁じゃない」

少将は楽しそうに話し終わると、また炉の上のレンブラントをながめた。

「あれもやはり人格者かい？」

「ええ、偉い画かきです」

「N閣下などはどうだろう？」

青年の顔には当惑の色が浮かんだ。

「どうと言っても困りますが、――まあN将軍などよりも、僕らに近い気もちのある人です」

「閣下のお前がたに遠いと言うのは？」

「なんと言えばいいですか？――まあ、こんな点ですね、たとえば今日追悼会のあった、河合という男などは、やはり自殺しているのです。が、自殺する前に――」

青年はまじめに父の顔を見た。

「写真をとる余裕*はなかったようです」

今度はきげんのいい少将の眼に、ちらりと当惑の色が浮かんだ。

「写真をとってもいいじゃないか？　最後の記念という意味もあるし、――」

「誰のためにですか？」

「誰ということもないが、――我々はじめN閣下の最後の顔は見たいじゃないか？」

「それは少なくともN将軍は、考うべきことではないと思うのです。僕は将軍の自殺した気もちは、幾分かわかるような気がします。しかし写真をとったのはわかりません。まさか死後その写真が、どこの店頭にも飾られることを、――」

少将はほとんど、憤然と、青年の言葉をさえぎった。

「それは酷だ。閣下はそんな俗人じゃない。徹頭徹尾至誠の人だ」

しかし青年は相変わらず、顔色も声も落ち着いていた。

「むろん俗人じゃなかったでしょう。至誠の人だったことも想像できます。ただその至誠が僕らには、どうもはっきりのみこめないのです。僕らよりのちの人間には、なおさら通じるとは思われません。……」

父と子とはしばらくの間、気まずい沈黙を続けていた。

「時代の違いだね」

少将はやっとつけ加えた。

「ええ、まあ、――」

青年はこう言いかけたなり、ちょいと窓の外のけはいに、耳を傾けるような眼つきになった。

「雨ですね。お父さん」

「雨？」

少将は足を伸ばしたまま、うれしそうに話頭を転換した。

「また榲桲《マルメロ》が落ちなければいいが、……」

（大正十年十二月）

神々の微笑

ある春の夕べ、Padre Organtino* はたった一人、長いアビト*（法衣《ほうえ》）の裾《すそ》を引きながら、南蛮寺《なんばんじ》*の庭を歩いていた。

庭には松や檜《ひのき》の間に、薔薇《ばら》だの、橄欖《かんらん》だの、月桂《げっけい》だの、西洋の植物が植えてあった。ことに咲き始めた薔薇の花は、木々をかすかにする夕明かりの中に、薄甘いにおいを漂わせていた。それはこの庭の静寂に、何か日本とは思われない、不可思議な魅力を添えるようだった。

オルガンティノは寂しそうに、砂の赤い小《こ》径《みち》を歩きながら、ぼんやり追憶にふけっていた。羅馬《ロオマ》の大本山、リスポア*の港、羅面琴《ラベイカ》*の音《ね》、巴旦杏《はたんきょう》の味、「御主《おんあるじ》、わがアニマ（霊魂）の鏡」の歌*――そういう思い出はいつの間にか、この紅毛の沙門《しゃもん》の心へ、懐郷の悲しみを運んで来た。彼はその悲しみを払うために、そっと泥烏須《デウス》（神）の御《み》名《な》を唱えた。が、悲しみは消えないばかりか、前よりはいっそう彼の胸へ、重苦しい空気を拡げだした。

「この国の風景は美しい――」

オルガンティノは反省した。

「この国の風景は美しい。気候もまず温和である。土人は、――あの黄面《こうめん》の小人よりも、まだしも黒ん坊がましかも知れない。しかしこれもだいたいの気質は、親しみやすいところがある。のみならず信徒も近ごろでは、何万かを数えるほどになった。現にこの首府のまんなかにも、こういう寺院がそびえている。してみればここに住んでいるのは、たとい愉快ではないにしても、不快にはならないはずではないか？　が、自分はどうかすると、憂鬱《ゆううつ》の底に沈むことがある。リスポアの市《まち》へ帰りたい、この国を去りたいと思うことがある。これは懐郷の悲しみだけであろうか？　いや、自分はリスポアでなくとも、この国を去ることができさえすれば、どんな土地へでも行きたいと思う。支那《しな》でも、シャムでも、インドでも、――つまり懐郷の悲しみは、自分の憂鬱の全部ではない。自分はただこの国から、一日も早くのがれたい気がする。しかし――しかしこの国の風景は美しい。気候もまず温和である。……」

　オルガンティノは吐息をした。この時偶然彼の眼は、点々と木かげの苔《こけ》に落ちた、ほの白い桜の花を捉《とら》えた。桜！　オルガンティノは驚いたように、薄暗い木立ちの間を見つめた。そこには四、五本の棕櫚《しゅろ》の中に、枝をたらした糸桜が一本、夢のように花を煙《けぶ》らせていた。

「御主守らせたまえ！」

オルガンティノは一瞬間、降魔《ごうま》の十字を切ろうとした。実際その瞬間彼の眼には、この夕闇《ゆうやみ》に咲いた枝垂桜《しだれざくら》が、それほど無気味に見えたのだった。無気味に、――というよりもむしろこの桜が、なぜか彼を不安にする、日本そのもののように見えたのだった。が、彼は刹那《せつな》ののち、それが不思議でもなんでもない、ただの桜だったことを発見すると、恥ずかしそうに苦笑しながら、静かにまたもと来た小径へ、力のない歩みを返して行った。

×　　×　　×

三十分ののち、彼は南蛮寺の内陣に、泥烏須《デウス》へ祈禱《きとう》をささげていた。そこにはただ円天井《まるてんじょう》からつるされたランプがあるだけだった。そのランプの光の中に、内陣を囲んだフレスコの壁には、サン・ミグエル*が地獄の悪魔と、モオゼの屍骸《しがい》を争っていた。が、勇ましい大天使はもちろん、吼《たけ》り立った悪魔さえも、今夜はおぼろげな光のかげんか、妙にふだんよりは優美に見えた。それはまたことによると、祭壇の前にささげられた、水々しい薔薇や金雀花《えにしだ》が、におっているせいかも知れなかった。彼はその祭壇の後ろに、じっと頭をたれたまま、熱心にこういう祈禱を凝らした。

「南無《なむ》大慈大悲の泥烏須如来《デウスにょらい》！　私はリスポアを船出した時から、一命はあなたに奉っております。ですから、どんな難儀に遇《あ》っても、十字架のご威光を輝かせるためには、一歩もひるまずに進んで参りました。これはもちろん私一人の、能《よ》くするところではございません。皆天地の御主、あなたの御恵みでございます。が、この日本に住んでいるうちに、私はおいおい私の使命が、どのくらい難いかを知り始めました。この国には山にも森にも、あるいは家々の並んだ町にも、何か不思議な力が潜んでおります。そうしてそれが冥々《めいめい》のうちに、私の使命を妨げております。さもなければ私はこのごろのように、なんの理由もない憂鬱の底へ、沈んでしまうはずはございますまい。ではその力とは何であるか、それは私にはわかりません。が、とにかくその力は、ちょうど地下の泉のように、この国全体へ行き渡っております。まずこの力を破らなければ、おお、南無大慈大悲の泥烏須如来！　邪宗に惑溺《わくでき》した日本人は波羅葦増《はらいそ》*（天《てん》界《がい》）の荘厳《しょうごん》を拝することも、永久にないかも存じません。私はそのためにこの何日か、煩悶《はんもん》に煩悶を重ねてまいりました。どうかあなたの下部《しもべ》、オルガンティノに、勇気と忍耐とをお授けください。——」

その時ふとオルガンティノは、鶏の鳴き声を聞いたように思った。が、それには注意もせず、さらにこう祈禱の言葉を続けた。

「私は使命を果たすためには、この国の山川に潜んでいる力と、——多分は人間に見えない霊と、戦わなければなりません。あなたは昔紅海の底に、*エジプトの軍勢をお沈めになりました。この国の霊の力強いことは、エジプトの軍勢に劣りますまい。どうか古《いにしえ》の予言者のように、私もこの霊との戦いに、……」

祈禱の言葉はいつの間にか、彼の唇から消えてしまった。今度は突然祭壇のあたりに、けたたましい鶏鳴が聞こえたのだった。オルガンティノは不審そうに、彼の周囲をながめまわした。すると彼の真後ろには、白々と尾をたれた鶏が一羽、祭壇の上に胸を張ったまま、もう一度、夜でも明けたように鬨《とき》をつくっているではないか？

オルガンティノは飛び上がるが早いか、アビトの両腕を拡げながら、倉皇《そうこう》とこの鳥を逐《お》いだそうとした。が、二足三足踏み出したと思うと、「御主」と、切れ切れに叫んだなり、茫然《ぼうぜん》とそこへ立ちすくんでしまった。この薄暗い内陣の中には、いつどこからはいって来たか、無数の鶏が充満している、――それがあるいは空を飛んだり、あるいはそこここを駆《か》けまわったり、ほとんど彼の眼に見える限りは、鶏冠《とさか》の海にしているのだった。

「御主、守らせたまえ！」

彼はまた十字を切ろうとした。が、彼の手は不思議にも、万力《まんりき》か何かにはさまれたように、一寸とは自由に動かなかった。そのうちにだんだん内陣の中には、榾火《ほたび》の明かりに似た赤光《しゃっこう》が、どこからとも知れず流れ出した。オルガンティノはあえぎあえぎ、この光がさし始めると同時に、朦朧《もうろう》とあたりへ浮かんできた、人影があるのを発見した。

人影は見る間にあざやかになった。それはいずれも見慣れない、素朴な男女の一群れだった。彼らは皆頸《くび》のまわりに、緒にぬいた玉を飾りながら、愉快そうに笑い興じていた。内陣に群がった無数の鶏は、彼らの姿がはっきりすると、今までよりはいっそう高らかに、何羽も鬨をつくり合った。同時に内陣の壁は、――サン・ミグエルの画をかいた壁は、霧のように夜へ呑《の》まれてしまった。その跡には、――

日本の Bacchanalia* は、あっけにとられたオルガンティノの前へ、蜃気楼《しんきろう》のように漂ってきた。彼は赤い篝《かがり》の火影に、古代の服装をした日本人たちが、互いに酒をくみかわしながら、車座をつくっているのを見た。そのまん中には女が一人、――日本ではまだ見たことのない、堂々とした体格の女が一人、大きな桶《おけ》を伏せた上に、踊り狂っているのを見た。桶の後ろには小山のように、これもまたたくましい男が一人、根こぎにしたらしい榊《さかき》の枝に、玉だの鏡だのが下がったのを、悠然と押し立てているのを見た。彼らのまわりには数百の鶏が、尾羽根や鶏冠をすり合わせながら、絶えずうれしそうに鳴いているのを見た。そのまた向こうには、――オルガンティノは、今さらのように、彼の眼を疑わずにはいられなかった。――そのまた向こうには夜霧の中に、岩屋の戸らしい一枚岩が、どっしりとそびえているのだった。

桶の上にのった女は、いつまでも踊りをやめなかった。彼女の髪を巻いた蔓《つる》は、ひらひらと空に翻った。彼女の頸に垂れた玉は、何度も霰《あられ》のように響き合った。彼女の手にとった小笹の枝は、縦横に風を打ちまわった。しかもそのあらわにした胸！　赤い篝火《かがりび》の光の中に、つやつやと浮かび出た二つの乳房は、ほとんどオルガンティノの眼には、情欲《じょうよく》そのものとしか思われなかった。彼は泥烏須を念じながら、一心に顔をそむけようとした。が、やはり彼の体は、どういう神秘なのろいの力か、身動きさえ楽にはできなかった。

　そのうちに突然沈黙が、幻の男女たちの上へ降った。桶の上に乗った女も、もう一度正気に返ったように、やっと狂わしい踊りをやめた。いや、鳴き競っていた鶏さえ、この瞬間は頸を伸ばしたまま、一度にひっそりとなってしまった。するとその沈黙の中に、永久に美しい女の声が、どこからかおごそかに伝わって来た。

「私《わたし》がここに隠《こも》っていれば、世界は暗闇《くらやみ》になったはずではないか？　それを神々は楽しそうに、笑い興じているとみえる」

　その声が夜空に消えた時、桶の上にのった女は、ちらりと一同を見渡しながら、意外なほどしとやかに返事をした。

「それはあなたにも立ちまさった、新しい神がおられますから、喜び合っておるのでございます」

　その新しい神というのは、泥烏須をさしているのかも知れない。――オルガンティノはちょいとの間、そういう気もちに励まされながら、この怪しい幻の変化に、やや興味のある目を注いだ。

沈黙はしばらく破れなかった。が、たちまち鶏の群れが、いっせいに鬨をつくったと思うと、向こうに夜霧をせきとめていた、岩屋の戸らしい一枚岩が、おもむろに左右へ開きだした。そうしてその裂け目からは、言句《ごんく》に絶した万道《ばんどう》の霞光《かこう》が、洪水のようにみなぎりだした。

オルガンティノは叫ぼうとした。が、舌は動かなかった。オルガンティノは逃げようとした。が、足も動かなかった。彼はただ大光明のために、烈《はげ》しく眩暈《めまい》が起こるのを感じた。そうしてその光の中に、大ぜいの男女の歓喜する声が、澎湃《ほうはい》と天にのぼるのを聞いた。

「大日孁貴《おおひるめむち》*！　大日孁貴！　大日孁貴！」

「新しい神なぞはおりません。新しい神なぞはおりません」

「あなたに逆らうものは亡《ほろ》びます」

「ご覧なさい。闇が消えうせるのを」

「見渡す限り、あなたの山、あなたの森、あなたの川、あなたの町、あなたの海です」

「新しい神なぞはおりません。誰も皆あなたの召使です」

「大日孁貴！　大日孁貴！　大日孁貴！」

そういう声のわき上がる中に、ひや汗になったオルガンティノは、何か苦しそうに叫んだきり、とうとうそこへ倒れてしまった。……

その夜も三更に近づいたころ、オルガンティノは失心の底から、やっと意識を恢復《かいふく》した。彼の耳には神々の声が、いまだに鳴り響いているようだった。が、あたりを見まわすと、人音も聞こえない内陣には、円天井のランプの光が、さっきの通り朦朧と壁画を照らしているばかりだった。オルガンティノはうめきうめき、そろそろ祭壇の後ろを離れた。あの幻にどんな意味があるか、それは彼にはのみこめなかった。しかしあの幻を見せたものが、泥烏須でないことだけは確かだった。

「この国の霊と戦うのは、……」

オルガンティノは歩きながら、思わずそっとひとりごとをもらした。

「この国の霊と戦うのは、思ったよりもっと困難らしい。勝つか、それともまた負けるか、――」

するとその時彼の耳に、こういうささやきを送るものがあった。

「負けですよ！」

オルガンティノは気味悪そうに、声のした方を透かして見た。が、そこには相変わらず、ほのぐらい薔薇や金雀花《えにしだ》のほかに、人影らしいものも見えなかった。

× × ×

オルガンティノは翌日の夕べも、南蛮寺の庭を歩いていた。しかし彼の碧眼《へきがん》には、どこかうれしそうな色があった。それは今日一日のうちに、日本の侍が三、四人、奉教人の列にはいったからだった。

　庭の橄欖や月桂は、ひっそりと夕闇にそびえていた。ただその沈黙が擾《みだ》されるのは、寺の鳩が軒へ帰るらしい、中空《なかぞら》の羽音よりほかはなかった。薔薇のにおい、砂の湿り、――いっさいは翼のある天使たちが、「人の女子《おみなご》の美しきを見て」妻を求めに降《くだ》って来た、古代の日の暮れのように平和だった。

「やはり十字架のご威光の前には、穢《けが》らわしい日本の霊の力も、勝利を占めることはむずかしいとみえる。しかし昨夜《ゆうべ》見た幻は？――いや、あれは幻に過ぎない。悪魔はアントニオ上人《しょうにん》*にも、ああいう幻を見せたではないか？　その証拠には今日になると、一度に何人かの信徒さえできた。やがてはこの国も至る所に、天主の御寺《みてら》が建てられるであろう」

　オルガンティノはそう思いながら、砂の赤い小《こ》径《みち》を歩いて行った。すると誰か後ろから、そっと肩を打つものがあった。彼はすぐにふり返った。しかし後ろには夕明かりが、径《みち》をはさんだ篠懸《すずかけ》の若葉に、うっすりと漂っているだけだった。

「御主。守らせたまえ」

　彼はこうつぶやいてから、おもむろに頭《かしら》をもとへ返した。と、彼のかたわらには、いつの間にそこへ忍び寄ったか、昨夜《ゆうべ》の幻に見えた通り、頸に玉を巻いた老人が一人、ぼんやり姿を煙らせたまま、おもむろに歩みを運んでいた。

「誰だ、お前は？」

不意を打たれたオルガンティノは、思わずそこへ立ち止まった。

「私《わたし》は、――誰でもかまいません。この国の霊の一人です」

老人は微笑を浮かべながら、親切そうに返事をした。

「まあ、ごいっしょに歩きましょう。私はあなたとしばらくの間、お話するために出て来たのです」

オルガンティノは十字を切った。が、老人はその印に、少しも恐怖を示さなかった。

「私は悪魔ではないのです。ご覧なさい、この玉やこの剣を。地獄の炎に焼かれた物なら、こんなに清浄ではいないはずです。さあ、もう呪文《じゆもん》なぞを唱えるのはおやめなさい」

オルガンティノはやむを得ず、不愉快そうに腕組みをしたまま、老人といっしょに歩きだした。

「あなたは天主教を弘《ひろ》めに来ていますね、――」

老人は静かに話しだした。

「それも悪いことはないかも知れません。しかし泥烏須もこの国へ来ては、きっと最後には負けてしまいますよ」

「泥烏須は全能の御主だから、泥烏須に、——」

オルガンティノはこう言いかけてから、ふと思いついたように、いつもこの国の信徒に対する、ていねいな口調を使いだした。

「泥烏須に勝つものはないはずです」

「ところが実際はあるのです。まあ、お聞きなさい。はるばるこの国へ渡って来たのは、泥烏須ばかりではありません。孔子《こうし》、孟子《もうし》、荘子《そうし》、——そのほか支那からは哲人たちが、何人もこの国へ渡って来ました。しかも当時はこの国が、まだ生まれたばかりだったのです。支那の哲人たちは道のほかにも、呉《ご》の国の絹だの秦《しん》の国の玉だの、いろいろな物を持って来ました。いや、そういう宝よりも尊い、霊妙な文字さえ持って来たのです。が、支那はそのために、我々を征服できたでしょうか？　たとえば文字をご覧なさい。文字は我々を征服する代わりに、我々のために征服されました。私が昔知っていた土人に、柿《かき》の本《もと》の人麻呂《ひとまろ》と言う詩人があります。その男の作った七夕の歌は、今でもこの国に残っていますが、あれを読んでご覧なさい。牽牛織女《けんぎゅうしょくじょ》はあの中に見いだすことはできません。あそこに歌われた恋人同士はあくまでも彦星《ひこぼし》と棚機《たなばた》津女《つめ》とです。彼らの枕に響いたのは、ちょうどこの国の川のように、清い天の川の瀬音でした。支那の黄河《こうが》や揚子江《ようすこう》に似た、銀河の浪音ではなかったのです。しかし私は歌のことより、文字のことを話さなければなりません。人麻呂はあの歌をしるすために、支那の文字を使いました。が、それは意味のためより、発音のための文字だったのです。舟《しゅう》という文字がはいったのちも、『ふね』は常に『ふね』だったそうです。さもなければ我々の言葉は、支那語になっていたかも知れません。これはもちろん人麻呂よりも、人麻呂の心を守っていた、我々この国の神の力です。のみならず支那の哲人たちは、書道をもこの国に伝えました。空海《くうかい》、道風《どうふう》、佐理《さり》*、行成《こうぜい》*――私は彼らのいる所に、いつも人知れず行っていました。彼らが手本にしていたのは、皆支那人の墨蹟《ぼくせき》です。しかし彼らの筆先からは、しだいに新しい美が生まれました。彼らの文字はいつの間にか、王羲之《おうぎし》*でもなければ褚遂良《ちよすいりよう》*でもない、日本人の文字になりだしたのです。しかし我々が勝ったのは、文字ばかりではありません。我々の息吹きは潮風のように、老儒の道さえも和げました。この国の土人に尋ねてごらんなさい。彼らは皆孟子の著書は、我々の怒りに触れやすいために、それを積んだ船があれば、必ずくつがえると信じています。科戸《しなと》の神*はまだ一度も、そんな悪戯《いたずら》はしていません。が、そういう信仰のうちにも、この国に住んでいる我々の力は、おぼろげながら感じられるはずです。あなたはそう思いませんか？」

　オルガンティノは茫然《ぼうぜん》と、老人の顔をながめ返した。この国の歴史にうとい彼には、せっかくの相手の雄弁も、半分はわからずにしまったのだった。

「支那の哲人たちののちに来たのは、インドの王子悉達多《したあるた》*です。――」

老人は言葉を続けながら、径《みち》ばたの薔薇の花をむしると、うれしそうにそのにおいをかいだ。が、薔薇はむしられた跡にも、ちゃんとその花が残っていた。ただ老人の手にある花は色や形は同じに見えても、どこか霧のように煙っていた。

「仏陀《ぶっだ》の運命も同様です。が、こんなことをいちいちお話するのは、お退屈を増すだけかも知れません。ただ気をつけていただきたいのは、本地垂跡《ほんじすいじゃく》*の教えのことです。あの教えはこの国の土人に、大日孁貴は大日如来《だいにちにょらい》と同じものだと思わせました。これは大日孁貴の勝ちでしょうか？　それとも大日如来の勝ちでしょうか？　かりに現在この国の土人に、大日孁貴は知らないにしても、大日如来は知っているものが、大ぜいあるとしてごらんなさい。それでも彼らの夢に見える、大日如来の姿のうちには、インド仏の面影よりも、大日孁貴がうかがわれはしないでしょうか？　私は親鸞《しんらん》や日蓮《にちれん》といっしょに、沙羅《さら》双樹《そうじゅ》の花の陰も歩いています。彼らが随喜《ずいき》渇仰《かつごう》した仏は、円光のある黒人ではありません。優しい威厳に充《み》ち満ちた上宮太子《じょうぐうたいし》*などの兄弟です。――が、そんなことを長々とお話するのは、お約束の通りやめにしましょう。つまり私が申し上げたいのは、泥烏須のようにこの国に来ても、勝つものはないということなのです」

「まあ、お待ちなさい。お前さんはそう言われるが、――」

オルガンティノは口をはさんだ。

「今日などは侍が二、三人、一たびに御教えに帰依しましたよ」

「それは何人でも帰依するでしょう。ただ帰依したということだけならば、この国の土人は大部分悉達多の教えに帰依しています。しかし我々の力というのは、破壊する力ではありません。造り変える力なのです」

老人は薔薇の花を投げた。花は手を離れたと思うと、たちまち夕明かりに消えてしまった。

「なるほど造り変える力ですか？　しかしそれはお前さんたちに、限ったことではないでしょう。どこの国でも、——たとえばギリシアの神々といわれた、あの国にいる悪魔でも、——」

「大いなるパン*は死にました。いや、パンもいつかはまたよみ返るかも知れません。しかし我々はこの通り、いまだに生きているのです」

オルガンティノは珍しそうに、老人の顔へ横眼を使った。

「お前さんはパンを知っているのですか？」

「何、西国の大名*の子たちが、西洋から持って帰ったという、横文字の本にあったのです。——それも今の話ですが、たといこの造り変える力が、我々だけに限らないでも、やはり油断はなりませんよ。いや、むしろ、それだけに、お気をつけなさいと言いたいのです。我々は古い神ですからね。あのギリシアの神々のように、世界の夜明けを見た神ですからね」

「しかし泥烏須は勝つはずです」

オルガンティノは剛情に、もう一度同じことを言い放った。が、老人はそれが聞こえないように、こうゆっくり話し続けた。

「私はつい四、五日前、西国の海べに上陸した、ギリシアの船乗りに遇《あ》いました。その男は神ではありません。ただの人間に過ぎないのです。私はその船乗りと、月夜の岩の上にすわりながら、いろいろの話を聞いて来ました。目一つの神につかまった話だの、人を豕《いのこ》にする女神の話だの、声の美しい人魚の話だの、――あなたはその男の名を知っていますか？　その男は私に遇った時からこの国の土人に変わりました。今でも百合若《ゆりわか》*と名乗っているそうです。ですからあなたもお気をつけなさい。泥烏須も必ず勝つとは言われません。天主教はいくら弘まっても、必ず勝つとは言われません」

　老人はだんだん小声になった。

「ことによると泥烏須自身も、この国の土人に変わるでしょう。支那やインドも変わったのです。西洋も変わらなければなりません。我々は木々の中にもいます。浅い水の流れにもいます。薔薇の花を渡る風にもいます。寺の壁に残る夕明かりにもいます。どこにでも、またいつでもいます。お気をつけなさい。お気をつけなさい。……」

　その声がとうとう絶えたと思うと、老人の姿も夕闇の中へ、影が消えるように消えてしまった。と同時に寺の塔からは、眉《まゆ》をひそめたオルガンティノの上へ、アヴェ・

マリアの鐘が響き始めた。

×　　×　　×

南蛮寺のパアドレ・オルガンティノは、――いや、オルガンティノに限ったことではない。悠々とアビトの裾《すそ》を引いた、鼻の高い紅毛人は、黄昏《たそがれ》の光の漂った、架空の月桂や薔薇の中から、一双の屏風《びょうぶ》へ帰って行った。南蛮船入津《にゅうしん》の図*をかいた、三世紀以前の古屏風へ。

さようなら。パアドレ・オルガンティノ！　君は今君の仲間と、日本の海べを歩きながら、金泥《きんでい》の霞《かすみ》に旗をあげた、大きい南蛮船をながめている。泥烏須が勝つか、大日孁貴が勝つか――それはまだ現在でも、容易に断定はできないかも知れない。が、やがては我々の事業が、断定を与うべき問題である。君はその過去の海べから、静かに我々を見ていたまえ。たとい君は同じ屏風の、犬を曳《ひ》いた甲比丹《カピタン》*や、日傘をさしかけた黒ん坊の子供と、忘却の眠りに沈んでいても、新たに水平へ現われた、我々の黒船の石火矢*の音は、必ず古めかしい君らの夢を破る時があるに違いない。それまでは、――さようなら。パアドレ・オルガンティノ！　さようなら。南蛮寺のウルガン伴天連《バテレン》*！

（大正十年十二月）

雑筆

竹田*

竹田《ちくでん》は善き人なり。ロオランなどの評価を学べば、善き画《え》かき以上の人なり。世にあらば知りたき画かき、大雅《たいが》を除けばこの人だと思う。友だち同志なれど、山陽《さんよう》の才子ぶりたるは、竹田よりはるかに品下れり。山陽が長崎《ながさき》に遊びし時、狭斜《きょうしゃ》の遊あるを疑われしとて、「家有縞衣《いえにこういあり》*待吾返《わがかえるをまつ》、孤衾如水已三年《こきんみずのごとくすでにさんねん》」などいえる詩を作りしは、いささか眉《まゆ》に唾《つば》すべきものなれど、竹田が同じく長崎より、「不上酒閣《しゅかくにのぼらず》 不買歌鬟《かかんをかわず》* 償《つぐなう》周文《しゅうぶん》*画《のが》 筆頭水《ひっとうのみず》 墨余山《ぼくよのやま》」の詞《ことば》を寄せたるは、おそらく真情を吐露せしなるべし。

竹田は詩書画三絶を称せられしも、和歌などは巧みならず。画道にて悟入せしところも、三十一文字《みそひともじ》の上にはいっこうききめがないようなり。そのほか香や茶にも通ぜし由なれど、その道のことは知らざれば、なんともわれは定め難し。おもしろきは竹田が茸《たけ》の画を作りし時、頼みし男仏頂面をなしたるに、竹田「わが苦心を見給え」とて、水に浸せし椎茸《しいたけ》を大かごに一杯見せたれば、その男感歎《かんたん》してやみしという逸話なり。

竹田が刻意励精はさることながら、俗人を感心させるには、こういうことにまさるものなし。大家の苦心談などと言わるるうち、人の悪き名人が、凡下《ぼんげ》の徒を翻弄《ほんろう》するために仮作したものも少なくあるまい。山陽などはどうもやりそうなり。竹田になるとそんな悪戯気《いたずらぎ》は、うそにもあったとは思われず。返す返すも竹田は善き人なり。「田《た》能村《のむら》竹田」という書*を見たら、前よりこの人が好きになった。この書は著者大島支郎氏、売る所は豊後国大分《ぶんごのくにおおいた》の本屋忠文堂。　（七月二十日）

奇聞

大阪のある工場へ出入する弁当屋の小娘あり。職工の一人、その小娘の頬をなめたるに、たちまち発狂したる由。

アメリカのどこかの海岸なり。海水浴のしたくをしている女、着物をどろぼうに盗まれ、一日近くも脱衣場から出ることできず。そののちどろぼうはつかまりしが、罪名は女の羞恥心《しゅうちしん》を利用したる不《ふ》法檻禁罪《ほうかんきんざい》なりし由。

電車の中で老婦人に足を踏まれし男、いまいましければ向こうの足を踏み返したるに、その老婦人たちまち演説を始めて曰《いわ》く、「皆さん。この人はただ今私が誤まって足を踏んだのに、今度はわざと私の足を踏みました。云々《うんぬん》」と。踏み返した男、とうとう閉口してあやまりし由。その老婦人は矢島楫子《やじまかじこ》*女史か何かの子分ならん。

世の中にはうそのような話、存外あるものなり。皆小《お》穴《あな》一遊亭《いちゆうてい》*に聞いた。（七月二十三日）

芭　蕉

また猿蓑《さるみの》を読む。芭蕉《ばしよう》と去来《きよらい》と凡兆《ぼんちよう》との連句の中には、波瀾《はらん》老成のところ多し。就《なかん》中《ずく》こんなところは、なんともいえぬ心もちにさせる。

ゆかみて蓋《ふた》のあはぬ半櫃《はんびつ》　兆《てう》
草庵《さうあん》にしばらく居ては打ちやぶり　蕉《せを》
いのちうれしき撰集《せんじふ》のさた　来《らい》

芭蕉が「草庵にしばらく居ては打ちやぶり」と付けたる付け方、徳山《とくさん》の棒*が空にひらめくようにして、息もつまるばかりなり。どこからこんな句を拈《ねん》して来るか、恐しと言うほかなし。この鋭さの前には凡兆といえども頭が上がるかどうか。

凡兆といえば下《しも》のごとき所あり。

昼ねふる青鷺《あをさぎ》の身のたふとさよ　蕉
しよろしよろ水に藺《ゐ》のそよくらん　兆

これは凡兆の付け方、いまだしきようなり。されどこの芭蕉の句は、なかなか世間並みの才人が筋斗《きんと》百回したところが、付けられそうもないには違いなし。

たった十七字の活殺なれど、芭蕉の自由自在には恐れ入ってしまう。西洋の詩人の詩などは、日本人ゆえわからぬせいか、これほどえらいと思ったことなし。まず「なるほど」というくらいな感心に過ぎず。されば芭蕉のえらさなども、いくら説明してやったところが、西洋人にはわかるかどうか、疑問のうちの疑問なり。

（七月十一日）

蜻蛉

蜻蛉《とんぼ》の木の枝にとまっているのを見る。羽根が四枚平らに並んでいない。前の二枚が三十度くらいあがっている。風が吹いて来たら、その羽根で調子を取っていた。木の枝は動けども、蜻蛉は去らず。そのまま悠々と動いている。なおよく見ると、風の吹く強弱につれて、前の羽根の角度がかなりいろいろ変わる。色の薄い赤蜻蛉。木の枝は枯れ枝。見たのは崖《がけ》の上なり。

（八月十八日青根《あおね》温泉*にて）

子供

子供の時分のことを書きたる小説はいろいろあり。されど子供が感じた通りに書いたものは少なし。たいていはおとなが子供の時を回顧して書いたという調子なり。その点では James Joyce* が新機軸を出したというべし。

ジョイスの A Portrait of the Aritist as a Young Man は、いかにも子供が感じた通りに書いたというふうなり。あるいは少し感じた通りに書き候という気味があるかも知れず。されど珍品は珍品なり。こんな文章を書く人はほかに一人もあるまい。読んでいいことをしたりと思う。

（八月二十日）

十千万堂日録*

十千《とち》万堂《まんどう》日録《にちろく》一月二十五日の記に、紅葉《こうよう》が諸弟子と芝蘭簿《しらんぼ》*の記入を試む条《くだり》あり。風《ふう》葉《よう》*は「身長今一寸」を希望とし、春葉《しゅんよう》*は「四十まで生きんこと」を希望とし、紅葉は「欧州《おうしゅう》大陸にマアブルの句碑を立つ」を希望とす。さらにまた春葉は書籍に西遊記《さいゆうき》をあげ、風葉は「あらゆる字引類」をあげ、紅葉はエンサイクロピディアをあぐ。紅葉の好み、諸弟子に比ぶれば、すこぶる西洋かぶれの気味あり。されどそのいやみなるところに、かえって紅葉の器量の大がうかがい知られるような心もちがする。

それからまた二十三日の記に、「この夜《よ》（八）の八を草して黎明《れいめい》に至る。ついに脱稿せず。とうときものは寒夜の炭」とあり。なんとなくうれしきくだりなり。（八）は金色夜叉《こんじきやしゃ》の（八）。

（八月二十一日）

隣　室

「姉さん。これ何？」

「ゼンマイ」

「ゼンマイ珈琲《コオヒイ》ってこれからこしらえるんでしょう」

「お前さんばかね。ちっと黙っていらっしゃいよ。そんなことを言っちゃ、私《わたし》がきまり悪くなるじゃないの。あれは玄米《げんまい》珈琲*よ」

姉は十四、五歳。妹は十二歳の由。この姉妹二人ともスケッチ・ブックを持って写生に行く。雨降りの日は互いに相手の顔を写生するなり。父親は品のある五十がっこうの人。この人も画《え》のたしなみありげに見ゆ。（八月二十二日青根温泉にて）

若　さ

木米《もくべい》*はいつも黒羽《くろは》二重《ぶたえ》ずくめなりし由。これぜいたくに似て、かえって徳用なりとある人言えり。その人また言いしは、されどわれら若きものは、木米の好みのよきことも重々承知はしていれど、黒羽二重ずくめになる前に、もっといろいろのことをしてみたい気ありと。この言葉はそっくり小説を書く上にも当てはまるようなり。どういう作品がありがたきか、そんなことはおぼろげながらわかっていれど、いちずにその道へ突き進む前に、もっといろいろな行き方へも手を出したい気少なからず。こは偸安《とうあん》というよりも、若きを恃《たの》む心もちなるべし。この心もちに安住するは、あまりよいことではないかも知れず、いわば芸術上の蕩子《とうし》ならんか。

（八月二十三日）

痴情

男女の痴情を写尽せんとせば、どうしても房中のことに及ばざるを得ず。されどこは役人の禁ずる所なり。ゆえに小説家は最も迂遠《うえん》な仄筆《そくひつ》を使って、やっと十の八、九を描くこととなる。金瓶梅《きんぺいばい》が古今無双の痴情小説たるゆえんは、一つにはこの点でも無遠慮に筆を揮《ふる》った結果なるべし。あれほどでなくとも、もう少し役人がやかましくなければ、今より数等深みのある小説が生まれるならん。

金瓶梅ほどの小説、西洋にはたしてありや否や。ピエル・ルイ*のAphrodite*なども、金瓶梅に比ぶれば、子供の玩具《おもちゃ》も同じことなり、もっとも後者は序文にある通り、楽《ぎょう》欲主義《よくしゅぎ》という看板もあれば、一概に比ぶるは不都合なるべし。

（八月二十三日）

竹

後ろの山の竹藪《たけやぶ》を遠くから見ると、暗い杉や檜《ひのき》の前に、ふさふさした緑が浮き上がっている。まるで鳥の羽毛のようになり。頭の中でこしらえた幽篁《ゆうこう》とかなんとかいう気はしない。支那《しな》人は竹が風に吹かるるさまを、竹笑《ちくしょう》*と名づける由、風の吹いた日も見ていたが、いっこう竹笑らしい心も起こらず。また霧の深い夕方出て見たら、皆ぼんやり黒く見える所、平凡な南画じみてつまらなかった。それより竹藪の中にはいり、竹の皮のむけたのが、裏だけ日のぐあいで光るのを見ると、そこらに蛞蝓《なめくぢ》がはっていそうな、妙な無気味さを感ずるものなり。

（八月二十五日青根温泉にて）

貴　族

貴族あるいは貴族主義者が思い切ってうぬぼれられないのは、彼らもまたわれら同様、厠《かわや》に上るゆえなるべし。さもなければどこの国でも、先祖は神々のような顔をするかも知れず。徳川《とくがわ》時代の大諸侯は、参覲交代《さんきんこうたい》の途次旅宿へとまると、必ず大恭《だいきょう》*は砂づめの樽《たる》へ入れて、あとへ残さぬように心がけた由。その話を聞かされたら、彼らもこの弱点には気づいていたという気がしたり。これをもっと上品に言えば、ニイチエが「なぜ人は神だと思わないかと言うと、云々《うんぬん》」の警句と同じになってしまうだろう。

（八月二十六日）

井　月

信州伊那《しんしゅういな》の俳人に井月《せいげつ》*という乞食《こじき》あり、拓落《たくらく》たる道情、良寛《りょうかん》に劣らず。下島空谷《しもじまくうこく》*氏が近来その句を蒐集《しゅうしゅう》している。「朝顔に急がぬ膳《ぜん》や残り客」「ひそひそと何料理《れう》るやら榾《ほた》明《あ》かり」「初秋の心づかひや味噌《みそ》醤油《しょうゆ》」「大事がる馬の尾づつや秋の風」「落《お》ち栗《ぐり》の座をさだむるや窪《くぼ》たまり」（初めて伊那《いな》に来て）「鬼灯《ほほづき》の色にゆるむや畑の縄《なわ》」等、句も天保《てんぽう》前後の人にしては、思いのほかよい。辞世は「どこやらで鶴《つる》の声する霞《かすみ》かな」という由。憾《うら》むらくはその伝をつまびらかにせず。ただ犬がきらいだったそうだ。

（九月十日）

百日紅

自分の知れる限りにては、葉の黄ばみそむること、桜より早きはなし。槐《えんじゅ》これに次ぐ。その代わり葉の落ちつくすこと早きものは、百日紅《さるすべり》第一なり。桜や槐のこずえにはまだまばらに残葉があっても、百日紅ばかりは坊主になっている。梧桐《あおぎり》、芭蕉《ばしょう》、柳など詩や句に揺落《ようらく》を歌わるるものは、みな思いのほか散ることおそし。いったい百日紅という木、春も新緑の色あまねきころにならば、容易に赤い芽を吹かず。長塚節《ながつかたかし》氏の歌に、「春雨になまめきわたる庭ぬちにおろかなりける梧桐《あおぎり》の木か」とあれど、梧桐の芽を吹くは百日紅よりも早きようなり。朝寝も好きなら宵寝も好きなること、百日紅のごときはめったになし。自分は時々この木のおうちゃくなるに、人間同様腹をたてることあり。

（九月十三日）

大作

亀尾《かめお》君*訳エッケルマン*のゲエテ語録の中に、少壮の士の大作を成すは労多くして功少なきを戒《いさ》めてやまざる一段あり。けだしゲエテ自身ファウストなどを書かんとして、懲り懲りしたゆえなるべし。思えばトルストイも「戦争と平和」や「アンナ・カレニナ」の大成に没頭せしかば、ついには全欧九十年代の芸術*がわからずなりしならん。もちろん他人の芸術がわからずとも、トルストイのような堂々たる自家の芸術を持っていれば、毛頭さしつかえはなきようなり。されどわかるわからぬの上より言えば、芸術論*を書きたるトルストイは、むしろ憐《あわれ》むべき鑑賞眼の所有者たりしことは疑いなし。まして我々下根《げこん》の衆生《しゅじょう》は、いいかげんな野心に煽動《せんどう》されて、柄にもない大作にとりかかったが最期、虻蜂《あぶはち》とらずの歎《たん》を招くは、わかりきったことかも知れず。とは言うものの自分なぞは、いったん大作を企つべき機縁が熟したと思ったら、ゲエテの忠告も聞こえぬように、たちまちいきりたってしまいそうな気がする。

（九月二十六日）

水怪

河童《かっぱ》の考証は柳田国男《やなぎたくにお》氏の山島民譚集《さんとうみんたんしゅう》*に尽くしている。御維新前は大根河岸《だいこんがし》*の川にもやはり河童が住んでいた。観世新路《かんぜじんみち》*の経師屋《きょうじや》があの川へ障子を洗いに行っていると、突然後ろより抱きついて、むやみにくすぐりたてるものあり。経師屋閉口して、あおむけに往来へころげたら、河童一匹背中を離れて、川へどぶんと飛びこみし由、幼時母より聞きしことあり。そののち万年《まんねん》橋*の下の水底に、大緋鯉《おおひごい》がいるといううわさありしが、どうなったか詳しくは知らず。父の知人に夜釣りに行ったら、吾妻橋《あずまばし》より少し川上で、大きなすっぽんが船のともへ、乗りかかるのを見たと言う人あり。そのすっぽんの首太きこと、鉄瓶《てつびん》のごとしと話していた。東京の川にもこんな水怪多し。いなかへ行ったらなおのこと、いまだに河童が蘆《あし》の中で、相撲などとっているかも知れない。たまたま一遊亭《いちゆうてい》作るところの河太郎《かわたろう》独酌之図《どくしゃくのず》*を見たから、思い出したことをしるしとどめる。（九月三十日）

器量

天竜寺《てんりゅうじ》の峨山《がざん》*がある雪後の朝、晴れた空を仰ぎながら、「昨日はあんなに雪を降らせた空が、今朝はこんなに日がさしている。この意気でなくては人間も、大きな仕事はできないな」と言いし由。今夜それを読んだら、かなわない気がした。わずか百枚以内の短篇《たんぺん》を書くのに、悲喜こもごも至っているようでは、自分ながらきのどく千万なり。この間も湯にはいりながら、湯にはいることとそのことは至極簡単なのに、湯にはいることを書くとなるとなかなか容易でないのが不思議だった。同時にまた不愉快だった。されど下根《げこん》の衆生《しゅじょう》と生まれたからは、やはりしんぼう専一に苦労するほかはあるまいと思う。

（十月三日）

誤　謬

Ars longa, vita brevis*を訳して、芸術は長く人生は短しと言うはよい。が、世俗がこの句を使うのをみると、人亡《ほろ》べども業顕《わざあらわ》るという意味に使っている。あれは日本人あるいは日本の文士だけがひとりがてんの使い方である。あのヒポクラテエス*の第一アフォリズムには、そういう意味ははいっておらぬ。今の西人《せいじん》がこの句を使うのも、やはりそういう意味には使っておらぬ。芸術は長く人生は短しとは、人生は短いゆえ刻苦精励を重ねても、容易に一芸を修めることはできぬという意味である。こんなことを説き明かすのは、中学教師の任かも知れぬ。しかし近ごろは我々に教え顔をする批評家の中にさえ、このはき違えを知らずにいるものもある。それでは文壇にもきのどくなようだ。そんな意味に使いたくば、ギリシァの哲人の語を借らずとも、孫過庭《そんかてい》*なぞに人亡《ひとほろべども》業顕《わざあらわる》云々《うんぬん》の名文句が残っている。ついでながら書いておくが、これからの批評家は、「ランダア*やレオパルディ*のイマジナリイ・コンヴァセエション*」などとでたらめの気焰《きえん》をあげていてはいけぬ。そんなことではいくらいばっても、衒《げん》学《がく》の名にさえ価せぬではないか。いたずらに人に教えたがるよりは、まずみずから教えてくるがよい。

（十月五日）

不朽

人命に限りあればとて、命をそまつにしてよいとは限らず。なるべく長生きをしようとするのは、人おのおの分別なり。芸術上の作品もいつかは亡《ほろ》ぶのに違いなし。画力は五百年、書力は八百年とは、王世貞《おうしようてい》*すでにこれを言う。されどなるべく長持ちのする作品を作ろうと思うのは、これまた我々の随意なり。こう思えば芸術の不朽を信ぜざると、後世に作品を残さんとするとは、格別矛盾した考えにもあらざるべし。さらばいかなる作品が、古くならずにいるかというに、書や画のことは知らざれども、文芸上の作品にては簡潔なる文体が長持ちのすることは事実なり。もちろん文体すなわち作品という理窟《りくつ》なければ、文体さえしからばその作品が常に新たなりとはいうべからず。されど文体が作品の佳否に影響する限り、絢爛《けんらん》目を奪うごとき文体が存外古くなることは、ほとんど疑いなきがごとし。ゴオティエは今日読むべからず。しかれどもメリメエは日に新たなり。これをわが朝の文学に見るも、鷗外《おうがい》先生の短篇《たんぺん》*のごとき、それらと同時に発表されし「冷笑」*「うずまき」*等の諸作に比ぶれば、今なお清新の気に富むこと、昨日校正を済まさせたと言うとも、さしつかえなきくらいならずや。ゾラはかつて文体を学ぶに、ヴォルテエルの簡を宗《むね》とせずして、ルッソオの華を宗とせしを歎《なげ》き、彼自身の小説が早晩古くなるべきを予言したることある由、よく己を知れりと言うべし。されど前にも書きし通り、文体は作品のすべてにあらず。文体のいかんを超越したるところに、作品の永続性を求むれば、やはりその深さに帰着するならん。「およそ事物の能《よ》く久遠《くおん》にたる者は、（中略）切実の体《たい》あるを要す」（芥《かい》舟学画編《しゅうがくがへん》＊）とは、文芸の上にも確論だと思う。

（十月六日）

流　俗

思うに流俗なるものは、常に前代には有用なりし真理を株守《しゅしゅ》する特色あり。もっとも一時代前、二時代前、あるいはまた三時代前と、真理の古きに従って、いろいろの流俗なきにあらず。さらば一時代の長さいくばくかと言えば、これは時と処とにより、一概には何年と定め難し。まず日本ならば一時代約十年とも申すべきか。しかして普通流俗が学問芸術に害をなす程度は、その株守する真理の古さと逆比例するものなり。たとえば武士道主義者などが、今日子供の悪戯《いたずら》ほども時代の進歩を害せざるは、この法則の好例なるべし。ゆえに現在の文壇にても、人道主義の陣笠《じんがさ》連は、自然主義の陣笠連よりやっかい物たるを当然とす。

（十月七日）

木犀

牛込《うしごめ》のある町を歩いていたら、誰の屋敷か知らないが、黒塀の続いている所へ出た。今にも倒れてしまいそうな、ひどく古い黒塀だった。塀の中には芭蕉《ばしょう》や松が、もたれ合うようにいっぱい茂っていた。そこをひとり歩いていると、冷たい木犀《もくせい》のにおいがしだした。なんだかそのにおいが芭蕉や松にも、しみとおるような心もちがした。すると向こうからこれも一人、まっすぐに歩いて来る女があった。やがてそばへ来たのを見たら、どこかで見たような顔をしていた。すれ違ったあとでも考えてみたが、どうしても思い出せなかった。が、なんだか風流な気がした。それからにぎやかな往来へ出ると、ぽつぽつ雨が降って来た。その時急にさっきの女と、以前遇《あ》った所を思い出した。今度は急に下司《げす》な気がした。四、五日後折柴《せっさい》と話していると、底に穴をあけた瀬戸《せと》の火鉢へ、縁日物の木犀を植えておいたら、花をつけたという話を聞かせられた。そうしたらまた牛込で遇った女のことを思い出した。が、下司な気は少しもなかった。

（十月十日）

Butler の説

サムエル・バトラア*の説に言う。「モリエルが無智の老媼《ろうう》に自作の台本を読み聞かせたと言うは、何も老媼の批評を正しとしたのではない。ただみずから朗読する間に、自ら台本の瑕疵《かし》を見いだすのためである。かかる場合聴き手を勤むるものは、無智の老媼にしくものはあるまい」と。まことに一理ある説である。白居易《はくきょい》などが老媼に自作の詩を読み聴かせたと言うのも、同じような心があったのかも知れぬ。しかし自分がバトラアの説をおもしろしとするのは、ただに一理あるがゆえのみではない。この説はバトラアのように創作の経験がある人でないと、道破されそうもない説だからである。なるほど世のつねの学者や批評家にも、モリエルの喜劇はわかるかも知れぬ。が、それだけでは立ちどころに、バトラアの説が吐けるものではない。こんな消息に通じるには、おのれのうちにモリエルその人を感じていなければだめである。そこが自分にはありがたい気がする。ロダンの手記なぞが尊いのも、こういうところが多いゆえだ。二千里外*に故人の面を見ようと思ったら、どうしてもみずから苦しまねばならぬ。

（十月十九日）

今夜

今夜は心が平らかである。机の前にあぐらをかきながら、湯に溶かしたブロチン*をすすっていれば、泰平の民の心もちがする。こういう時は小説なぞ書いているのが、あさましいようにも考えられる。そんな物を書くよりは、発句《ほっく》のけいこでもしているほうが、よほど養生になるではないか。発句より手習いでもしていれば、もっとことが足りるかも知れぬ。いや、それより今こうしてすわっている心もちがそのままありがたいのを知らぬかなぞとも思う。おれは道書も仏書も読んだことはない。が、どうもおれの心の底には、虚無の遺伝が潜んでいるようだ。西洋人がいくらもがいてみても、結局はカトリックの信仰に舞い戻るように、おれなぞはだんだん年をとると、隠《いん》棲《せい》か何かがしたくなるかも知れない。が、まだ今のように女にほれたり、金がほしかったりしているうちは、とうてい思い切ったまねはできそうもないな。もっとも仙人という中には、祝鶏翁*のような蓄産家や郭璞《かくぼく》*のような漁色家がある。ああいう仙人にはすぐになれそうだ。しかしどうせなるくらいなら、俗な仙人にはなりたくない。横文字の読める若隠居なぞは、なおさらおれはまっぴらご免だ。そんなものよりは小説家のほうが、まだしも道に近いような気がする。「尋仙未向碧山行住在人間《せんをたずねていまだむかわずへきざんのこうすんでじんかんにあ》足道情《るもどうじょうたる》*」かな。なんだか今夜は半可通なひとりごとばかり書いてしまった。

（十月二十日）

夢

世間の小説に出て来る夢は、どうも夢らしい心もちがせぬ。たいていは作為が見え透くのである。「罪と罰」*の中の困馬の夢でも、やはりこの意味ではまことらしくない。夢のような話なぞと言うが、夢を夢らしく書きこなすことは、いいかげんな現実の描写よりも、かえって周到な用意がいる。なぜかと言うと夢中のできごとは、時間も空間も因果の関係も、現実とは全然違っている。しかもその違い方が、とうてい型にははめることができぬ。だから実際見た夢でも写さない限り、夢らしい夢を書くことは、ほとんど不可能と言うほかはない。ところが小説中夢を道具に使う場合は、その道具の目的を果たす必要上、よくよく都合のいい夢でも見ねば、実際見た夢を書くわけにゆかぬ。このゆえに小説に出て来る夢は、よくいったところがドストエフスキイの困馬の夢を出難いのである。しかし実際見た夢から、逆に小説を作り出す場合は、その夢が夢として書かれておらぬ時でも、夢らしい心もちが現われるゆえ、往々神秘的な作品ができる。名高い自殺倶楽部《クラブ》の話*なぞも、スティヴンソンがあの落想を得たのは、誰かが見た夢の話からだと言う。このゆえにそういう小説を書こうと思ったら、時々の夢をしるしておくがよい。自分なぞはそれも怠っているが、ドオデエには確か夢の手記があった。わが朝《ちょう》では志賀《しが》直哉《なおや》氏に、「イズク川*」という好小品がある。

（十月二十五日）

日本画の写実

日本画家が写実にこだわっているのは、どう考えても妙な気がする。それは写実に進んでいっても、ある程度の成功を収められるかも知れぬ。が、いくら成功を収めたにしても、洋画ほど写実ができるはずはない。光だの、空気だの、質量だのの感じが出したかったら、なぜさきにパレットを執らないのか。かつまたそういう感じを出そうとするのは、印象派が外光の効果を出そうとしたのとは、よほど趣が違っている。仏人《ふつじん》は一歩先へ出たのだ。日本画家が写実にこだわるのは、一歩横へ出ようとするのだ。自分は速水御舟《はやみぎよしゅう》*氏の舞妓《まいこ》の画《え》なぞに対すると、いかにも日本画にきのどくな気がする。昔芳幾《よしいく》*がかいた写真画という物は、あれと類を同じくしていたが、求めるところが鄙俗《ひぞく》なだけ、かえってあれほどいやみはない。はなはだ失礼な申し分ながら、どうも速水氏や何かの画を作る動機は、存外足もとの浮いたところが多そうに思われてならぬのである。　（十一月一日）

理解

一時は放蕩《ほうとう》さえ働けば、ひとかど芸術がわかるように思い上がった連中がある。このごろは道義と宗教とを談ずれば、芭蕉《ばしょう》もレオナルド・ダ・ヴィンチも一のみにのみこみ顔をする連中がある。ヴィンチはともかくも、芭蕉さえ一通り偉さがわかるようになるのは、やはり相当の苦労を積まねばならぬ。ことによると末世の我々には、死に身に思いを潜めたのちでも、まだ会得されない芭蕉の偉さが残っているかも知れぬくらいだ。ジァン・クリストフの中に、クリストフと同じようにベエトオフェンがわかると思っている俗物を書いた一節がある。わかるということは世間が考えるほど、むぞうさにできることはない。何事も芸道に志したからは、わかった上にもわかろうとする心がけがかんじんなようだ。さもないと野狐《やこ》*に堕してしまう。たまたま電気と文芸*所載の諸家の芭蕉論の中に、一、二孟浪《まんらん》杜撰《ずざん》の説を見いだしたゆえに、不平のあまり書きとどめる。（十一月四日）

茶釜の蓋置

今日香取秀真《かとりほずま》*氏の所にいたら、茶釜《ちゃがま》の蓋《ふた》置きを三つ見せてくれた。小さな鉄の五徳のような物である。それが三つとも形が違う。違うと言ったところが五徳同様ゆえ、三本の足と環《かん》との釣合いがわずかに違っているに過ぎない。が三つとも明らかに違う。見ていれば見ているほどいよいよ違いがはなはだしい。一つは荘重な心もちがする。一つは気のきいた、洒脱《しゃだつ》な物である。最後の一つは見るに堪えぬ。これほど簡単な物にもこれほどできの違いがあるかと思ったら、何事も芸道は恐ろしい気がした。一刀一拝の心もちがいるのは、仏を刻む時ばかりでないという気がした。名人の仕事に思い比べれば、我々の書き残した物なぞは、ことごとく焚焼《ふんしょう》しても惜しくはないという気がした。考えれば考えるほど、いよいよ底の知れなくなるものは天下に芸道ただ一つである。

（十一月十日）

西洋人

茶碗《ちゃわん》に茶をくんで出すと、茶を飲む前にその茶碗を見る。これは日本人には家常茶《かじょうさ》飯《はん》に見ることだが、西洋人はめったにやらぬらしい。「結構な珈琲《コオヒイ》茶碗でございます」などと言う言葉は、西洋小説中にも見えぬようである。それだけ日本人は芸術的なのかも知れぬ。あるいはそれだけ日本人の芸術は、細かい所にも手がとどくのかも知れぬ。リイチ氏*なぞはりっぱな陶工だが、皿や茶碗の仕事を見ると、裏には心がはいっておらぬようだ。これなぞも誰か注意さえすれば、なんでもないことだとは言うものの、そこに争われぬ西洋人を感ずるような心もちがする。

（十一月十日）

粗密と純雑

粗密は気質の差によるものである。粗をきらい密を喜ぶのは、おのおの好むところに従うがよい。しかし粗密と純雑とは、おのずからまた異なっている。純雑は気質の差のみではない。さらに人格の深処に根ざした、我々が一生の一大事である。純を尊び雑を卑しむのは、好悪《こうお》のいかんを超越した批判のさたに移らねばならぬ。今夜ふと菊池《きくち》寛《かん》著わすところの「極楽《ごくらく》」*を出して見たが、菊池の小説のごときは粗とは言えても、終始雑俗の気には汚れていない。その証拠には作中の言葉が、よかれあしかれ満ちている。唯一不二《ゆいいちふじ》の言葉ばかり使ってないにしろ、こけおどしの言葉は並んでいない。あれはあれなりにでき上がった、他に類のない小説である。その点では一、二の大家《たいか》先生のほうが、はるかに雑俗の屎臭《ししゅう》を放っていると思う。粗密は前にも書いた通り、気質の違いによるものである。だから鑑賞の上から言えば、菊池の小説を好むと好まざるとは、何人もかってに声明するがよい。しかしその芸術的価値の批判にも、粗なるがゆえに許し難いとするのは、好むところに偏するの譏《そしり》を免れぬ。同時にまた創作の上から言えば、菊池の小説は菊池の気質と切り離し難い物である。あの粗は決してなおざりに書き流した結果しかるのではない。そのゆえに他の作家、ことに本来密を喜ぶ作家が、みだりに菊池の小説作法を踏襲したら、勢い雑俗の病《へい》に陥らざるを得ぬ。自分なぞは気質の上では、かなり菊池と隔たっている。だから粗密の好みを言えば、一致しない点が多いかも知れぬ。が、純雑を論ずれば、必ずしも我らは他人ではない。

（十一月十二日）

（大正九年）

世の中と女

今の世の中は、男の作った制度や習慣が支配しているから、男女によっては非常に不公平な点がある。その不公平を矯正するためには、女自身が世の中の仕事に関与しなければならぬ。ただ、不公平という意味は、必ずしも、男だけが得をしているという意味ではない、いや、どうかすると、私《わたし》には女のほうが得をしている場合が多いように見える。たとえば相撲である。我々は、女の裸体はめったに見られないけれども、女は、相撲を見にゆきさえすれば、いつでもたくましい男の裸体を見ることができる。これは女が得をして男が損をしている場合であると思う。

相撲の話で思い出したが、いつか、「人間」という雑誌の表紙の絵を、二枚、警視庁の役人に見せたところが、一つの絵は女の裸体画だから許可することはできない。もう一つの絵は、男の裸体画だから表紙にしてもいい、ということになった。ところが、その絵は両方とも女の裸体画で、一方を男の裸体画と思ったのは祝福すべき役人の誤りだった。

まだそういう皮相の問題ばかりでなく、男女関係の場合などでも、男はいつも誘惑するもの、女はいつも誘惑されるものと、世の中全体は考えやすい。が、実際は存外、女の誘惑する場合も……言葉で誘惑しないまでも、そぶりで誘惑する場合が多そうである。

こういう点は、現在、男のやっている仕事を女もやるようになったらば、男の冤罪《えんざい》を晴らすことができるかも知れない。私は、こんな意味で女が世の中の仕事に関係するのも悪くないと思っている。つまり、女は女自身、男と生理的および心理的に違っている点を強調することによってのみ、世の中の仕事に加わる資格ができると思う。もしそうでなく、男も女も違わないという点のみを強調したらそれはただ、在来、男の手に行なわれた仕事が、一部分、男のような女の手に行なわれるというのに過ぎないから、結局、世の中の進歩にならないと思う。

また世の中の仕事に関与するとなると、女に必然に女らしさを失うように思う人がある。が、私はそうは思わない。なるほど、在来の女らしい型はこわれるかも知れない。しかし、女らしさそのものはなくならないはずだ。

こういう例を使っては女性に失礼かも知れないけれども、狼《おおかみ》は人間に飼われると犬になるには違いない。しかし、猫にならないことは確かである。在来の女の型は失っても、女らしさは失われないことは、なお、犬がどろぼうを見ると食いつくようなものであるだろうと思う。

しかし、これは大義名分の上に立った議論である。もしそれ私一人の好みを言えば、やはり、犬よりは狼がいい。子供を育てたり裁縫したりする優しい牝《めす》の白狼《はくろう》がよい。

（大正十年二月）

売文問答＊

編輯者《へんしゅうしゃ》　わたしのほうの雑誌の来月号に何か書いてもらえないでしょうか？

作家　だめです。このごろのように病気ばかりしていては、とうてい何もかけません。

編輯者　そこを特に頼みたいのですが。

　この間に書かば一巻の書をも成すべき押し問答あり。

作家　――というような次第ですから、今度だけは不承して下さい。

編輯者　困りましたね。どんな物でもいいのですが、――二枚でも三枚でもかまいません。あなたの名さえあればいいのです。

作家　そんな物を載せるのは愚じゃありませんか？　読者にきのどくなのはもちろんですが、雑誌のためにも損になるでしょう。羊頭《ようとう》を掲げて狗肉《くにく》を売るとでも、悪口《あくこう》を言われてごらんなさい。

編輯者　いや、損にはなりませんよ。無名の士の作品を載せる時には、よければよい、悪ければ悪いで、責任を負うのは雑誌社ですが、有名な大家の作品になると、善悪とも責任を負うものは、いつもその作家にきまっていますから。
作家　それじゃなおさら引き受けられないじゃありませんか？
編輯者　しかしもうあなたくらいの大家になれば、一作や二作悪いのを出しても、声名の下るという患《うれい》もないでしょう。
作家　それは五円や十円盗まれても、くらしに困らない人がある場合、盗んでもいいという論法ですよ。盗まれるほうこそいい面の皮です。
編輯者　盗まれると思えば不快ですが、義捐《ぎえん》すると思えばかまわんでしょう。
作家　冗談を言っては困ります。雑誌社が原稿を買いに来るのは、商売に違いないじゃありませんか？　それはある主張を立てているとか、ある使命を持っているとか、看板はいろいろあるでしょう。が、損をしてまでも、その主張なり使命なりに忠ならんとする雑誌は少ないでしょう。売れる作家ならば原稿を買う、売れない作家ならば頼まれても買わない、――というのがあたりまえです。してみれば作家も雑誌社には、作家自身の利益を中心に、断わるとか引き受けるとかするはずじゃありませんか？
編輯者　しかし十万の読者の希望も考えてやってもらいたいのですが。
作家　それは子供だましのロマンティシズムですよ。そんなことを真に受けるものは、中学生の中にもいないでしょう。
編輯者　いや、わたしなどは誠心誠意、読者の希望に副《そ》うつもりなのです。

作家　それはあなたはそうでしょう。読者の希望に副うことは、同時に商売の繁昌《はんじょう》することですから。

編輯者　そう考えてもらっては困ります。あなたは商売商売とおっしゃるが、あなたに原稿を書いてもらいたいのも、商売げばかりじゃありません。実際あなたの作品を好んでいるためもあるのです。

作家　それはそうかも知れません。少なくともわたしに書かせたいというのは、何か好意も交じっているでしょう。わたしのように甘い人間は、それだけの好意にも動かされやすい。書けない書けないと言っていても、書ければ書きたい気はあるのです。しかし安請け合いをしたが最期、ろくなことはありません。わたしが不快な目に遇《あ》わなければ、必ずあなたが不快な目に遇います。

編輯者　人生意気に感ずと言うじゃありませんか？　一つ意気に感じてください。

作家　できあいの意気じゃ感じませんね。

編輯者　そんなに理窟《りくつ》ばかり言っていずに、ぜひ何か書いてください。わたしの顔を立てると思って。

作家　困りましたね。じゃあなたとの問答でも書きましょう。

編輯者　やむを得なければそれでもよろしい。じゃ今月中に書いてもらいます。

　覆面の人、突然二人の間に立ち現わる。

覆面の人（作家に）貴様は情けない奴だな。偉そうなことを言っているかと思うと、もう一時の責めふさぎに、でたらめでもなんでも書こうとしやがる。おれは昔バルザックが、一晩にすばらしい短篇《たんぺん》を一つ、書き上げるところを見たことがある。あいつは頭に血が上がると、脚湯をしてはまた書くのだ。あのすさまじい精力を思えば、貴様なぞは死人も同様だぞ。たとい一時の責めふさぎにもしろ、なぜあいつを学ばないのだ？（編輯者に）貴様も心がけはよろしくないぞ。見かけ倒しの原稿を載せるのは、アメリカでも法律問題になりかかっている。ちっとは目前の利害のほかにも、高等な物のあることを考えろ。

編輯者も作家も声を出すこと能《あた》わず、茫然《ぼうぜん》と覆面の人を見守るのみ。

（大正十年ごろカ）

〔未定稿〕

仏蘭西文学と僕

僕は中学五年生の時に、ドオデエの「サッフォ」という小説の英訳を読んだ。もちろんどんな読み方をしたか、当てになったものではない。まあいいかげんに辞書を引いては、頁をはぐっていっただけであるが、ともかくそれが僕にとっては、最初に親しんだ仏蘭西《フランス》小説だった。「サッフォ」には感心したかどうか、確かなことは覚えていない。ただあの舞踏会から帰るところに、明け方のパリの光景を描いた、たった五、六行の文章がある。それがうれしかったことだけは覚えている。

それからアナトオル・フランスの「タイス」という小説を読んだ。なんでもそのころ早稲田文学《わせだぶんがく》*の新年号に、安成貞雄《やすなりさだお》*君が書いた紹介があったものだから、それを読むとすぐに丸善へ行って買って来たという記憶がある。この本は大いに感服した。(今でもフランスの著作中、いちばんおもしろいのは何かと問われれば、すぐに僕は「タイス」と答える。その次に「女王《レエン》ペドオク」をあげる。名高い「赤百合《あかゆり》」などという小説は、さらにうまいと思われない)もっとも議論のおもしろさなぞは、所々しか通じなかったらしい。しかし僕は「タイス」の行《ぎょう》の下へ、むやみに色鉛筆の筋を引いた。

その本は今でも持っているが、当時筋を引いたところは、ニシアスの言葉がいちばん多い。ニシアスというのは警句ばかり吐いているアレクサンドリアの高等遊民である。
——これも僕が中学の五年生の時分だった。

高等学校へはいったのちは、語学も少し眼鼻《めはな》がついたから、時々仏蘭西《フランス》の小説も読んでみた。ただしその道の人が読むように、系統的に読んだのでもなんでもない。手当たりしだいどれでもござれに、ざっと眼を通したのである。その中でも覚えているのは、フロオベルに「聖《サン》アントワンの誘惑」という小説がある。あの本が何度とりかかっても、とうとうしまいまで読めなかった。もっともロオタス・ライブラリイという紫色の英訳本で見ると、むちゃくちゃに省略してあるから、ぞうさなくしまいまで読んでしまう。当時の僕は「聖《サン》アントワンの誘惑」も、ちゃんと心得ているような顔をしていたが、実はあの紫色の本のごやっかいになっていたのである。近ごろケエベル先生*の小品集を読んでみたら、先生もあれと「サランボオ」とは退屈な本だと言っている。僕は大いにうれしかった。しかしあれに比べると、まだ「サランボオ」なぞのほうが、どのくらい僕にはおもしろいか知れない。

それからド・モオパスサンは、敬服してもきらいだった。(今でも二、三の作品は、やはり読むと不快な気がする)それからどういう因縁か、ゾラは大学へはいるまでに、一冊も長篇《ちょうへん》を読まずにしまった。それからドオデエはその時代から、妙に久米正雄《くめまさお》と似ている気がした。もっともその時分の久米正雄は、やっと一高の校友会雑誌に詩を出すくらいなことだったから、よほどドオデエのほうが偉く見えた。それからゴオティエはおもしろがって読んだ。なにしろ絢爛無双《けんらんぶそう》だから、長篇でも短篇でも愉快だった。しかし評判の「マドモアゼル・モオパン」も西洋人のいうほどありがたくはなかった。「アヴァタアル」*とか「クレオパトラの一夜」とかいう短篇も、ジョオジ・ムウア*なぞがかたじけながるように、渾然《こんぜん》玉のごとしとは思われなかった。同じカンダウレス王の伝説*からも、ヘッベル*はあの恐るべき「ギイゲスの指輪」を造り出している。が、翻ってゴオティエの短篇を見ると、主人公の王様でもなんでも、いっこう溌《はっ》溂《らつ》たる趣がない。ただしこれはずっとのちに、ヘッベルの芝居を読んでいた時、その編輯者《へんしゅうしゃ》の序文の中に、ことによるとゴオティエの短篇が、ヘッベルにヒントを与えたのかも知れないという、もっともらしい説をあげていたから、またゴオティエを引っぱり出してみて、その感を深くしたような次第である。それから、――もうめんどうくさくなった。

　いったい僕が高等学校時代に、どれこれの本を読みましたと言ったところが、おもしろいことも何もあるはずはない。せいぜい人を煙《けむ》に捲《ま》くくらいが落ちである。ただせっかくしゃべったものだから、これだけのことはつけ加えておきたい。

　というのは当時あるいは当時以後五、六年の間に、僕が読んだ仏蘭西の小説は、たいてい現代に遠くない。あるいは現代の作家が書いたものである。ざっとさかのぼってみたところが、シャトオブリアン*とか、——ぎりぎり決着のところと言っても、ルッソオとかヴォルテエルとか、より古いところへは行っていない。（モリエエルは例外である）

もちろん文壇に篤学の士が多いから、中には Cent nouvelles Nouvelles du roi Louis XI までも読んでいるという大家があるかもしれない。しかしそういう例外を除くと、まず僕の読んだような小説が、文壇一般にも読まれている仏蘭西《フランス》文学だと言ってもよい訳である。すると僕の読んだ小説のことを話すのは、広い文壇にも大いに関係があるのだから、ばかにして聞いたり何かしてはいけない。——これでもまだもったいがつかなければ、僕がそんな本しか読んでいないということは、文壇に影響を与えた仏蘭西文学は、だいたいそんな本のほかに出ないということになりはしないか。

文壇はラブレエの影響も、ラシイヌやコルネイユの影響も受けていない。ただおもに十九世紀以後の作家たちの影響を受けている。その証拠には仏蘭西文学に最も私淑している諸先輩の小説にも、いわゆるレスプリ・ゴオロア*の磅礴《ほうはく》しているような作品は見えない。たとい十九世紀以後の作家たちの中に、ゴオル精神からほとばしった笑い声が時々響くことがあっても、文壇はそれに唖《おし》の耳を借すよりほかはなかったのである。この点でも日本のパルナス*は、鷗外《おうがい》先生の小説*通り、永久にまじめな葬列だった。——こんな理窟《りくつ》も言えるかもしれない。だからこの僕の話も、いよいよばかにして聞いてはいけない。

（大正十年二月）

注釈

五＊黄大癡　一二六九年―一三五四年。黄公望。山水画家。字は子久、号は一峯または大癡老人。王蒙《おうもう》・倪瓚《げいさん》・呉鎮《ごちん》とともに元季（元末の意）の四大家と称せらる。

＊甌香閣　甌素材となった「甌香館画跋」の著者南田の住居。

＊王石谷　一六三二年―一七一七年。王翬《おうき》。清の画家。石谷は字、号は耕煙外史または清暉主人。南北二宋の画法を合して一家を成した。

＊惲南田　一六三三年―一六九〇年。名は格。字は寿平。清の人。号は東園草衣生または白雲外史、晩年南田老人と称した。王石谷の才に服して山水画から花鳥画に転じて大を成した。

＊梅道人　一二八〇年―一三五四年。呉鎮。元季四大家の一人。字は仲圭、号は梅花道人・梅道人または梅沙弥。山水を描き、墨竹墨花をもよくした。

＊黄鶴山樵　生年不詳―一三八五年。王蒙。元季四大家の一人。字は叔明。元末乱に遇《あ》って黄鶴山にかくれ、黄鶴山樵と号した。山水画にすぐれ人物画もよくした。

＊沙磧図や富春巻　いずれも黄公望の傑作。富春巻（正しくは富春山居図巻）は特に有名。

六＊煙客先生　一五九二年―一六八〇年。王時敏。明《みん》末清初の画家。字は遜子、号は煙客または西廬老人。また王奉常（奉常は官名）ともいう。王石谷はその門下生。婁《ろう》東派《とうは》という。

＊廉州先生　一五九八年―一六七七年。王鑑。明末清初の画家。字は円照、号は湘碧。広東《かんとん》廉州の知府となったので、王廉州ともいう。山水画に長じ王時敏・王原祁《おうげんき》・王翬とともに四王《しおう》と称せられた。

＊元宰先生　董其昌。一五五四年―一六三六年。明末の画家。江蘇華亭の人。字は元宰、号は思白。尚南貶北を主張して清初画壇の南宗全盛を招いた。

七＊夏山図や浮嵐図　ともに黄公望の作品として著名。

＊潤州　現在の江蘇《こうそ》省鎮江《ちんこう》県。

＊金山寺　江蘇省鎮江城外の金山にある寺院。本名は金山江天禅寺。有名な仏教史蹟で、宏壮な伽藍《がらん》は南方的建築を代表する。

＊西園の書房　煙客翁の草盧のこと。

九＊高房山　一二四八年―一三一〇年。高克恭《こうこくきょう》。元の画家。字は彦敬《げんけい》。房山は号。墨竹山水を描き、宋《そう》の米芾《べいふつ》・米友仁《べいゆうじん》に学び、また董源《とうげん》・巨然《きよねん》の画法をも用いた。

＊横点　米芾などの始めた米点（点をうち連ねた山谷・煙雲などを描く技法）に類するもの。

二＊二十鎰　四百両。鎰は二十両、また三十両とも二十四両ともいう。

一一＊李営丘　生年不詳—九六七年。李成《りせい》。唐末宋初の画家。字は咸熙。長安《ちょうあん》の人。山水画をよくした。

一二＊沈石田　一四二七年—一五〇九年。沈周《しんしゅう》。明代中葉の画家。字は啓南。号は石田または白石翁。清新で奇想があり縦横の才を示した。呉派《ごは》の祖。

＊繢苑　画苑（繢は絵と同じ）。画壇。

一三＊亀玉の毀れ　亀玉は貴重なもの。たいせつにしまわれたままで傷むこと。「論語」季子篇に亀玉毀二於櫝中一（はこの中）とある。

＊公孫大嬢　唐《とう》の玄宗《げんそう》皇帝時代の剣の舞の名手。

＊剣器　剣舞の一種。杜南に「観三公孫大娘弟子舞二剣器一行」の詩がある。

＊竜翔の看　竜が天を翔《かけ》り飛ぶようにあざやかに見えること。杜南の前掲の詩にみえる。

一四＊坊間　街の中。市中。

＊彝鼎　彝は宗廟《そうびょう》に具《そな》え置く器。鼎は金属製のなべで勲功を伝える宝器。ともにたいせつな家宝。

＊寿　贈物をすること。

＊滄桑五十載　滄桑は滄海変じて桑田となること。変遷の激しかった五十年の意。

一五＊揖　中国式の挨拶《あいさつ》で、手をこまねいて敬礼する。

＊雲煙邱壑　雲や煙や丘や谷。

＊皴点　画法。山ひだなどを表わす線と、うちつらねた点をいう。

二一＊千八百八十年五月何日　ツルゲーネフはプーシキンの記念碑建立祝典に参加を要請するためトルストイを訪問、歓待を受けたが、要請は拒まれた。

＊二年ぶり　一八七八年八月と九月、不和で絶交していたトルストイを和解するため彼を訪れてから。

＊ヤスナヤ・ポリヤナ　トルストイの郷里。

＊トルストイ夫人　ソーフィヤ・アンドレーエブナ・ベルス。十七年前に結婚。

＊子供たち　一八八〇年には長男セルゲイナ十七歳、長女タチヤーナ十六歳、次男イリヤ十四歳、次女マリーヤ十三歳、三男レフ十一歳、五男ミハエル一歳がいた。

二二＊教えている　トルストイは、一八四九年にヤスナヤ・ポリヤナ農民小学校を起こしたが、一八七一年三たび小学校を起こし、全家をあげて授業をした。官僚的形式的教育を排し農民の実情にそくした独自の教育を実施。

二三＊煙草はやめに……　ビルコフの「大トルストイ伝」第三篇《へん》第八章にこのツルゲーネフのことばがあるがトルストイの問いに対する答えで、しかも一八七八年八月に訪問した時のことである。

二六＊リョフ・ニコラエイッチ　Lev Nikolaevich トルストイの名および父称。

二九＊Il est……　フランス語。「石のように落ちましたよ、確かに……」。ロシアの貴族やインテリや作家は、社交語として上品なフランス語を用いた。

三一 *La Maison Tellier 「メイゾン・テリエ」。モーパッサンの初期の作品集。一八八一年刊。「深き愛情と高き讃仰《さんぎょう》の意をこめて」という献辞をつけて、ツルゲーネフに捧《ささ》げられている。

三二 *ガルシン V. M. Garchin 一八五五年―一八八八年。ロシアの小説家。ペシミズムと人道主義の作品を書いたが若くして自殺。

*将校時代 トルストイは一八五一年に下士官となり五三年トルコ戦争に参加、五五年伝令使としてペテルブルグへ上京、ツルゲーネフなどの文学者と親交を結び五六年軍務を退いた。

*ネクラゾフ N. A. Nekrasov 一八二一年―一八七八年。ロシアの詩人。芸術至上主義を批判し農奴や民衆の悲惨をうたった。

*スパスコイエ ツルゲーネフの家があった地。美しい山林地帯。

三三 *「三人の軽騎兵」時代 トルストイに「二人の軽騎兵」という作品があるが、その間違いか？

*フェット A. A. Fet 一八二〇年―一八九二年。ロシアの詩人。芸術至上主義的な抒情詩《じょじょうし》を書いた。トルストイの親友で回想記がある。一八六一年、外国旅行から帰ったトルストイは、フェットの家でツルゲーネフと娘の教育をめぐって感情的に対立し、絶交する原因となった。「大トルストイ伝」第四篇第十三章に見える。

*ニコライ・トルストイ Nikolai Tolstoi トルストイの長兄。芸術家的哲学的傾

向に富み、善良で情愛あつく、ツルゲーネフとも親しかった。結核のため、一八六〇年フランスで死んだ。三十七歳。

三六＊イヴァン・セルゲエイッチ　Ivan Sergevich　ツルゲーネフの名および父称。

三八＊本所の横網　東京都墨田《すみだ》区横網町。隅田《すみだ》川べりの下町で商人の妾宅が多かった。

＊御竹倉　江戸時代に御竹奉行の蔵のあった所。広い雑木林や竹藪《たけやぶ》、多くの掘割があった。

四五＊擲銭卜　銭貨を投げて占う占術。

＊漢の京房　中国漢代の人。字は君明。梁人進延寿について易を修め、魏郡太守などにもなったが、のち投獄棄死せられた。著に「京氏易伝」がある。

＊爻　易の卦を組み立てるもの。一卦は六爻から成る。

＊伏義文王周公孔子　中国古代の四人の聖人。伏義は中国古代の伝説上の帝王、文王は周の祖武王の父、周公は文王の子で武王の弟。

五三＊「踏み破る……」　斎藤一徳の詩「題児島高徳書桜樹図」の第一句。

＊定遠　清国北洋《ほくよう》艦隊第一の甲鉄砲塔艦で、黄海《こうかい》大海戦で活躍したが、明治二十八年二月威海衛で撃沈された。

五四＊牛荘　中国の遼東《りようとう》半島の町。

＊辮髪　清朝が一般に強制した風習で、男子の頭髪を編んで長く後へたれたもの。

五七＊赤熊　縮れ毛で作った入れ毛。ここはおいらんをいう。

六〇＊宝丹　東京池之端《いけのはた》の守田《もりた》宝丹《ほうたん》本舗から発売されていた赤黒色の口中薬。
七三＊音羽屋で行きたい　音羽屋は歌舞伎俳優尾上《おのえ》家の屋号。ここでは五代目尾上菊五郎《きくごろう》。明治元年襲名、世話物を得意とした。身分を秘して変名したり、別人に化けた者が、後に本名を現わしたりする芝居のさわりの場面のこと。
＊禁句禁句金看板の甚九郎　歌舞伎の「金看板侠客本店《きんかんばんたてしのほんだな》」（河竹黙阿弥《かわたけもくあみ》作、明治十六年）に登場する、江戸で名を売ったバクチ打ちの侠客《きょうかく》甚九郎（明治二年没）の名を使って、ゴロを合わせたしゃれ。
七六＊弥勒寺橋　墨田区立川《たてかわ》にあった小橋。横網町から約一キロ。
＊風俗画報　明治二十二年春陽堂から創刊した月刊雑誌。
八一＊亜字欄　中国建築の様式の一つ。縁側の欄が亜の字形に組み合わせられているもの。
八二＊威海衛　中国華北区山東《さんとう》省北岸にある都市。清国北洋艦隊の軍港。明治二十七年八月ごろから攻撃し、翌年二月二日陥落した。
八三＊アグニの神　Agni　インドのヴェーダ神話に出てくる火神で、バラモン教では地上の最高神とされ、のち仏教で護世八天の一つとされた。
一〇三＊欧州戦役　第一次世界大戦　一九一四―一九一八。
一〇五＊鏡花の小説　明治三十七年三月『新小説』に発表した「紅雪録」。
一一〇＊支那へ旅行　芥川は大正十年三月、大阪毎日新聞社の海外視察員として中国へ出発した。この作品は同月に発表された。

＊七十八日遊記　徳富蘇峰《とくとみそほう》著。明治三十九年刊。

＊支那文明記　宇野哲人《うのてつと》著。明治四十五年刊。

＊支那漫遊記　徳富蘇峰著。大正七年刊。

＊支那仏教遺物　松本文三郎《まつもとぶんざぶろう》著。大正八年刊。

＊支那風俗　井上紅梅《いのうえこうばい》著。大正十年刊。

＊支那人気質　中国での布教・教育に尽力したアメリカの宣教師アーサー・スミス作“Chinese Characteristics”（一八九二）の邦訳。

＊燕山楚水　内藤湖南《ないとうこなん》著。明治三十三年刊。

＊蘇浙小観　遠山景直、大谷藤治郎編。明治三十六年刊。

＊北清見聞録　仁礼敬之著。明治二十一年刊。高瀬敏徳著。明治三十七年刊。

＊長江十年　桂頼三著。大正六年刊。

＊観光紀游　岡千仭著。

＊征塵録　未詳。

＊満洲　服部暢著。大正二年刊。

＊巴蜀　山川早水著。

＊湖南　安井正太郎著。明治三十八年刊。

＊漢口　水野幸吉著。明治四十年刊。

＊大清一統志　清の乾隆《けんりゅう》年間、陳徳らの勅撰。十八省に分ち、省ごとに図、表、分野、

建置、沿革、形勢などについて叙述。およそ五百巻。
二〇＊長安客話　明の蔣一葵撰、一巻。
＊帝京——　明の劉侗、于奕正撰の「帝京景物略」か。
二一＊ウェデキンド　F. Wedekind　一八六四年—一九一八年。ドイツの劇作家、詩人。
代表作は「春の眼覚め」「地霊」など。
二二＊至順年間　元の文宗《ぶんそう》時代の年号　一三三〇年—一三三三年。
＊古金陵　江蘇省南京の古名。
＊奇俊王家郎　万人にすぐれた男の意。
二三＊戯を聴き　中国では、楽劇のための観劇を聴戯という。
＊秦淮　南京市内の遊里。
＊花磁盞　白地に青い花の模様を描いた陶器の杯。
＊金華酒　浙江《せっこう》省金華《きんか》より産する美酒。
＊満を引き　なみなみと盛った酒を飲むこと。
＊吃喝嫖賭　食・飲・女・賭《と》博《ばく》の道楽。
＊元稹体の会真詩　元稹　七七九年—八三一年。唐の詩人。また小説「鶯々伝」（一名「会真記」）の作者で、作中に主人公張生が会真詩三十韻を作る場面がある。
＊鶯々　元稹の「鶯々伝」の女主人公、崔鶯鶯。したがって「君の鶯々は」とは「君の恋人は」の意。

二四*紫金碧甸　紫金は紫色の純金、碧甸は青貝細工。甸は鈿に同じ。
*太白　太白すなわち大きな杯のこと。白は酒の色を示す。
*松江　江蘇省の県名で上海の西南にある。
*渭塘　江蘇省の常鎮二府の境にある。
二五*竹葉青　酒の名。紹興《しょうこう》酒（浙江省紹興産の銘酒）の古さ三年のもの。青味を帯びる。
*綉閣　綺麗《きれい》に飾った高殿の意から婦人の室をいう。
二六*金糸線綉墩の属　原作には金線・綉墩とある。いずれも多年生草の名。属はたぐい。
*蘇東坡　一〇三六年―一一〇一年。名は軾《しょく》、東坡と号す。北宋時代の詩文人。父、蘇洵《そじゅん》弟蘇轍《そてつ》とともに唐宋八大家の一人。
*四時の詞にならったもの　七言律を四季に配したもの。原作に見える。
*趙松雪　一二五四年―一三二二年。名は孟頫《もうふ》、号は松雪斎、著名な儒者。画にすぐれ、書は当代随一。草行書に巧み。
二七*落梅風　吹笛の曲名。李白《りはく》の詩に「黄鶴楼中玉笛を吹く、江城の五月落梅花」とある。
二九*銭塘　浙江省の県名。杭州《こうしゅう》の地。
*瞿佑　明代の人。博学の作家で、経・史・詩・詞にわたり種々の述作がある。
*渭塘奇遇記　この作品の素材となった原作。芥川の前後の趣向を除けば、ほぼ同一。
これを収めた「剪燈新話」は、古くより怪談集として知られ、晋《しん》唐小説に倣った艶《えん》

麗《れい》な筆致で初めは四十巻あったといわれるが、現存のものは四巻二十篇と付録一篇にすぎない。

一三三＊往生絵巻　仏に結縁《けちえん》して極楽往生するまでの経歴を描いた絵巻。

一三四＊多度の五位殿　香川県仲多度《なかたど》郡多度津《たどつ》町辺に住んでいた源大夫某。地位が五位。今昔物語巻十九「讃岐《さぬき》国多度郡五位聞法即出家語第十四」の主人公。

＊水銀を商う旅人　今昔物語巻二十九「於鈴鹿《すずか》山蜂螫殺人語第三十六」によって想定したか。

一三六＊牟子　市女笠《いちめがさ》の周囲に等身の薄い布をたらしたもので、山野を行く時に用いる。

＊時鳥よ……　「枕草子」二二六段（岩波古典大系による）にある田植歌。そこでは「ほととぎす、おれ、かやつよ、おれ鳴きてこそ、我は田植うれ」となっており「ほととぎすよ、お前が鳴くから俺は田植をするのだ」の意で、農民の苦労を表現したもの。作中のものも同じ歌意。

一三七＊西へ参る　仏教では、娑婆《しゃば》世界（人間社会）の西の方十万億土に極楽浄土があり、阿弥陀如来がいると説く。

一三四＊雍家花園　中国安徽《あんき》省にある都市。南京のやや南にあり、揚子江に臨む。

一四七＊放鳥　追善法会などに際し功徳のために捕えておいた鳥を放してやること。

一五一＊好色　「今昔物語」巻三十第一「平定文本院の侍従に仮借《けそう》するものがたり」を中心として「宇治拾遺物語」巻三「平貞文本院侍従等の事」、「十訓抄」巻上「可レ定二心操振舞」「事」などを参照して創作したもの。
*平中　平貞文。左兵衛佐《さひょうえのすけ》。延長《えんちょう》元年（九二三）没。古今集の歌人。恋愛伝説が多い。彼を主人公とした「平仲物語」がある。
一五二*汗衫　もと汗取りの服。のち、童女の表着の上に着るものとなった。
一五三*侍従　左兵衛佐在原棟梁《ありわらのむねはり》（業平《なりひら》の子）の女。左大臣藤原時平《ふじわらのときひら》に仕えていた女房の一人。
*稲荷詣で　伏見《ふしみ》の稲荷に詣でること。「今昔物語」巻二十八第一「近衛の舎人共の稲荷詣でに重方女に値ふものがたり」より借用。
*輫　牛車《ぎっしゃ》の屋形（車の母屋）。
*本院の大臣　藤原時平。
一五六*切り灯台　結び灯台（細い三本の木の中央を結びその上を拡げ、上に油皿を置いて火をともした灯台）を切り縮めて常用したもの。
一五七*薄葉　薄手の紙。鳥の子紙を薄くすいたもの。
一六一*草紙　「源氏物語」の「空蟬」をさすか。十七歳の源氏が伊予介の後妻空蟬を恋し、たびたびその寝室に忍び入るが空蟬は避けて会わない。
一六三*雨夜のしなさだめ　「源氏物語」の「帚木」の巻にある。源氏と頭中将とが雨夜に女性の品評をしたこと。
*ぬば玉の……　「古今集」の恋歌三、六四七の歌。

一六三＊夢にだに　「古今集」の恋歌四、六八一の「夢にだに見ゆとはみえじ朝な朝なわが面影に恥づる身なれば」の歌か。七六七番にも「夢にだにあふこと難くなり行くは我やいをねぬ人や忘るる」の歌がある。

一六七＊巫山の神女　古代中国の楚《そ》の懐王が夢に見た神女。巫山は四川《しせん》省巫山県の東にある山。

一六九＊撫子重ね　面薄蘇芳（黒味を帯びた紅の薄色）裏青。四月より六月まで着用。

＊袙　袿の小形のもの。

一七〇＊香染め　うす赤に黄を帯びた色。丁子の煮汁で染色。丁子染。

一七二＊紫摩金　紫色を帯びた純無垢《むく》の最上質の金。

＊嫸然　みめよきさま。

一七三＊藪の中　「今昔物語」巻二十九第二十三「妻を具して丹波の国へ行く男、大江山に於いて縛らるる物語」を出典として、Robert Browning の長詩「指輪と本」、また Ambrose Bierce の「月光の道」などにヒントを得た作品。

＊山科の駅路　山科は京都市山科区の地名。駅路は宿駅のある街道。平安京から東国へ通じる。

＊縹　藍色《あいいろ》の薄いもの。

＊さび烏帽子　こわく張って皺《しわ》（烏帽子の皺をさびという）をよせたもの。

一七四＊関山　逢坂山《おうさか》。京都府と滋賀県の境にある。東国から京へはいる要所で関所が置かれていた。
＊萩重ね　表蘇芳、裏青色。秋に着用。
＊法師髪　馬のたてがみを坊主のように剃《そ》ってしまうこと。
＊四寸　馬の丈を計るのに四尺を標準とし、それ以上あるものを一寸、二寸……とかぞえた。ゆえに四尺四寸。
一七五＊如露亦如電　露のごとくはかなく稲妻のごとく一瞬にして消え去ること。
＊放免　軽罪によって放免され、罪人の追捕や護送に協力させられた検非違使の下役人。
＊多襄丸　「今昔物語」巻二十九「多襄丸調伏丸二人盗人語第二」よりとった大盗の名前。
＊粟田口　京都市東山区粟田口町。東国街道の京都にはいる入口で三条《さんじょう》筋に通じる。
＊打出しの太刀　鍔《つば》をつけ、敵を打ちやすくしたやや長い太刀。
一七六＊鳥部寺　京都市東山区の鳥辺野《とりべの》にあった寺。法皇寺。平安時代、その近辺に京都の火葬場があった。
＊賓頭盧　十六羅漢の一つ。
一八六＊中有　人の死後、来世の生を未だ受けずに迷っている間。四十九日。
一八九＊俊寛　平安末期の僧。仁和寺法印寛雅の子。一一七七（治承元）年、平家討伐の密議の場所として京都東山鹿《しし》が谷《たに》の山荘を提供したが、密告されて捕えられ、藤原成《なり》経《つね》らとともに鬼界が島に流され、翌年成経らは召還されたが俊寛は独り白石が島に移されて三十七歳で孤島に死んだ。「平家物語」や「源平盛衰記」に取材した作品。
＊有王　俊寛僧都の召使。幼時から仕え、鬼界が島に赴き、僧都の死後その遺骨を高《こう》野《や》山《さん》に納めて出家する。
一九〇＊琥珀の中の虫　地質時代の樹脂などが地中に埋没して生じた化石中に閉じこめられた虫。
一九三＊成経　藤原成経。権大納言成親《なりちか》の子。右近衛少将兼丹波守。
＊康頼　平康頼。検非違使となり平判官と称した。
一九四＊業平の朝臣　在原業平。天長《てんちょう》二年—元慶《がんぎょう》四年（八二五—八八〇）。阿保《あぼ》親王の子。歌人。「伊勢物語」は彼を主人公とする恋愛説話集であるが、その中には、男女関係から流罪に付されて東国へ下ったという伝説も含まれている。
＊実方の朝臣　藤原実方。生年不詳—長徳《ちょうとく》四年（？—九九八）。歌人。はなやかな交際と恋愛事件で有名。和歌のことで口論し陸奥守に落とされて任国に下った。
一九五＊三界六道　仏教における欲界・色界・無色界の三界と、地獄・餓鬼・畜生・修羅・人間・天上の六道。
＊十方最勝　東西南北　乾《いぬい》坤《ひつじさる》　艮巽《たつみ》　上下の全界において最優秀。
＊三学無碍　戒学・定学・慧学に精通している。
＊三十二相八十種好　手が膝《ひざ》より長いこと。男根が体内に隠れて見えぬことなどの、

仏の身体のすぐれた三十二相八十種の格好。

一九六＊胡人　外国人。

一九八＊永良部鰻　熱帯の海に多い暗緑色の毒蛇の一種。

＊難陀婆羅　仏弟子の一。もと牧羊者だったので牧牛難陀という。この話は五百弟子自説本起経、無量寿経《むりようじゆきよう》会疏巻一にある。

＊乳糜　乳で作ったかゆ。

＊畢波羅樹　インドなどにある常緑喬木。釈迦がこの樹の下で悟りを開いた。菩提樹。

＊第六天の魔王　欲界の天は六に分かれ、他化自在天は第六位で欲界の頂上にある。ここの王は常に仏道に障害をなすので魔王という。波旬はその悪魔の名。

＊六牙象王　普賢菩薩の乗る六牙を有する白象。

＊天竜八部　仏法守護の八神。天衆と竜神とは八部衆の首位なのでこういう。

一九九＊仏本行経　インドの馬鳴《めみよう》著〝Budd hacarita〟（仏所行讃）五巻。宋の宝雲訳。釈迦の生誕より八分舎利までの事を記す。引用の中の「安洋」は安穏微妙なさま。

＊京極　京都市右京区の地名。俊寛の邸宅の所在地。

二〇〇＊赤間が関　山口県下関《しものせき》市。

二〇三＊粟散辺土　日本国のこと。粟を散布したような小さな辺境の国。

＊恒河沙　インドの大河ガンジス河の砂。

＊三界一心　三界の現象はすべて衆生の心のあらわれである、すなわち自分の心のほ

かに三界はないという思想。

二〇三*摩訶伽葉　釈迦の十大弟子の一。十六羅漢の一。釈迦の滅後、経典を集大成した。

二〇四*成親　藤原成親　保延《ほうえん》四年—治承元年（一一三八—一一七七）。平治《へいじ》の乱に敗れたが許されて大納言にまで昇進。治承元年（一一七七）平宗盛《むねもり》と右大将の地位を争い、敗れて平家打倒の陰謀を企てたが発覚、捕えられ難波《なにわ》で殺された。

*西八条　京都市下京《しもぎょう》区にある地名。平清盛《きよもり》の邸宅があった。

*宗人　主謀者。

二〇五*浄海入道　平清盛（元永《げんえい》元年—養和《ようわ》元年一一一八—一一八一）の号。一一六八年病のため官を辞し出家して浄海または平相国と号した。

*源平藤橘　源氏、平氏、藤原氏、橘氏。

*高平太　平清盛の少年時代のあだ名。高足駄の平家の太郎の意。

*小松の内府　平重盛《しげもり》（保延四年—治承三年一一三八—一一七九）。清盛の長男。京都市右京《うきょう》区にあった小松に屋敷があった。

二〇六*中御門高倉の大納言　藤原成親。

*摩登伽女　釈迦の在世中、鉢吉帝のために幻術で阿難を誘惑したが釈迦の力でその難が解かれた。

*阿難尊者　阿難陀。釈迦の十大弟子の一人。

*竜樹菩薩　釈迦滅後西暦三世紀ごろのインドの大乗仏教の唱道者。

二〇七＊肥前の国鹿瀬の荘　佐賀市嘉瀬町の荘園。
＊平の教盛　大治《だいじ》三年—文治《ぶんじ》元年（一一二八—一一八五）。清盛の弟。
＊父君のご不運　成親の殺されたこと。
二〇八＊帰命頂礼　帰命は梵語「南無」の訳。教えに帰依して身命を捧《ささ》げ仏に従うこと。頂礼は相手の前にかがみ、頭をその足につけて拝するインドの礼法。
＊日吉山王　滋賀県大津《おおつ》市にある日吉神社。
＊王子　京都から熊野神社へ参詣《さんけい》の途中のところどころにある熊野権現の末社の出張地。
二一〇＊蕪坂　和歌山県海南《かいなん》市下津《しもつ》町沓掛にある坂。
二一一＊音無の滝　京都市左京《さきょう》区大原《おおはら》にある小滝。なお、和歌山県の熊野川上流に音無川というのがある。
＊大納言　藤原成親。
二一三＊槖吾　つわぶき。海辺などに自生するキク科の常緑多年草。
＊我立つ杣の地主権現　自分の住む地の鎮守神。京都市東山区にある地主権現。または比叡山《ひえいざん》の守護神である日吉権現をいうか。
二一四＊天に仰ぎ……　「平家物語」巻三「足摺」の一節。
＊松浦の佐用姫　長崎県の松浦《まつうら》の辺に住んでいたという伝説上の美女。朝鮮鎮定に行く大伴狭手《おおとものさで》比古《ひこ》と契ったが、離別に当たり丘に登りひれを振って別れを惜しみ悲し

みのあまり石と化した。「源平盛衰記」巻九「康頼熊野詣付祝言の事」に見える。
二五 *早利即利兄弟　古代インドの波羅奈《はらな》国月蓋王の二太子。兄が弟の眼を害したため追放されたが、その行末を悲しむ母の文を鷹がとどけた。「源平盛衰記」巻九「康頼熊野詣付祝言の事」に見える。
*一行阿闍梨　唐代の僧。真言宗の祖。「源平盛衰記」によれば無実の罪により流罪に付された。
二六 *法勝寺　白河《しらかわ》天皇建立の寺。京都市左京区岡崎《おかざき》にあった。俊寛の墓がある。
*西光法師　僧侶。俗名藤原師光《もろみつ》。鹿が谷の陰謀により捕えられ、清盛を面前でののしったため死刑にされた。
*眇　きわめて小さいさま。
二七 *八万法蔵十二部経　仏の教法および仏教聖典のすべて。
三〇 *白襷隊　明治三十七年十一月二十六日、日露戦争第三回の旅順《りよじゆん》総攻撃における決死隊。
*九十三高地　旅順郊外の丘。高さ九十三メートルにより名づけられた。
三一 *×××……「名誉の敬礼で生命を買上げて殺」のような文句であったか。『改造』に発表した時、官憲のために抹殺されたもの。原稿所在不明のため以下推定による。
*×××「陛下に」か。
*×××××「陛下の為に」か。

＊×××××　「お国の為に」か。
三三＊×××××　「陛下の御為」か。
＊×××××××　「人間として納得」などか。
＊×××……　「戦争は陛下の御為の御奉公に」のような語か。
＊×××　「御奉公」か。
＊、李家屯　旅順市の東北にある村名。
三四＊二十八珊　口径二十八センチの榴弾《りゅうだん》砲（海軍砲）。明治三十七年九月十九日より四日間にわたって行なわれた第二回旅順総攻撃失敗後、九月二十六日から使用され、非常な威力を発揮した。
三六＊××××　「買われる」か。
＊N将軍　乃木希典《のぎまれすけ》。日露戦争において旅順攻略に当たった第三軍司令官。
三七＊××　「買わ」か。
＊×××××××　「強盗にピストル」か。
＊×××××××　「生命までとると」か。
＊×××……　不明。
＊×××　「すてて」か。
三八＊全勝集　奉天《ほうてん》付近の地名。
＊坡　土地のくぼみ。

二三一＊新民屯　新民県、奉天瀋道に属する。
二三二＊露探　日露戦争の時、日本軍の機密をさぐり出してロシアに通報したスパイの蔑称。
＊Monomania　モノメニア（英）。偏執狂。
二三四＊爾　中国語。お前。君。
二三五＊叩頭　頭を地につけて敬礼すること。
二三六＊×××　不明。
二三七＊石敢当　石敢当の三字を刻んだ三十─六十センチの石碑。時には泰山敢当の四字を刻む。邪悪防護の意があるという。
＊阿吉牛堡　奉天省鉄嶺県の西にある地名。
＊野天の戯台　野外で芝居を演ずるところ。
二三八＊兵站監部　作戦軍の後方にあり、軍需の輸送および収容を取り扱う部隊の本部。
二四〇＊旧劇　明治の新派劇発生前の劇。江戸時代またはそれ以前の題材を扱う。
＊柳盛座　明治時代東京にあった大衆向きの劇場。
二四一＊二銭の団洲　団洲は名優市川団十郎《いちかわだんじゅうろう》（九代目）のこと。二銭の団洲とは、団十郎張りの演技を得意とする安芝居の人気俳優の意で、坂東又三郎《ばんどうまたさぶろう》のこと。
＊和光　坂東又三郎。柳盛座に出るころ和光といい、のち、又三郎と名乗る。
＊不破伴左衛門　歌舞伎十八番の一つ「不破」に登場する役柄で市川家代々の当り狂言。「編笠片手の見得」は鞘当の場か。

二四二＊ピストル強盗清水定吉　明治中期、ピストル強盗というあだ名で世間を騒がせた実在の人物。隅田川岸の両国に住み、川岸で逮捕される時、巡査を射殺した。

二四五＊Ecoute-moi, Madeline……　Madeline は Madeleine が正しい。エクーテ・モワ・マドゥレーヌ（仏）。フランスの詩人ユウゴオの詩集、"Odes et Ballades" 所収の詩。「マドレーヌ（女の名前）よ、私の言うことをお聞きなさい」の意で、冒頭の一節。

二五〇＊写真をとる余裕は　乃木将軍は明治天皇御大葬当日の大正元年九月十三日に自殺するが、その朝陸軍大将の正装、妻静子《しずこ》は白襟の黒のうちかけに袴《はかま》という姿で写真を撮った。

二五三＊Padre Organtino　Gnecchi Soldo Organtino オルガンティノ神父。イタリア人。ポルトガル・イエズス会宣教師。一五七〇（元亀《げんき》元）年来日、京都で布教。織田《おだ》信長《のぶなが》の信任をうけて一五八一（天正《てんしょう》九）年、安土《あづち》に日本最初の神学校（セミナリヨ）を開設。信長死後長崎に移住した。

＊アビト　habito（ポルトガル語）。僧服。

＊南蛮寺　信長の許可によって一五六八（永禄《えいろく》十一）年（一説には一五七五〈天正三〉年）京都と安土に立てられたキリスト教会堂。

＊リスボア　Lisboa（ポルトガル語読みではリジュボア）ポルトガルの首都リスボン。

＊羅面琴　rabeca（ポルトガル語）。四絃琴《げんきん》。中世後期から近代初期にかけてスペイン・ポルトガルで使用された。

二五三＊「御主、わがアニマの鏡」の歌　未詳。アニマ anima はラテン語で心の意。
二五五＊サン・ミグエル　San Miguel 大天使の名。
二五六＊波羅葦増　Paraiso（ポルトガル語）。天国。
＊あなたは昔紅海の底に……　旧約聖書出エジプト記。モオゼがユダヤの民をひきいてエジプトを逃れたときの説話による。
二五八＊Bacchanalia　バッカナリア（ラテン語）酒神の祭。以下の叙述は日本神話の天の岩戸伝説に基づく。
二六〇＊大日孁貴　天照大神《あまてらすおおみかみ》の別名。
二六三＊アントニオ上人　Antonio de San Bondventura　二五一年?—三五六年。エジプトの人。修道院制度の創始者。
二六五＊佐理　天慶《てんぎょう》七年—長徳《ちょうとく》四年（九四四—九九八）。藤原姓。能書家、三蹟の一人。
＊行成　天禄《てんろく》三年—万寿《まんじゅ》四年（九七二—一〇二七）。藤原姓。能書家、三蹟の一人。世《せ》尊寺《そんじ》流書道の祖。
＊王羲之　四世紀の中国晋代の人。書道家。その書風は奈良時代からわが国でも愛好された。
＊褚遂良　七世紀の中国唐代の人。書道家。
＊科戸の神　日本神話における風の神。
＊悉達多　Siddhartha　釈迦の出家以前の名。

二六六＊本地垂跡　本地とは菩薩、垂迹とは菩薩が衆生教化のため仮に姿を現わすこと。日本の神も菩薩の仮の姿であり、仏教も神道も結局は同一のものとする思想。

＊上宮太子　聖徳太子《しょうとくたいし》（五七四？—六二二）のこと。

二六七＊パン　Pan　ギリシア神話における森林・牧畜・狩猟の神。舞踏や快楽を好む神とされる。

＊西国の大名　九州のキリシタン大名。大友《おおとも》・大村《おおむら》・有馬《ありま》の三氏。一五八二（天正十）年ローマ法王のもとへ伊東《いとう》マンショらの少年使節団を派遣した。一五九〇（天正十八）年帰国。

二六八＊百合若「私はつい四、五日前……」以下は百合若伝説による。ホーマーの「オディッセ」によるかといわれ、百合若は主人公ユリシスに由来すると推定される。室《むろ》町《まち》末期にお伽草子その他に現われ、完全に日本化した説話となっていた。

二六九＊南蛮船入津の図　入津は入港。南蛮画を描いた南蛮屏風の一つ。

＊甲比丹　Capitão（ポルトガル語）。南蛮船の船長。

＊石火矢　大砲の古称。

＊ウルガン伴天連　ウルガンはオルガンティノのなまり。バテレンは Padre（神父）に同じ。

二七〇＊竹田　田能村竹田。安永《あんえい》六年—天保《てんぽう》六年（一七七七—一八三五）。江戸末期の画家。名は孝憲。大分県竹田《たけた》市の人。江戸で文晁《ぶんちょう》に師事。清高淡雅な画風に独特の風格がある。

二七〇＊縞衣　白色の衣服で周《しゅう》時代の身分の賤しい女の服装だが、転じて、自分の妻を謙遜《けんそん》していう語となる。

＊歌嚢　美しいまげのこと、転じて遊女をいう。

＊周文　室町時代の画僧。絵を如拙《じょせつ》に学び、山水画のほか仏画・彫刻もよくした。

二三＊「田能村竹田」という書　大正元年十月刊。竹田の生活、画評、山陽との関係および和歌などについて書かれた。

＊矢島楫子　天保《てんぽう》四年―大正十四年（一八三三―一九二五）。女子教育家、社会改良家。日本基督教婦人矯風会を設立して会長就任、婦人覚醒《かくせい》運動・婦人参政権運動・禁酒運動・廃娼運動などに献身。

二七三＊小穴一遊亭　小穴隆一。明治二十七年―昭和四十一年（一八九四―一九六六）。画家。芥川晩年の親友。

＊徳山の棒　中国唐代の高僧徳山禅師が人を説得するのに用いた棒。

二七三＊青根温泉　宮城県柴田《しばた》郡川崎《かわさき》町にある温泉。花房山の中腹にあって、金華山《きんかざん》・松島《まつしま》を望む。

＊James Joyce　ジェームス・ジョイス。一八八二年―一九四一年。アイルランド出身の詩人、小説家。“A Portrait of the Artist as a Young Man”「若き芸術家の肖像」（一九一六刊）は作者自身の精神史であり、意識の流れの技法を用いて小説の新分野

を開拓した。

二七四*十千万堂日録　尾崎《おざき》紅葉（別号十千万堂）の晩年の日記。硯友《けんゆう》社関係の事実が知られる。石橋思案《いしばししあん》校訂により、明治四十一年十月刊。

*芝蘭簿　芝・蘭はともにかおりのよい草で、善人・才子を喩る。良友との交際録をいう。

*風葉　小栗《おぐり》風葉。明治八年―昭和元年（一八七五―一九二六）。小説家。紅葉門下。「亀甲鶴」「青春」など。

*春葉　柳川《やながわ》春葉。明治十年―大正七年（一八七七―一九一八）。小説家。紅葉門下。「生さぬ仲」など。

二七五*玄米珈琲　コーヒーの代用品。一時玄米食の必要が叫ばれ、玄米コーヒー・玄米パンなどが流行した。この会話を小説「あばばばば」（大正十二年）に利用している。

*木米　青木木米。明和《めいわ》四年―天保四年（一七六七―一八三三）。京都の名陶工。祇園《ぎおん》の茶屋木屋に生まれ、陶器の研究に専心。作品は中国風。急須《きゅうす》などの名品が多い。

二七六*ピエル・ルイ　Pierre Louys　一八七一年―一九二六年。フランスの耽美《たんび》的な末期象徴派の詩人、小説家。古代ギリシアを憧憬《しょうけい》し、古典美を志向。「ビリティスの唄」など。

*Aphrodite　「アフロディト」（一八九一）。ピエル・ルイの出世作。悲劇小説。

二七七*竹笑　「説文」に「竹得レ風、其体大屈謂二之竹笑一」とある。

二七七＊大恭　糞便《ふんべん》のこと。
＊井月　井上《いのうえ》井月。文政《ぶんせい》五年―明治二十年（一八二二―一八八七）。俳人。もと新潟県長岡《ながおか》藩士井上勝造と伝える。信州各地を放浪。ぼろをまとい、酒を愛し、乞食の生涯を送って伊那市に果てた。六十六歳。「漂的俳人井月全集」がある。
＊下島空谷　下島勲《いさお》。芥川と親しかった医師。大正十年『井月の句集』刊行。
二七九＊亀尾君　亀尾英四郎《えいしろう》。明治二十八年―昭和二十年（一八九五―一九四五）。独文学者。東大独文卒。旧制東京高校教授。訳書「ゲエテとの対話」上、中、下（岩波書店刊）。
＊エッケルマン　J. P. Eckermann　一七九二年―一八五四年。ドイツの文学者。ゲーテ晩年の秘書としてゲーテ全集の編纂《へんさん》に従事した。著に有名な「ゲーテとの対話」（一八四八）三巻がある。
＊全欧九十年代の芸術　十九世紀末西欧をふうびした頽廃《たいはい》的芸術思潮。
＊芸術論　「芸術とは何か」をさす。そこでトルストイは芸術の意義を宗教に至る過程としてのみ認め、それまでのすべての自作を否定した。
＊山島民譚集　大正三年刊。河童と馬蹄石《ばていせき》に関する伝説の民俗学研究書。
＊大根河岸　東京都日本橋《にほんばし》の掘割。大根などの荷揚げをした所。
二八〇＊観世新路　東京　京橋《きょうばし》川筋より新橋川筋内に属する旧町名。
＊万年橋　東京都江東《こうとう》区深川《ふかがわ》の小名木《おなぎ》川にかかっていた橋。
＊河太郎独酌之図　河太郎は河童をさす。この画は小穴から芥川に送ったもの。その

返礼が「水虎問答之図」（大正九年九月二十二日付書簡）。
＊峨山　嘉永《かえい》六年—明治三十三年（一八五三—一九〇〇）。明治の禅僧。京都烏丸《からすま》の人。天竜寺の滴水《てきすい》の没後、その跡を嗣ぐ。「峨山禅師言行録」がある。

二六一＊Ars longa, vita brevis　ラテン語。ヒポクラテスの医書の集成の格言集にあることば。
＊ヒポクラテス　Hippokrates　前五世紀ごろのギリシアの医学者・哲学者。ソクラテスと同時代。
＊孫過庭　中国唐代の書家。字は虔礼《けんれい》。浙江《せっこう》省審陽の人。「書譜」二巻がある。
＊ランダア　W. S. Landor　一七七五年—一八六四年。イギリスの詩人。学識抜群であったが、その生涯は喧嘩《けんか》口論と法外無礼の連続であった。
＊レオパルディ　Giacomo Leopardi　一七九八年—一八三七年。イタリアの古典派詩人、言語学者。その作風は、形式的には古典主義、内容的には浪漫主義。「死の接近」「イタリアに寄す」など。
＊イマジナリイ・コンヴァセエション　Imaginary Conversations　一八二四年—一八三〇年。「夢想的会話」。ランダアの代表的散文。プラトン、ダンテの対話を自由に想像したもの。

二六二＊王世貞　一五二六年—一五九〇年。中国明代の文人。字元美、号鳳州。江蘇省の人。復古主義の中心人物。著に文学論・芸術論が多い。「芸苑巵言」など。

二八二＊鷗外先生の短篇　明治四十年代の文壇復帰当時の短篇。「鶏」「金貨」「金毘羅」「杯」などをさす。

＊「冷笑」　永井《ながい》荷風《かふう》の長篇小説。明治四十二年―四十三年『東京朝日新聞』に連載、同四十三年単行本。一種の耽美的な思想小説。

＊「うずまき」　上田《うえだ》敏《びん》作。明治四十三年『国民新聞』連載。同年六月単行本。耽美的・享楽主義的な中篇小説。

二八三＊芥舟学画編　中国清代の沈宗騫（号芥舟）の画論。四巻。一七八一年の自序を付す。

二八四＊サムエル・バトラア　Samuel Butler　一八三五年―一九〇二年。イギリスの作家。自伝的小説「万人の道」など。

二八五＊二千里外……　遠方にいる友人を偲《しの》ぶこと。ここはむしろ真に理解する意。白楽天の詩「八月十五日夜禁中独直対レ月憶二元九一」が出典。

＊ブロチン　Brocin　日本産桜属植物の皮から採った水溶粉末。呼吸器疾患に効用がある。

二八六＊祝鶏翁　中国晋代洛陽《らくよう》の人。鶏千余羽を養い、皆名字ありという。

＊郭璞　中国東晋（四世紀）の学者。字景純。博学多才。占術に長じ、爾雅注・山海経注など多くの著書がある。

＊「尋仙未向……」　出典未詳。

＊「罪と罰」の中の困馬の夢　「罪と罰」第一篇で、主人公ラスコーリニコフが幼児の

ころを夢に見る場面。

二八七＊自殺倶楽部の話　スティブンソンの短篇小説集『新アラビア夜話』の中の「自殺クラブ」。

＊「イズク川」　明治四十四年『白樺』二月号に発表。

二八八＊速水御舟　明治二十七年―昭和十年（一八九四―一九三五）。日本画家。「舞妓」は代表作。

＊芳幾　落合《おちあい》芳幾。天保四年―明治三十七年（一八三三―一九〇四）。明治初年における最初の新聞挿絵画家。

二八九＊野狐に堕す　なま悟りなのにいかにも道を極めたかのようにうぬぼれること。野狐禅。

＊電気と文芸　電気と文芸社発行の雑誌。

＊香取秀真　明治七年―昭和二十九年（一八七四―一九五四）。鋳金家、歌人。美術学校卒。同校教授。芥川と同じく田端《たばた》に住み交際した。のちに芸術院会員。

二九〇＊リイチ氏　Bernard Reach。イギリスの陶芸家。香港生まれ。一九〇七年来日して陶器を学び作品を発表。一九二〇年帰英後、欧州陶器界の指導者となった。戦後も五三年に来日した。

＊「極楽」　大正九年五月雑誌『改造』に発表。

二九五＊売文問答　二人の問答を述べ、最後に覆面の人が登場して両者を一喝する形式は、森鷗外「ファスチュス」（明治四十三年九月）をまねている。

二九九＊早稲田文学　文学雑誌。明治二十四年創刊してより断続的に刊行。明治三十年代末より自然主義の牙城《がじょう》となった。

＊安成貞雄　明治十八年—大正十三年（一八八五—一九二四）。早大卒。新聞記者、文学者。当時海外文芸の紹介に尽力。

三〇〇＊ケエベル先生　Raphael Koeber　一八四八年—一九二三年。ロシア生まれの哲学者、音楽家。明治二十六年来日。東大で西洋哲学、ドイツ文学、古典語学を講じた。「小品集」“Kleine Sehriften”三冊。大正七年—十三年刊。

三〇一＊「アヴァタアル」　Avatar（仏）。一八五七年作。化身の意。

＊ジョオジ・ムウア　George Moor　一八五二年—一九三三年。アイルランドの詩人、小説家。

二五八＊カンダウレス王の伝説　ヘロドトスの記録と、プラトンの国家篇にある話。リーディア王カンダレウスが美人の妃《きさき》を寵臣《ちょうしん》ギーゲスに見せた。妃は彼に王を殺せとせまり、その妻となった。

＊ヘッベル　Friedrich Hebbel　一八一三年—一八六三年。ドイツの劇作家、小説家。社会と自然の対立を描き、イプセン社会劇の先駆となった。

三〇二＊シャトオブリアン　François-René de Chateaubriand　一七六八年—一八四八年。フランスの作家。政治家。

＊レスプリ・ゴオロア　l'ésprit gaulois（仏）。ゴール人気質。快活な気風。
＊パルナス　Parnasse　神々の集うギリシアの高山。詩の都。転じて、文壇をいう。
＊鷗外先生の小説「ル・パルナス・アンビュラン」　自然主義の文壇を葬式にたとえた作品。明治四十三年六月、『中央公論』に発表。

作品解説

三好行雄

本巻は大正十年に書かれた小説を主体に、若干の随筆を添えて編まれている。「秋山図」以下「山鴫」「奇怪な再会」「アグニの神」「妙な話」の執筆は前年の暮れにさかのぼり、それぞれ『改造』『中央公論』『大阪毎日』『赤い鳥』『現代』の各新年号に掲載された。ちなみに「藪の中」「俊寛」「将軍」「神々の微笑」の四篇《へん》はおなじく『新潮』『中央公論』『改造』『新小説』の大正十一年一月号の誌面を飾った。当時、新年号の創作欄は編集者のとくに重視した雑誌の呼びもので、当代の一流作家を網羅するのがつねであった。新年号に書くことは文壇的地位のバロメーターと見てもいいが、中央の有力誌に軒並み起用されている事実は芥川の声望のたかさを示すものといえよう。

ところで、右の新年号のための作品をのぞくと、大正十年に書かれた創作はわずか四篇にすぎない。やや奇異の感をもつ読者もあろうが、これは足かけ五か月におよぶ中国旅行と、旅先で得た病気の静養のために創作の時間をうばわれたせいである。芥川はこの年の三月、大阪毎日新聞社の海外視察員として中国へ特派され、七月末に帰国するまで、上海・南京《なんきん》・漢口・北京《ぺきん》・天津《てんしん》などを歴遊した。中国大陸での体験自体はのちに「上海游記」や「江南游記」などの印象記がまとめられた程度で、文学の質を決定するほどの影響はもたらしていない。しかし、東京を出発した車中で気管支カタルのために発熱、上海では上陸直後に乾性肋膜炎《ろくまくえん》を病んで入院、という多難な旅立ちはその後の過度なスケジュールのせいもあって、腺病質《せんびょうしつ》なこの作家の肉体を蝕《むし》ばむことになった。帰国後、ふたたび病床に倒れ、湯河原《ゆがわら》への転地療養を強いられているし、晩年の痼疾《こしつ》と化した不眠症と神経衰弱に激しく悩みはじめるのもこのころからである。

大正十年の中国旅行は結果的に、芥川文学の転機を告げる運命的な事件であった。パルナスの絶巓《ぜってん》をきわめたおなじ時期に、芥川はまだそれと気づくことなく不吉な門をくぐったのである。むろん具体的には、その予兆も痕跡《こんせき》も明瞭《めいりょう》ではない。というより、この年の作品は総じて、主題の面でも方法の面でも、従来の芥川的な世界を一歩も踏みだしていない。「秋」（大正九年）による作風の転換＝現代小説の試みが挫折《ざせつ》して以後、芥川はふたたび、身丈にあった衣装の染めかえに熱中していたようである。作家的冒険は影をひそめ、円熟した技巧がいかにもこの作家らしい多彩な世界を築いている。

「秋山図」。中国の甌香館集補遺画跋「記秋山図始末」が出典、ただし、芥川が直接参照したのは原文ではなく、「東洋画論集成」に収められている訓読文である。一篇の構想は原典に負うところが多いが、実在とも幻ともつかぬ伝説の古画をめぐって、人間離れのした芸術美の世界を描いている。中国の伝説に取材した芥川の短篇は概して聊斎志異《りょうさいしい》ふうな怪異趣味にかたむいたものが多いが、この「秋山図」も変化玄妙譚《たん》に通じる一脈の好奇性をのこしながら、単にそこにとどまらぬ格段のおくゆきをそなえている。王氏の秋山図を一瞥《いちべつ》したとき、王石谷はかつて荒廃の気のただよう庁堂に神妙の世界を現わしたあの古画とは、〈確に別な黄一峰〉だと断言する。しかし、実をいえば、張家の秋山図の存在を実証できるのは煙客だけだったはずで、王石谷にとって、絵は実在としてよりもむしろ幻影として、いっそう感動的であったといえよう。〈何だか眼を明いたまま、夢でも見ているような気がする〉という張家の主人の述懐も印象的だが、眼前に確固として在るものよりも、そこにない幻影、いわば〈私だけに見える美しさ〉に賭《か》けようとする画家たちの心情は芥川龍之介の芸術観の一端を披《ひ》瀝《れき》すると同時に、この作家のあえていえば人生態度をも彷彿《ほうふつ》する。

　そういえば、「好色」の主人公も〈手近いいっさいに、軽蔑〉しながら〈遠い何物〉かを惝怳《しょうこう》しつづける男として現われる。「今昔物語」巻三十の平中説話（平定文仮借本院侍従語第一）などを典拠とするこの短篇自体は、決してすぐれた作品ではない。たとえば谷崎潤一郎《たにざきじゅんいちろう》が「少将滋幹の母」で、おなじ説話を換骨脱胎して象眼した手ぎわと比較してみても、芥川のそれは才気に走りすぎて余韻にとぼしい。しかし、稀代《きたい》のドン・ファンに託された見果てぬ夢の恨みはやはり芥川固有のモチーフであって、〈何か来るべき不思議なものばかりを〉あてどなく待ちつづける尾生の魂がいまなお尾をひいてたゆとうのである（「尾生の信」大正九年）。

「往生絵巻」もあきらかに同傾向の作品である。彼岸を希求する一念に〈口裏の白蓮華〉を咲かせた法師を、芥川がその愚かしさをふくめて愛していたのは確かである。〈口裏の白蓮華は今でも後代の人の目には見えはしないかと思っている〉（正宗白鳥《まさむねはくちょう》宛書簡）ということばに嘘はあるまい。「今昔物語」巻十九の「讃岐国多度郡五位、聞法即出家語第十四」によったものだが、作品のできばえはさほどでもなく、〈会話体なぞという脇道をいった表現技巧が、せっかくのものを、ひととおりの寓話にしてしまった〉（稲垣達郎《いながきたつろう》）という評は適切である。しかし、脇道をあえてえらぶ含羞《がんしゅう》に、かえって芥川龍之介の本音も透けて見える。

「山鴫」。「秋山図」とは対照的な作品で、神韻とか縹緲《ひょうびょう》とかいった趣は影をひそめ、トルストイとツルゲーネフという著名な文豪のいかにも子供っぽい、それだけに人間くさい葛藤《かっとう》が詩的な筆致で描かれている。ピヨルコフの「トルストイ伝」に素材を借りた作品だが、興味の中心は文豪の赤裸な人間性を語る逸話の紹介にあるかに見えて、実は作者がほんとうに書きたかったのは知られざる一日の記録とは別のなにかである。〈見つかったのは山鴫か、それとも「アンナ・カレニナ」の作家か〉――ツルゲーネフのこの自問自答にモチーフの核がひそむのであって、おとなげない自己主張がトルストイの全存在を賭けた個性の明証に転じる瞬間、ツルゲーネフの〈泣きたいような喜ばしさ〉を描きながら、芥川もまたそれに感動している。現世の有を断念して、遠い無の幻影を追う心情とうらはらに、芥川龍之介はまだ人間を信じたがっている。かれがついに大正の子であったゆえんだが、人間性の高貴に寄せる詩的で、不毛な願望である。

「奇怪な再会」。芥川好みの怪異趣味の短篇。作の興味は狂ってゆく女の哀れよりも、狂女の心象がかもしだす奇怪な幻影をうつすことにある。「妖婆」（大正八年）を書きかえた童話「アグニの神」や中国の「剪燈新話」に取材した「奇遇」など、あいかわらず同系列の作品がめだつが、芥川固有の技巧主義はかならずしもこの種の作品を成功させていない。「妙な話」の最後の落ちなども、作品の感興をそぐだけで明らかに不用である。「奇遇」にしても、いかにも中国ふうな夢幻譚を合理的に解釈してみせるという構想そのものが作意の底を浅くしている。原典のもつたおやかな雰囲気に及ぶべくもないし、伝奇的世界から醒《さ》めつつある作者の心情さえ暗示する。つまり、怪異を信じるロマンティシズムが死につつあるともいえるのだが、だとすれば、これも芥川文学の転機を告げるメルクマールにほかならぬ。

「母」。「女」（大正九年）を継ぎ、「あばばばば」（大正十二年）にいたる系列の間奏曲。母親の残酷な愛とエゴイズムを、作者は憎みながら肯定しようとしている。母＝永遠に守らんとする者としてのマリアの発見はまだ後のことだが、それはもうすぐそこまで来ている。

「藪の中」。もっとも芥川的な短篇で、大正十年度の作品では「秋山図」「山鴫」とならぶ出色の佳作である。「今昔物語」巻二十九の「具妻行丹波国男於大江山被縛語第二十三」を大幅に創作化したもの。小説の形式はブラウニングの「指輪と本」によったという説があり、その他、アンブローズ・ビアーズの小説「月光の道」や、ウイリアム・モリスの英訳したフランス十三世紀の古ロマンス「ポンチュー伯の娘」などとの関連も説かれているが、確証はない。原作では盗賊はそのまま立ち去り、女が夫の縄を解いて連れだって丹波へ向かうという結末だが、芥川は事件の現場に男の死骸《しがい》をのこした。木樵《きこり》、旅法師、放免、媼《おうな》の四人が現場の状況と事件の登場人物を明らかにし、ついで三人の当事者が、事件がどのようにして起こり、どのように終わったかについて証言する――この構成でも明らかなように、作者はあるひとつの状況に対して、そうした状況ができあがるために起こりえた三つのドラマを組みたててみせたのである。純粋に知的なパズル。三人の話はいずれも強い心理的必然性とリアリティをそなえながら、個々には決定的に対立する。三者の語りくちも巧妙に書きわけられているし、技巧派らしい芥川の面目がよくあらわれている。知的遊戯がそれとして傑作に昇華しうる好個の見本である。真理の絶対性を否定する芥川の懐疑を読む意見もあるが、モチーフの根がそこに届きかけているのは確かだとしても、作品の印象からいえば、やや深読みにすぎよう。もし、そうだとしたら、武弘の話の最後で、胸の小刀を抜きとる見えない手の出現は不必要なはずである。これは明らかに、凶器の紛失という現場の状況にあわせるための、やや不自然な作為である。

「俊寛」。「平家物語」巻四や「源平盛衰記」第七に見える俊寛伝説に取材した短篇。当時、倉田百三《くらたひゃくぞう》の「俊寛」（大正九年）や菊池寛の「俊寛」などが書かれ、話題を呼んでいた。おそらくこれらに刺激されて、芥川一流の解釈を示そうとした作だが、生来の厭世《えんせい》的思想を敷衍《ふえん》して、倉田や菊池によく拮抗《きっこう》する俊寛像を描くのに成功している。発表当時、〈今度の琵琶法師は大分と咽喉もよし、品もありますな。……それはそれは、前の琵琶法師どもより善く唄いましたわい。だが随分と茶目気のある琵琶法師ですな〉（松本弘二）という評があった。

「将軍」。これもよかれあしかれ、いかにも芥川龍之介らしい短篇である。旅順戦の勇将乃木希典は当時の日本人に崇拝者が多く、今日の感覚では想像できぬほど偉大な英雄であった。その至誠・尽忠・誠実・仁愛などという典型的な武人の通念をさまざまなエピソードによってはぎとってゆくわけだが、この種の意表に出る偶像破壊も芥川の好んでくりかえしたモチーフである。しかし、短篇の寄木細工ふうな構成がわざわいして、全円的な人間像の肉付けには失敗している。殉死の前に写真をとった将軍と自殺した友人との対照だけが妙に白々しく浮きあがって、作品の印象をやや浅薄にしたゆえんである。そこだけを切り取れば、青年の批判はたしかに〈中学生の皮肉〉(伊福部《いふくべ》隆輝《たかてる》)の域を出ていないが、だとしても、芥川と青年とを表裏一体とみなす必要はあるまい。「舞踏会」「秋山図」の作者には青年の卑小とむなしさがはっきり見えていたはずで、だから、自己問責に転じる青年への批判をみずから〈抒情〉に逃晦したとき、〈また、榲桲《マルメロ》が落ちなければ好いが、……〉という弱々しげなつぶやきが洩《も》れるのである。

かつて夏目《なつめ》漱石《そうせき》が「心」を書いたとき、明治の精神に殉死した先生の遺書は年少の友人〈私〉に託された。芥川が漱石とはじめて邂逅《かいこう》したのは、「心」の書かれた翌大正四年の暮れであり、芥川は〈私〉とおなじ世代の大学生であった。「心」と「将軍」の距離はひどく遠いが、その遠い距離はまた、漱石と芥川の距離でもあろう。むしろ、痛ましくも遠い距離である。

「神々の微笑」。最近、遠藤周作《えんどうしゅうさく》の「沈黙」の出現などによって、あらためて注目されている短篇。芥川がここで提出している問題は東西両異質文明の接触と調和という課題と触れあい、日本的美意識の本質にせまる重さをもっている。芥川自身による切りこみはさほど鋭くなく、観念小説ふうの性急な処理にとどまっているが、遠藤周作にならっていえば、パチリとおかれた〈最初の一石〉にはまぎれもない。

同時代人の批評

「秋山図」評

新年の創作評（二）＝芥川氏の小説「秋山図」＝

豊島与志雄

「改造」所載の小説戯曲を終わりから順次に評してゆく。

小説「秋山図」――芥川龍之介

黄一峯の秋山図を材にした、好個の短篇《たんぺん》である。全体の布置結構から一句一句の畳み方まで、作者の筆は端正を極めて、いささかの隙間をも見せない。それは名工の手になった建築を思わせる。各部分が一定の節度を保ち、全体が端然たる均勢を保って、いささかの歪曲《わいきょく》をも流動をも許さない。――創作時の作者の頭の働きは、築き上げることにあって、流露することにはなかったらしい。組み立てることにあって生み出すことにはなかったらしい。しかも組み立てて、築き上げるのに、作者は優れた才能を示している。出来上がった一篇は、叩《たた》けば金鉄の響きを返しそうな、堅固なものとなっている。――堅固である上に、作者が意図したらしい一種不思議な気分が、行と行との間から立ち昇って、全体にまといついている。堅い冷たい四角な煉瓦《れんが》を積み重ねた塀、それと向き合って立った時に感ずるような、一種の淡い神秘的な心持ちが、読んでゆくうちに感ぜられる。それは、円形な物の持つ不可思議さではなくて、方形な物の持つ不可思議さである。そしてこの気分は、大支那に対する各種の知識が、自由に駆使されてる所から、更に助長されている。

しかしながら難は、最後の一頁にある。最後の一頁を読んだ後には自然に前の部分を顧みざるを得ない。そして顧みる時、かなり大なる欠陥が見いだされる。―第一、秋山図の如き神品に付随する一種の神秘を、作者が狙ったものだと仮定してみる。そうする時には、王氏邸の描写が非常に不足である。再び現われた秋山図の環境、王氏邸の有様、それが明らかに描かれなければ、物語の内容は生き上がり難い。張氏の家の情景が、簡にして要を得た言葉をもって、すこぶる明らかに浮き出されてるに反し、王氏邸の情景が模糊《もこ》としてるのは、否初めから描かれていないのは（作品に即して言えば語られていないのは）、作者の不注意であらねばならぬ。

――第二、最初の「怪しい秋山図」が、それを理解し得る人の心の中にだけ残っていれば、世に出た秋山図が真偽いずれであっても、「憾《うら》む所はない」ということを、作者が狙ったものだと仮定してみる。そうする時には、この一篇は一つの小話と堕する恐れがある。なぜなら右の思想は一つの解説として、余りに突然に、最後の五行だけに飛びだしているのみで、物語のうちに内在していないからである。芸術に最も忌むべきものは、遊離した解説だからである。――しかしながら作者が狙ったのは、恐らく第一第二の両方であろう。最初は第一であって、最後に第二も出て来たのであろう。そうする時には、この一篇は結局、手腕が確かすぎて意図が不確かだったものとなる。

私はこの作者に、最後に至っても一度初めからのことを顧みる要のないような作を、あくまでも読者をつき離さないような作を、この一篇に即して言えば最後の一頁が不要であるような作を、見せてもらいたいと希望しておく。

（大正一〇・一一・一「読売新聞」）

「秋山図」「山鴫」評

十年文壇事始　十一

宇野浩二

（前略）

閑話休題。そこで『改造』所載の龍之介作「秋山図」と言い、『中央公論』所載の同人作「山鴫」と言い、私の読んだところ、それらはこの正月に発表された済々たる諸家の作中にあって、押しも押されもしない、上席の位置を主張し得るものであることを私は認める。大体において、この作者は今迄《まで》の成績から辿《たど》ってみると、この「秋山図」に出て来るような支那の豪《えら》い画家たちとか、「山鴫」中のトルストイとかトゥルゲーネフとかあるいは鼠小僧次《じ》郎《ろ》吉《きち》とか、キリスタンバテレン人とか、羅生門《らしょうもん》とか、そういう、聞いただけでも読者が相当に好奇心を起こしたり、いろいろの背景を思い浮べて想像を逞《たくま》しくすることのできるような題材を持って来ると、間違いなくそれらを塩梅《あんばい》して、隙間のない技巧と打てば響くところの何かの金属のような文章とで、実に見事な組み立をもって一篇の小説を仕上げる腕を持っている。これはもはや龍之介の「家の芸」になり了せている観がある。いわば彼にとっては、家伝何々の薬と言ったふうなものを調合するのと同じことに違いない、ただしその家伝たるや、彼の場合にあっては何も親や先祖から譲られたものではなくて彼自身が発明したのであるから、功労は彼にあるのはもちろんだが、だから私は今も一流一派の達人と言う尊称を奉ったのである。例えば彼が「秋山図」をこしらえるに当たっては、それを支那らしくするために、まず漢文で書き下ろしてあたかもそれを翻記したような恰好《かっこう》の文体に仕上げていることや、又「山鴫」の場合では一度露西亜《ロシア》語ででも書いて、やっぱりそれを翻記したような形に仕上げている用意など、おおさ才人の技巧の考察至れり尽くせりというべきである。むろん彼のことであるから、どんな流儀の作をする場合にしても易々と書き流すというようなことはないに違いない、が、さすがに馴《な》れて手に入ったこの種の作においては、多少安心した余裕の気分が見える。私は彼の演説を両三度聞いたことがある。その演説の最中に彼は少し安心してくると、ずばりと一つ警句を吐いて、その瞬間きゅと口を噤《つぐ》んで空嘯《うそぶ》いて澄ました顔をするのを見た、即ち彼はその作においても、このきゅと口を噤んで空嘯いて澄ました形をしてどんなもんだい、という見えを切る、彼の反対者が怒る所以《ゆえん》である。閑説休題。「秋山図」において、その末段の細工が多少粗末になって幾分の捩《ねじ》りのゆるんでいることや、全体の作者の意図が少しぐらぐらしているという噂や、まあそれらの少々の欠点はあるとしても、一体そういう秋山図という大した画家のかいた素晴しい絵が実際にあったのかなかったものか、それは私のような無学な者はあずかり知らないことであるが、この小説において作者龍之介がちょっと一筆筆を呵《か》して、秋山図という絵を文字で書いて見せたようなところ、それを神秘の靄《もや》で封じ込めた手際は彼のキリシタン類小説の中の逸品と並んで、なかなか特色ある、真似のできない小説を物したものである、と私は感心したものである。

が、私がここで言いたいと思うことは、賞《ほ》めるばかりが友人に対する礼ではあるまい。彼はこの種の、私の所謂《いわゆる》家伝流の完成された作品に時々安んじていられなくなって、例えば「秋」とか、「お律と子等と」とか、あるいは「妖婆」とか、（私はこの作をも後者の部類に入れるものである）の、類の違った小説の方面に飛躍を試みることである。そして、人々はそれらに対して何と言っているかは知らないが、私の見るところではこれ迄の成績から言うと彼はことごとく失敗していると私は断定するものである。私がもし小説裁判官ならば、一も二もなく、彼の前者の類の小説にはしばしば優等点を授けることがあっても、後者の類には極言するとまだ落第点が辛うじてであると思うことである。そしてそれにもかかわらず、私はそのしばしば失敗の飛躍を試みるところの彼を、大いに歓迎し、それあるがゆえにやっぱりこの男侮るべからざるものがあると尊敬するものである。試みに一例を「お律と子等と」にとると、その作の出来栄えの確かに不成功にもかかわらず、そこに現われている作者の苦心惨胆たる計営の跡は、私たち同じ小説に浮身をやつす者にとって、殆《ほとん》ど涙なしに、襟を正さずに見ることができないほど、精進潔斎、真に一刀一拝して仏を刻む抵の、彼の姿を見ることができる。これは確かに小野道風を感嘆さしたところの蛙の類である。そしてあの蛙の如く、三度目か五度目か、あるいは十度目か、とうとう枝に飛びついた時、わが芥川龍之介は何とまた一段進んだ龍之介になるであろう。と私は今日すでに一家を成している彼に向かって屋上更に屋を架して、彼の前途が展開される日のあることを信じ、かつ望んで止まぬものである、と云爾《しかいう》。

（大正一〇・一・二五「時事新報」）

「山鴫」評2

『正月文壇評』

本間　久雄

芥川龍之介の『山鴫』（中央公論）は芸術的な匂いの高い、いい作であった。山鴫を射殺したというツルゲーネフを、トルストイが嘘だと言って信じないところから、両者の間に醸される不快の気分が、前者に、実際、山鴫を仕止めたという実証が挙がると同時に、氷解するという一挿話を描いて、性格的に異なっているツルゲーネフとトルストイの両文豪の風貌《ふうぼう》を躍如たらしめている。

我執の強いトルストイ、他人の中に容易に真実を認め得ないトルストイ、そういう毫《ごう》も容赦するところなき峻厳《しゅんげん》なトルストイ、しかし、決して嘘をつくことのできないトルストイ――彼はツルゲーネフが嘘をついたと思い、ツルゲーネフはまたトルストイの峻厳過ぎて思いやりのないことを、心の中で責めている。この両文豪が、心のわだかまりが解けて、心から握手して哄笑《こうしょう》する場面には、何とも言えない人間的な味わいがある。同時に、作者が、この異なった性格の二文豪を、好悪の感を捨てた、ひろい、ゆたかな心で、眺めていることが感ぜられる。この一篇は、実際、この二文豪の風貌を知る上において、恐らく百のトルストイ論よりも、百のツルゲーネフ論よりも有効であるであろう。

（大正一〇・一・六「国民新聞」）

「藪の中」評

芥川氏の『藪の中』その他

宮島新三郎

（前略）

新年の作品中では、比較的に本誌の芥川氏の『藪の中』が面白かった。氏はまだこのほかに『神々の微笑』（新小説）、『将軍』（改造）、『俊寛』（中央公論）等を発表しているが、『藪の中』が、私には一番感銘が深かった。

こういったからとて、何も『藪の中』が、内容の個性化が十分に行なわれていて、すぐれたものだとか、または近来の傑作だとか言うのではない。ただ芥川氏のものとして見て、また一月の文壇を目安に置いて見て、比較的に好いものだというのである。内容の個性化という点から見れば、まだまだ遠い感じはするが、『藪の中』は、今までの芥川氏に力強いあるものを一点加えているように私は思う。

概括的に言えば、芥川氏の今日までの芸術は、理知の芸術であり、秩序の芸術であり、メカニズムの芸術であった。従ってその感触は、金属的で、峻冷的で、固定的であった。人間の心理を描いても、従って、メカニックであって、サイコロジカルでない。油を注いでやる間は、動くが、それがきれると運転を中止する機械といったような人物が多かった。名作であり、出世作でもあった『或日の大石内蔵助』でも、その心理がオルガニックに、サイコロジカルに描けているとは言えない。どこかにメカニカルな感じを誘う所がある。畢竟《ひっきょう》、今日までの芥川氏は、サイコロジストではなく、いずれかといえば、ナレーターであったといってよい。

ところが、今度の『藪の中』は、ある程度までは、オルガニズムの作品、情緒の作品、複雑性の作品と言えやしないかと思う。従ってその感触にも、体温的な、流動的なあるものが存する。サイコロジストとして認められて好いものを見せかけて来たという気がされる。『藪の中』が技巧や布置結構に意識的にも無意識的にも異常の苦心をされていることは相変わらずだ。それがどうかすると、単なるトリックの面白味として印象させることになるのである。その方面に苦心しすぎて、折角の内容までをその巻きぞえにしてしまうのは、惜しい。『藪の中』にも無論この弊はある。けれども、この作品には技巧の個性化に負けないだけの内容の個性化が幽《かす》かながらに窺《うかが》えると思う。

読売新聞で月評を試みた中村星湖氏の言われたように、単に手品師の手品（正確な評語は今記憶していないが、こういう意味で、なお佐藤春夫氏の作品と並べて批評したと思う）だけではあるまい。なお星湖氏の解釈に従うと、この作品は、ある一つの同じ出来事ではあるが、それを説明し解釈するに当たっては、その解釈者、説明者銘々が、利己的な立場に立ってそれを試みる、従って事実の真相が分らないということを示したものらしいと言う。

作者のこの作品の命題に対する興味の一が、この点に存していたということには、私は無論同意する。けれども私は、さらに作者がこの作を書こうとした動機を一段深く押しはかってみると、単にそれだけの興味で、この作品を書いたのではないと思う。作者にはさらに深い根本の動機があったのではないかということを、私は、『藪の中』を読みつつ感じた。

『藪の中』はある一人の男が『藪の中』に殺されていた事件を中心として、それがどういうふうにして何人によって殺されたかを、その死骸《しがい》の発見者たる木樵《きこ》り、生前の被害者を見たという旅法師、殺人嫌疑者を搦《から》め取った放免《ほうべん》、男の妻の母である嫗《おうな》、男の妻、嫌疑者、巫子《みこ》の口を借りた死霊の説明によって、読者に解らせようとする手法を取った一篇の物語である。

従ってそういう人物が各々自分の都合の好い告白、世間的にも、自分自身に対しても、気休めになるような告白をしているところから見れば、一向《いっこう》事件の真相は理解されない、人間がそれほどまでに自分をよく見せようとする心理がたしかに窺われる。けれどもこの作品の興味の中心点は、むしろ夫のある女が、ある見ず知らずのしかも盗人《ぬすびと》に姦せられたという所、くわしく言えば、その盗人に手ごめにされた後における女の心理的動揺という所にあるのではなかろうかと、私は思う。ここに見所があるとにらんで、始めてこの作品を描こうとする動機に確乎《かっこ》とした形が与えられたのではあるまいか。

嫌疑者多襄丸の告白、死霊の話、女の懺悔《ざんげ》を綜合《そうごう》してみると、手ごめにされた後、女の心理動揺が、単に女が表面的に懺悔しているように、全然貞操観念、羞恥《しゅうち》感のみによって左右されているものとは思われない。女が懺悔しているように、手ごめにされた後に、恥ずかしさ、悲しさ、腹立たしさを感じたのは事実らしい。だが、こうなった上はわたしは一思いに死ぬ覚悟です、あなたも死んで下さいといって、夫を小刀で突き殺し、後になって自分がどうしても死ぬことができなかったというのはどうか。これは都合のよい女の立場を、女自身が説明したものとしかとれない。では真にその場合、どういう心理が彼女の魂に働いたか。これは多襄丸の告白にあるように、こうなった上は二人の男に恥を見せるのは死ぬよりつらい、どっちか一人死んでくれ、生き残った男に連れ添いたいと言ったというのが、さもありそうなことだ。死霊の話にあるように、『あの人を殺して下さい……』は、夫の嫉妬《しっと》から見た観察的の言葉として意味があるが、果たして女がそう言ったかどうか、作者もこれには、明確な判断を下していない。また多襄丸は、女の『ことにその一瞬間の、燃えるような瞳』を見たという。夫の観察は、女が夫を重んじないで、貞操を無上のものとしないで、男に手ごめにされたという是認を根拠としている。多襄丸も、女に情の動いたという事実を是認して、自己を肯定している。貞操本位に動いたと主張するのは、女自身である。

以上は作中人物の心理をそれ自身解釈したのであるが、作者もまたこれを大体において認めているらしく思われる。そこで問題はこういうことになる。つまり、手ごめにされた後の女の心理に、貞操観念の多く働いたことは事実である。それと同時に、またシチュエーショナルに、必然的に、色慾《しきよく》の情が働いたのもまた事実である。そうして作者はこの点に、にらみをつけたのではないか。言い換えれば、貞操観念と色慾の情との錯綜《さくそう》混戦をにらんだ所に、この『藪の中』一篇を描こうとした動機があるものと、私は解釈する。こう解釈することによってでなければ、私は決してこの作品にそれほど惹《ひ》きつけられはしなかったのである。しかも作者は、そういう状態にある女の心理的動揺を、決して巧みにではないが、しかもメカニカルに認知的にでなく、ややサイコロジカルに描き出したのである。まず芥川氏の一進境と見て差支えあるまいと思う。

貞操観念と色慾の情とは隣り合わせだ。色慾の情を醇化《じゅんか》して行った最高階段が、貞操観念だというのではない。貞操観念と色慾の情との間に階段的距離があると思うのは間違いだ。貞操にあらざれば色慾、色慾にあらざれば貞操、それはオール・オア・ナッシングの境だ。しかも貞操観念は紙よりも薄い事実の根拠に基づいた理論的の強力だ。色慾は……などと考えて行くと、この『藪の中』などは、結婚問題とか婦人問題などを研究しているものが読んでも決して損にならない作品だと思う。

（大正一一・二・一「新潮」）

本書は新字・新仮名遣いに改めた角川文庫旧版（一九六九年五月三十日初版）を底本とし、ちくま文庫版『芥川龍之介全集』ほかを参照して、一部表記を改めました。

本文中には、支那人、気違い、物狂い、気が狂う、躄《いざり》、兎脣《みつくち》、目くら、啞《おし》、土人、黒ん坊といった、今日の人権擁護の見地に照らして、不適切と思われる語句や表現がありますが、作品舞台の時代背景や発表当時の社会状況、また、作品の文学性や著者が故人であることなどを考え合わせ、底本のままとしました。

（編集部）

藪《やぶ》の中《なか》・将《しよう》軍《ぐん》

芥川《あくたがわ》龍《りゆう》之《の》介《すけ》

昭和44年 5月30日　初版発行
令和2年 11月25日　改版初版発行
令和3年 5月10日　改版再版発行

発行者●堀内大示

発行●株式会社KADOKAWA
〒102-8177　東京都千代田区富士見2-13-3
電話　0570-002-301（ナビダイヤル）

角川文庫 22423

印刷所●株式会社暁印刷
製本所●本間製本株式会社

表紙画●和田三造

Printed in Japan
ISBN 978-4-04-110979-3　C0193

◇◇◇

角川文庫発刊に際して

角川源義

第二次世界大戦の敗北は、軍事力の敗北であった以上に、私たちの若い文化力の敗退であった。私たちの文化が戦争に対して如何に無力であり、単なるあだ花に過ぎなかったかを、私たちは身を以て体験し痛感した。西洋近代文化の摂取にとって、明治以後八十年の歳月は決して短かすぎたとは言えない。にもかかわらず、近代文化の伝統を確立し、自由な批判と柔軟な良識に富む文化層として自らを形成することに私たちは失敗して来た。そしてこれは、各層への文化の普及滲透を任務とする出版人の責任でもあった。

一九四五年以来、私たちは再び振出しに戻り、第一歩から踏み出すことを余儀なくされた。これは大きな不幸ではあるが、反面、これまでの混沌・未熟・歪曲の中にあった我が国の文化に秩序と確たる基礎を齎らすためには絶好の機会でもある。角川書店は、このような祖国の文化的危機にあたり、微力をも顧みず再建の礎石たるべき抱負と決意とをもって出発したが、ここに創立以来の念願を果すべく角川文庫を発刊する。これまで刊行されたあらゆる全集叢書文庫類の長所と短所とを検討し、古今東西の不朽の典籍を、良心的編集のもとに、廉価に、そして書架にふさわしい美本として、多くのひとびとに提供しようとする。しかし私たちは徒らに百科全書的な知識のジレッタントを作ることを目的とせず、あくまで祖国の文化に秩序と再建への道を示し、この文庫を角川書店の栄ある事業として、今後永久に継続発展せしめ、学芸と教養との殿堂として大成せんことを期したい。多くの読書子の愛情ある忠言と支持とによって、この希望と抱負とを完遂せしめられんことを願う。

一九四九年五月三日

角川文庫ベストセラー

トロッコ・一塊の土　芥川龍之介

写実の奥を描いたと激賞される「トロッコ」、一つの事件に対する認識の違い、真実の危うさを冷徹な眼差しで綴った「報恩記」、農民小説「一塊の土」ほか芥川文学の転機と言われる中期の名作21篇を収録。

或阿呆の一生・侏儒の言葉　芥川龍之介

時代を先取りした「見えすぎる目」がもたらした悲劇。自らの末期を意識した凄絶な心象が描かれた遺稿「歯車」「或阿呆の一生」、最後の評論「西方の人」、箴言集「侏儒の言葉」ほか最晩年の作品を収録。

高野聖　泉　鏡花

飛騨から信州へと向かう僧が、危険な旧道を経てようやくたどり着いた山中の一軒家。家の婦人に一夜の宿を請うが、彼女には恐ろしい秘密が。耽美な魅力に溢れる表題作など5編を収録。文字が読みやすい改版。

D坂の殺人事件　江戸川乱歩

名探偵・明智小五郎が初登場した記念すべき表題作を始め、推理・探偵小説から選りすぐって収録。自らも数々の推理小説を書き、多くの推理作家の才をも発掘してきた大乱歩の傑作の数々をご堪能あれ。

黒蜥蜴と怪人二十面相　江戸川乱歩

美貌と大胆なふるまいで暗黒街の女王に君臨する「黒蜥蜴」。ロマノフ王家のダイヤを狙う「怪人二十面相」。乱歩作品の中でも屈指の人気を誇る、名探偵・明智小五郎の二大ライバルの作品が一冊で楽しめる！

角川文庫ベストセラー

痴人の愛　谷崎潤一郎

日本人離れした家出娘ナオミに惚れ込んだ譲治。自分の手で一流の女にすべく同居させ、妻にするが、ナオミは男たちを誘惑し、堕落してゆく。ナオミの魔性から逃れられない譲治の、狂おしい愛の記録。

吾輩は猫である　夏目漱石

苦沙弥先生に飼われる一匹の猫「吾輩」が観察する人間模様。ユーモアや風刺を交え、猫に託して展開される人間社会への痛烈な批判で、漱石の名を高からしめた。今なお爽快な共感を呼ぶ漱石処女作にして代表作。

坊っちゃん　夏目漱石

単純明快な江戸っ子の「おれ」（坊っちゃん）は、物理学校を卒業後、四国の中学校教師として赴任する。一本気な性格から様々な事件を起こし、また巻き込まれるが。欺瞞に満ちた社会への清新な反骨精神を描く。

草枕・二百十日　夏目漱石

俗世間から逃れて美の世界を描こうとする青年画家が、山路を越えた温泉宿で美しい女を知り、胸中にその念願を成就する。「非人情」な低徊趣味を鮮明にした漱石の初期代表作『草枕』他、『二百十日』の2編。

三四郎　夏目漱石

大学進学のため熊本から上京した小川三四郎にとって、見るもの聞くもの驚きの連続だった。女心も分からず、思い通りにはいかない。青年の不安と孤独、将来への夢を、学問と恋愛の中に描いた前期三部作第1作。